岩波文庫
32-254-14

お菓子とビール

モーム作
行方昭夫訳

岩波書店

William Somerset Maugham

CAKES AND ALE

1930

目　次

お菓子とビール

1

留守をしているときに電話があり、ご帰宅後すぐお電話ください、大事な用件なのでという伝言があった場合、大事なのは先方のことで、こちらにとってではないことが多い。贈物をするとか、親切な行為をしようという場合だと、人はあまり焦らないものらしい。この事実に前から気付いていたから、その日下宿に戻ったとき、下宿のおかみのミス・フェロウズからアルロイ・キア様からのお電話で、すぐ電話してくださいとのことでしたと聞いても、僕は平然としていた。夜のパーティーに向かう前に一杯飲み、一服し、服を着替えるだけの時間しかなかったのだ。

「作家の方でしょう?」おかみが聞いた。

「そうですよ」

おかみは電話を親しそうに見た。

「私がかけましょうか?」

「いや、結構」

「またかかってきたら何と申しましょうか？」

「伝言をどうぞと言えばいいですよ」

「承知しました」

おかみは口を一文字に結んだ。空になったサイホンを取り、部屋の様子を確認して出ていった。おかみは大の小説好きだったから、ロイの著書も全部読んでいたに違いない。僕がロイに冷淡なのを快く思っていないところを見ると、きっとロイの愛読者なのだろう。パーティーが終わって帰宅すると、おかみの太くて読みやすい字で書いたメモがサイドボードに置いてあった。


キア様から二度電話あり、明日ランチをご一緒できるか？　もし駄目なら何日がよいか？　とおっしゃっています。


読んで驚いた。ロイに会ったのは三カ月前で、それもあるパーティーで数分喋っただけだった。いつものように愛想がよく、別れ際には滅多に会えないのを残念がっていた。

「ロンドンは困った所だな。会いたいと思う人にはちっとも会えないのだから。どう、そのうちにランチでもいかが？」

「ああ、そうしよう」僕が応じた。

「家に帰ってから手帳を見て電話するよ」

「分かった」

　ロイとはかれこれ二十年は付き合っているから、約束の日時を書き込む手帳をチョッキの左上のポケットにいつも入れているのを知っていた。そのときは手帳を出さず仕舞《じまい》だったのだから、その後彼から音沙汰がなくても驚かなかった。それなのに今になって急にランチに誘いたいというのは、何か下心があるとしか考えられない。寝る前にパイプを吹かしながら、ロイが会いたがっている理由を思案してみた。ロイの愛読者の誰かが僕に紹介してくれとしつこく迫ったとか、アメリカの出版社の人がロンドンに来たついでに僕との橋渡しを頼んだとか、そんなことだろうか？　だが、この程度の依頼をロイが自分自身で捌き切れないと考えたとしたら彼の処世術を過小評価することになるだろう。それに、伝言では僕の都合のよい日時を決めてよいと言っているではないか。とすれば、誰かを紹介しようというのではなさそうである。

　仲間の小説家が世間の評判になっている場合、その作家にロイほど心からの愛想よさを示す者はいない。だが、その作家が怠惰や失敗や他の作家の成功などのせいで落ち目になった場合、ロイほど手の平を返すようにつれなく出来る者もいない。作家というものは浮き沈みがあるもので、当時の僕が世間の評判になっていないのは身にしみて分かっていた。ロイの誘いを礼を失せずに断る口実を見つけられぬこともなかった。だが、彼はしつこい男だったから、何らかの理由で会おうと決心したら逃げるのは容易でなかった。面と向かって「犬にでも食われろ!」とでも言う以外に逃げる手はなかった。僕は好奇心にかられたし、それにロイに友情を持たぬわけでもなかった。

ロイが文壇で次第に頭角を現してくる過程を結構感心して見てきた。その道程は、これから文学の世界に入ろうとしているどんな青年にも大いに参考になるだろう。あんな僅かな才能であれだけ高い地位を得た作家は私の同時代には見当たらないと思う。ロイの才能たるや、健康に敏感な人なら毎日服用するがよいと宣伝されているサプリメントのスプーン山盛り一杯分くらいであろうか。彼自身よく心得ていて、それだけの才能によってすでに三十冊の著作を生み出したのは奇跡に近いと思っていたであろう。トーマス・カーライルが食後のスピーチで、天才とは際限なく苦労を厭わぬ能力なりと断言したのを読んで、ロイは天啓だとして飛びついたに違いない。彼はこの発言をじっくり考えてみて、それだけでいいのなら、僕だって他の人に負けずに天才になれるはずだという結論に達したに違いない。ある女性週刊新聞の書評家が彼の著書の一つに感激して、著者は天才だと書いたときには(天才という語を批評家は最近気軽に使用しているようだ)長時間苦労してやっとクロスワードパズルを完成させた人のように安堵の溜息をもらしただろう。彼の不撓不屈《ふとうふくつ》の勤勉さを長年観察してきた者なら、何はともあれロイは天才と呼ばれるに値するのを否定できないだろう。

ロイは恵まれた環境で人生を歩みだした。高級官僚の一人息子で、父は香港で総督の最高顧問を長年務めたあと、ジャマイカ総督を最後に引退した名士である。紳士録の活字の一杯詰まったページをくってアルロイ・キアを調べれば「聖マイケル・聖ジョージ上級勲爵士、ヴィクトリア上級勲爵士レイモンド・キア卿(その項を見よ)を父とし、インド陸軍所属故パーシー・キャンバーダウン少将の末娘エミリを母とする一人息子」だと記されている。教育はウィンチェスターを経てオックスフォード大学のニュー・コレッジで受けた。学生会の会長を務め、もし麻疹《はしか》にかかるという不幸がなければボートの対抗試合の正選手に充分なれていたであろう。学業のほうは恥ずべきものではなかったが、優秀というほどではなかった。卒業時に借金がまったくなかった。当時から節約家で、役に立たぬ出費は避けるよい息子だった。高い教育費を払うのは両親にとってかなりの負担なのを心得ていた。父親は引退後グロスター州のストラウドで地味だが貧相でもない家で暮らし、時どき上京して自分が昔治めていた植民地関係の公式な晩餐会に出席した。こういう機会には自分の所属するアシニーアム・クラブによく顔を出していた。

このクラブの旧友に頼んで、ロイがオックスフォードを出たときある著名な貴族の病弱な御曹司の家庭教師の職に就かせた。このためロイは若いときから上流社会に出入りする機会を得たのだった。彼はこの機会を大いに活用した。上流社会について絵入り新聞からしか知らない作家によくある、作品を台無しにするような愚かな誤解は、ロイの作品にはまったく見られない。公爵たちが相互にどんな口の聞き方をするとか、国会議員、弁護士、出版業者、従者が公爵に向かってそれぞれどういう敬語を用いるのが正しいとか、正確に知っていた。彼が前期の小説の中でいとも気軽に総督や大使や首相や王族や上流婦人を描き分けているのを読むと、その手際のよさに心を奪われる。彼の筆使いは好意的であっても恩着せがましくなく、親しみやすくてもぶしつけにはならない。読者に上流人の身分を意識させるけれど、その一方で彼らも同じ人間なのだという安心感のようなものを読者に感じさせる。貴族階級の人々の行動がもはや純文学では適切な対象とならなくなってくると、流行に敏感なロイが後期の小説では、弁護士や公認会計士や農産物仲買人などの内面の苦悩を描くようになったのは残念である。前期のような自信をもって対象を描けなくなっているからだ。

ロイと知り合ったのは、彼が家庭教師を辞めて文学に専念するようになってから間もなくのことだった。当時の彼は身長が靴を脱いでも六フィートはあるすらりとした立派な青年で、スポーツマンタイプで、肩幅が広く、自信ありげな身のこなしをしていた。ハンサムというのではないが、男性的で見て感じがよく、大きな正直そうな青い目で、髪は薄茶の巻き毛で、鼻はやや小さくて太く、顎《あご》は角ばっていた。正直で清潔で健康に見えた。スポーツマンとして実力があった。彼の初期の小説に猟犬と一緒に走る描写があるが、新鮮で正確であり、そこを読んだ人は、実体験から描いたのを疑わないであろう。ごく最近まで、時どき書斎を離れて、一日中狩猟に出かけるのを好んでいた。彼が処女作を出した頃、作家たちは精力があるのを誇示しようと、ビールをたっぷり飲み、クリケットをやっていた。数年のあいだ、クリケットの作家のチームに彼の名前が見えぬことはほとんどなかった。このチームの作家たちの多くは、何故だか分からぬが、やがて元気をなくし読者にも無視され、クリケットは続けているようだが、本を書いても出版してもらえなくなった。だがロイはさっさとクリケットはやめて、クラレットを味わう通《つう》になっていた。

処女作に関してロイは謙虚だった。短く手際よく書かれていて、それ以後の作品もそうだが、申し分なく趣味のよいものだった。それを当時の一流の作家全員に感じのよい手紙を添えて進呈した。手紙の中では、自分がどれほど先生の作品に感銘を受けているか、作品を勉強させていただいてどれほど多くを学んだか、先生が拓かれた道に沿って、ずっとあとからではあるが従って行きたいとどれほど熱烈に切望しているか、などと書いた。この本を偉大な芸術家の足元に置かせて頂くのは、文学の道に入る若者が常に先達として仰ぎ見る方への捧げ物としてであります。新参者の卑小な作品に多忙な方のお時間を費やすようにお願いするというのが、どれほど大胆であるかはよく存じておりますが、出来ればご批判とご指導を賜りたいものです。こう記した。

この手紙への返事には、おざなりのものは一通もなかった。ロイが手紙を出した作家たちは、ロイの賞賛に気をよくして長文の返事を寄越した。皆作品を褒めた。中には昼食に招く人もいた。先輩作家たちはロイの率直さに魅せられ、その熱意に心が温まった。ロイが助言を求める謙虚な態度は痛々しいほどだし、与えられた助言に誠実に従おうとする姿勢は心を打った。誰もが目を掛けてやってもいい青年だと思った。

処女作はかなりの成功を収めた。おかげで文壇で幾人もの友人が出来、ほどなく、ブルームズベリやキャムデン・ヒルやウエストミンスターなどのお茶会に行けば、必ず彼がいるようになった。客にバター付きパンを配ったり、年配の女性の空になったカップをとってあげたりしていた。ロイはとても若く、率直で、明朗であり、誰かが冗談を言えば、とても楽しそうに笑うので、誰もが自然に好感を抱いた。当時ヴィクトリア通りやホーボンのホテルの地下室で、文学者や若手の弁護士やリバティー百貨店の絹地の服を着てビーズのネックレスをした女性たちが、三シリング六ペンスの安い夕食をとりながら芸術と文学を論じ合う夕食会がよく開かれていて、ロイはこれに加わった。やがて彼の食後のスピーチが巧みだという評判が立った。あまりにも感じがよい男なので、仲間の作家たちは、競争相手も同年代の者も含めて、彼が紳士階級である事実さえ大目にみた。ロイは仲間の作家の幼稚な作品を寛大に褒めたり、彼らから原稿を送って批評を求められると、欠点など一つもないと言ってやったりした。仲間はロイがいい奴というだけでなく、しっかりした批評眼の持主だと考えた。

二作目を書いた。かなり骨を折って書き、先輩作家から与えられた助言を生かした。一人ならずの先輩作家がロイの求めに応じて、彼が予《あらかじ》め手を回しておいた新聞に批評を書いてくれたのは当然の成り行きだった。内容が好意的なのも当然だった。かくして二作目も成功だったのだが、競争相手の妬みを買うほどの大成功ではなかった。あっと言わせるような成功をロイがしそうもないという推測を、二作目が証明した感じだった。とてもいい奴だが、ライバルにはならないだろう、と誰もが安心した。どんどん成功を収めて評価が上がる可能性などない作家になら、誰も助言を惜しまないものだ。この判断が誤りだと分かって、今になって苦笑している作家を僕は何人か知っている。

しかしロイがでかい面《つら》をしていると噂する人は誤っている。ロイは若い頃に彼の最大の魅力だった謙虚さを決して失うことはなかったのだ。

「自分が偉大な小説家でないのは分かっている」と彼はよく言っていた。「偉大な作家と較べたりしたら、僕など存在しないも同然だ。以前は、いつの日か自分も偉大な作品を書こうと望んだこともあったが、今ではそう望みさえしない。人々に、あいつもベストを尽くしているな、と言ってもらえれば充分だ。僕は一生懸命やっていて、いい加減は自分に許さない。面白い話を語れるし、真実味のある作中人物を創造することも出来る。論より証拠と言うじゃないか。『針の目』はイギリスで三万五千部、アメリカで八万部売れた。次作の連載権としてこれまで受けた最上の条件を得たところだ」

今でもロイは自分の本の書評者に手紙を出し、褒めてもらった礼を述べ、昼食に誘うというのは謙虚そのものではないか？　いや、それだけではない。誰かが彼の作品を酷評したときに彼がどうするか。なにしろ有名になってからは敵意に満ちた悪口に耐えねばならなくなったのだ。普通の者なら肩をすくめ、心の中で作品を好まぬ相手に侮辱の言葉を浴びせ、それで忘れるのであるが、ロイは違う。彼はその批評家に手紙を書く。曰く、私の作品を気に入っていただけないのは残念ですが、先生の批評はそれ自体としてとても面白く、こう言っては何ですが、卓越した批評眼と並外れた感性を示しているので、是非一筆差し上げたくなりました。私は自分を向上させたいと願う点では誰にも負けませんし、学ぶ力もあると存じます。つきましては、ご迷惑でなかったら、水曜日か金曜日にお暇がありましたら、サヴォイで昼食をとりながら私の本の欠点についてお話しいただけないものでしょうか？

食事の注文の仕方となるとロイの右にでる者はいない。招待された批評家が半ダースのオイスターと生まれたての子羊の背肉の一切れを食べ終わるまでには、批判の言葉も飲み込んでしまうのである。ロイの次作が出たときに、この批評家が新作には改善の跡が著しいと思い、そのように書くのはごく自然の成り行きだった。

人生を生きていくに際して、対処しなければならない問題の一つは友人関係である。昔とても親しかったが、その後興味を失ってしまった場合どうするか。もし両方ともうだつが上がらぬ状態なら、別れも自然に運び、悪感情は残らない。しかし一方が有名になると、微妙な状況になる。有名になれば、友人も大勢になるのだが、旧友はそんなことは考えないで、昔どおりの付き合いを求めてくる。こちらは忙しくなるのにお構いなしだ。言いなりになってやらないと、溜息をつき、肩をすくめて言う。

「分かったよ、君も他の連中と同じだな。成功した今は、こちらはお払い箱ってわけだな」

むろん出来ればそうしたいのだが、勇気がない。弱気になって、日曜に相手の家での夜食への招待を受けてしまう。冷たいローストビーフはかちかちである。オーストラリア産で、昼に焼きすぎたのだ。ワインはフランスのブルゴーニュ産だというけれど、同じ銘柄でも最低の品だ。ボーヌ地区へ行ってホテル・ドゥ・ラ・ポストに泊まり本物を味わったことなどないに違いない。屋根裏部屋で一枚のパンを分け合った昔の思い出を語るのは、もちろん楽しいけれど、今座っている部屋が屋根裏部屋とそう違わないのを思うと、どぎまぎしてしまう。相手が自分の著書は売れないし、短篇を載せてくれる雑誌もないと語るのを聞くと居心地が悪くなる。劇場の支配人ときたら、僕の芝居など読みもしないんだ。で、上演されている代物だが(ここで相手はこちらを睨みつけるのだ)、較べてみると、いくら何でも僕が可哀想になるよ。そう聞くと、こちらは決まり悪くなり、目をそらす。そして自分が作品の売り込みに失敗した話をして、こちらも結構苦労していると相手に気付かせようとする。自作について思い切りケチをつけるのだが、相手がそれに賛成するので、ちょっと慌てる。一般大衆がいかに浮気であるかを話題にして、自分の今の人気も長続きしないと相手が考えて喜ぶように細工してみる。相手は親切だが、手厳しい批評をする。

「君の最新作は読んでないのだがね。その前のは読んだんだが、何という題名だったかな?」

教える。

「あれにはいささか失望したな。君の他の作品に較べるといかんな。僕がいちばん気に入っているのは知ってるね」

この友人以外からも同じような意見を聞かされたことがあるので、すぐに処女作の題名を告げる。書いたときは二十歳で、まだまだ未熟な作で、未経験であるのはどのページからも明白だった。

「今後、あれより優れたものを君が書くとは思えんな」相手は力をこめて断言する。

そう言われると、まるでこれまでの仕事は処女作以後次第に質が低下してきたみたいだ。

「君はあの当時は嘱望されていたけれど、結局期待だけで終わったようだな」

ガスストーブで足は火傷《やけど》しそうだが、手はかじかんでいる。腕時計を密かに眺めて、もし十時などという早い時間にお暇《いとま》したら旧友は立腹するかしらと考える。運転手には、玄関の前に止めて、立派な車が相手の貧しさを際立たせぬようにと、街角で待っているように言ってある。ところが玄関で相手は言う。

「通りの行き止まりにバスが来る。そこまで送って行くよ」

ぎょっとして、実は車を待たせてあるのだと告白する。運転手が角に停車しているなんて変だな、と彼は言う。いやあ、運転手の癖なんだと説明する。車のところまで来ると彼は何だ、この程度の車かというように眺める。こちらはもじもじして、そのうちに夕食でもと誘ってみる。いずれ連絡すると約束し、車の中で、もしクラリッジに招待したら気取ってると思うだろうか、あるいはソーホーだったらケチだと思うだろうか、などと思案する。

こういう心の葛藤はロイ・キアとは無縁である。ロイは人から得られるものをすべて得たらお払い箱にする、と言ったら少々酷かもしれない。だが、酷でないようにと思えば、遠まわしに言ったり、冗談めかして当てこすったり、上品に仄《ほの》めかしたりしなければならない。だが、酷だとしても真実なのだから、そのままの表現にしておく。大抵の人間なら、紳士も悖《もと》るようなことを何かしたときには、そんなことをさせた相手に対して不快を覚えるものだが、ロイの心臓はよほど強靱なので、つまらぬ感情は一切抱かない。人をひどい目に合わせても、あとで気まずさなど少しも覚えないのだ。

「スミスか、覚えているよ。いい奴だが、あいつも最近は僻《ひが》みっぽくなって困る。何かしてやれたらとは思うのだが。いや、もう何年も会ってないな。以前の友人と付き合い続けるのはよくない。双方にとって辛いから。時間が経って友人との間に格差が生じるのは致し方がない事実だから、切り捨てるしかない」

ところが王立美術院の内覧会か何かで、たまたまスミスと出くわそうものなら、ロイくらい愛想よくする者はいない。しっかりと握手し、会えてどんなに嬉しいかと言う。顔を輝かせて、太陽が陽光を注ぐように、友情を浴びせる。スミスは素晴らしい友情で心が温まる。スミスの最新作の半分くらい優れた作品が自分にも書けたらどんなにいいかと、ロイが言ってくれたな、あいつは本当に親切だとスミスは言うことになる。ところが、もしスミスに気付かれなかったと思う場合には、ロイは視線をそらせる。だが、スミスはロイに気付いたので、見て見ぬふりされたのを怒る。昔はみすぼらしい食堂で一枚のステーキを半分ずつ分けあったり、セントアイヴズの漁村で一カ月休暇を共に楽しんだりしたのに、とスミスは言う。ロイはご都合主義者だ、俗物だ、ペテン師だと罵《ののし》る。

ペテン師というのは、スミスの誤解だ。ロイの最大の特徴は誠実さなのだ。二十五年間もペテン師でいられるわけがない。ペテン、つまり偽善というのは非常に難しく、神経の疲れる悪徳であって、決して楽に出来ることではない。絶え間ない努力とまれにみる図々しさが不可欠である。偽善というのは、不倫をしたり食卓で大食いするように、暇のときに行うわけには行かない。四六時中行うものだ。それに加えて皮肉なユーモア感覚が要る。ロイはよく大笑いをするけれど、彼が鋭敏なユーモア感覚を持っていると思ったことはないし、皮肉を言う才能に欠けるのは明白である。彼の小説で僕が最後まで読んだのはまれだが、読み始めた本は多い。どのページにも彼の誠実さがしっかりこもっているのは確かである。それが彼の変わらぬ人気の秘密である。これまでロイはいつも世間一般の人がその時期に信じていることを誠実に信じてきた。貴族のことを書いたときは、貴族は自堕落で不道徳であるものの、ある種の気高さがあって、大英帝国を統治する生来の適性があると誠実に信じた。後期になって中産階級のことを書いたときは、彼らがイギリスの基盤だと誠実に信じた。彼の描く悪漢は常に悪漢であり、男性の主人公は立派で、乙女は純潔だった。

好意的な書評を書いた批評家を昼食に招待するのは、親切な見解に対して誠実に感謝するからであり、批判的な書評を書いた批評家を招くのはロイが自分の創作力を向上させたいと誠実に思ったからである。テキサスや西オーストラリアに住む未知の賛美者がロンドンにやってきたとき、国立美術館に案内するのは、愛読者に教養をつけさせるためだけでなく、美術への人々の反応を観察したいと誠実に願うからだ。ロイの解説を聞きさえすれば、その誠実さに納得せざるをえない。

講壇に立つときには、夜会服を見事に着こなすか、それともその場により相応《ふさわ》しいと判断すれば、着古してはいるが、仕立てのよい、ゆったりしたスーツを身につける。そうして真面目で率直な態度で聴衆に対するのだが、控え目な態度があって魅力的で、講演という仕事を誠実に行おうとしていると気付かざるをえない。話している途中で、時どきわざと言葉に詰まるふりをするのだが、そのためいざ言葉を口にしたときには効果が上々になる。声は太く男性的である。話がうまくて決して退屈させない。よく英米の若い作家について講演するが、聴衆に若手作家たちの長所を先輩として親切に説く。もしかすると詳しく論じすぎる気味があるのかもしれない。講演を聞いたあとでは、もうよく分かったので、その作品を読む必要はないと思ってしまうからだ。それでロイが講演した地方の都市では論じた作家の本はまったく売れず、ロイの本への需要が高まるのだった。彼の精力は驚嘆すべきものだった。アメリカ合衆国各地への講演旅行だけでなく、イギリス全土を回った。どんな小さなクラブからでも、会員の向上を図るどんなささやかな団体からでも、ロイは求められれば、必ず一時間くらいの時間を快く割くのだった。時どき講演を整理してこぎれいな書物にして発表した。こういうことに関心のある人なら、『現代小説家』、『ロシアの小説』、『作家論』といった題名のロイの著作を読まないまでも拾い読みくらいしたことがあるだろう。これらの本から文学への誠実な愛情と魅力的な人柄がにじみ出ているのを否定できる者は誰もいない。

だが、これで彼の活動はまだ終わらない。作家の利益を増大したり、病気や加齢で貧乏になった作家の苦境を緩和したりするために設立された団体で活躍した。著作権が法令の問題になると必ず積極的な見解を進んで述べたし、外国作家との親善のための外国への使節団にはいつでも参加した。公《おおやけ》の祝宴で文学界を代表して謝辞を述べる役割をいつでも喜んで果たした。外国からの著名な作家を迎えるための委員会には必ず名を連ねた。バザーが開かれれば、そこにはきっと彼の署名入り本が少なくとも一冊あった。インタビューを断ったことは一度もなかった。自分は物を書く商売の苦労を誰よりもよく知っているから、駆け出しのジャーナリストが自分と楽しく語り合うことで数ギニー稼げるというなら、それを断るような非情さは自分にはない、と言った。これは嘘ではなかった。インタビューに際しては、ロイは通常相手をランチに招いて行い、まず好印象を与えることに成功する。ロイがつける条件は唯一つ、原稿を発表前に見せてもらうことだった。有名人に時間構わず電話してきて、新聞の読者が先生について知りたがっていると称して、神を信じるかどうか、朝食に何を食べたかなどを聞いてくる輩がいるが、ロイはこういう連中にも決して腹を立てない。あらゆる公開討論会に出席するので、世間の人は誰もが、禁酒、菜食主義、ジャズ、にんにく、体操、結婚、政治、家庭での女性の立場などに関するロイの見解を知っていた。

彼の結婚観は机上のものだった。というのは多数の芸術家が自分の職業と両立させるのを困難に思う結婚という状態をうまく回避したからだ。彼が何年ものあいだある身分の高い既婚婦人に空しい愛情を抱いていたというのは一般に知られていた。その女性のことを語るとき、いつも騎士道的な賛美の口調で語るのだが、夫人は彼を邪険に扱ったとされている。彼の中期の小説には珍しく暗い雰囲気があるが、この報いられなかった恋の苦悩が影響したのであろう。しかし、この辛い経験のお蔭で、熱狂的なファンの中にいる、評判のよからぬ男擦れした美女たちが言い寄ってくるのを、相手を怒らせずにかわすことが出来た。彼女たちは不安定な今の身分を流行作家との結婚による安定した生活で変えようとやっきになっているのだった。彼女たちの輝く目の中に結婚願望を見つけると、ロイは人生一度の恋のために自分は誰とも結婚できないと告げるのだった。この古風な恋の話を聞いて、彼女たちはうんざりするかもしれないが、侮辱されたとは思わなかった。

家庭生活の喜びと親になる満足を永久に拒否されたと思って、ロイも少し溜息をもらしたが、それは、作家としての理想のためのみならず、結婚の相手になりうる女性のためにも払わねばならぬ犠牲として耐えた。作家や画家の夫人というものを人々は歓迎しないということに、彼は以前から気付いていたのだ。どこへ行くにも夫人を同伴する芸術家は迷惑がられ、遂に招かれたい邸《やしき》にも招待されなくなる。そうかと言って、妻を家に残して出かければ、帰宅してすぐ文句を浴びせられて、最善の仕事に必要な心の平穏が持てなくなる。アルロイ・キアは独身であり、もう五十歳なので、今後も独身のままであろう。

作家というものが、勤勉、常識、誠実さ、目的と手段の巧みな結合などによって何をなしうるか、いかなる高みにまで達しうるか、ロイはそのよい見本だった。彼はいい奴であり、あら捜しばかりするへそ曲がり以外は誰もその成功を羨まないであろう。ロイのことをあれこれ考えながら寝れば、熟睡できるだろうと思った。そこで下宿のおかみに伝言を走り書きし、パイプの灰を落とし、居間の明かりを消して眠りについた。

2

翌朝ベルを鳴らして手紙と新聞を取り寄せると、おかみに頼んでおいた伝言への返事がロイから届いていた。アルロイ・キア様はセントジェイムズ通りのご自分のクラブで一時十五分にお待ちだそうです、というものだった。それではというので、一時少し前にまず自分のクラブに寄り、カクテルを一杯飲んだ。ロイが出してくれそうもなかったのだ。それからセントジェイムズ通りに出て、ゆっくりとショーウインドウを眺めたが、まだ数分の余裕があるので(私は時間厳守が好きじゃないのだ)、何か気に入るものでもないかとクリスティーズに入った。その日の競売はもう始まっていて、浅黒い小男たちの一団がヴィクトリア朝の銀製品を順番に手渡していた。競売人はその男たちの合図をうんざりした目で追いながら、「十シリング、十一シリング、十一シリング六ペンス」と単調な声で唱えていた。六月初めの晴天で、キング通りの空気は明るかった。そのためクリスティーズの壁の絵画はとてもくすんで見えた。外に出た。通りの人々は心おだやかな様子でそぞろ歩きをしていた。まるでその日ののんびりした気分が心に入りこみ、自分でも意外なことに、仕事の最中ではあるが、働くのはもうやめにして、世間の様子を見る気になって歩いているかのようだった。

ロイのクラブはひっそりしていた。控えの間には老人の門番とボーイがいるだけだった。会員が皆ボーイ長の葬式に列席しているのだという憂鬱な気分に突然襲われた。ロイの名前を告げるとボーイが、帽子とステッキを預けるように人のいないホールに案内し、それからヴィクトリア朝の政治家の等身大の肖像画の掛かったがらんとした広間に案内した。ロイは革のソファーから立ち上がり、私を温かく迎えた。

「すぐ食堂に行こうか?」彼が言った。

やはりカクテルは出さない。僕は自分の先見の明を誇った。彼は先にたって部厚い絨毯の敷かれた堂々たる階段を上がった。誰ともすれ違わなかった。外来者用の食堂に入ったが、ここでも僕たち以外に客はいなかった。まあまあの広さの部屋で、とても清潔で白く、アダム様式の窓があった。とりすましたボーイがメニューを渡した。ビーフ、マトンとラム、冷製サーモン、アップルタルト、ルバーブタルト、グーズベリタルト。お定まりのメニューに目を走らせていると、溜息が出て、うまいフランス料理を出す街角のレストランを思った。あそこなら、賑やかなお喋りが聞こえ、夏服姿の可愛い化粧した女たちがいるのに。

「子牛とハムのパイがお奨めだな」ロイが言った。

「結構だ」

「サラダは私が混ぜるけどいいね」ロイが気軽に、しかし有無を言わせぬ口調で言った。それからメニューをもう一度眺めて、気前よさそうに「もう一品アスパラガスもどうだろう?」と言った。

「それは結構だな」

彼はまたちょっと形式ばった言い方になった。

「アスパラガスを二人前たのむ。シェフに彼自身で吟味するように言ってくれたまえ。それから飲物は何にする? ドイツの白ワインでいいかな? なかなかいいのを出してくれるのだよ」

僕が同意すると、ボーイにソムリエを呼ぶように言った。注文するときの穏やかではあるが有無を言わせぬ物言いには感心するしかなかった。昔育ちのよい王様が配下の元帥の誰かを呼ぶときもこんなふうにするのだろうと思った。黒い服の肥《ふと》ったソムリエが職掌柄首に銀鎖をかけ、ワインリストを手にして勢いよく部屋に入ってきた。ロイは横柄な馴れなれしい態度で頷いた。

「やあ、アームストロング、二十一年物のリープフラウミルヒがいいな」

「かしこまりました」

「在庫はまだあるの？　まあまあというところか？　今後は入手が難しくなるだろうな」

「はい、さようでございます」

「先のことでくよくよしても仕方ないな？　そうだろう、君？」

ロイはアームストロングに愛想よく快活に言った。相手はクラブ会員を長年扱ってきたので、これにに返事がいるのだと分かった。

「さようでございますな」

ロイは笑い、僕の方を向いた。アームストロングはなかなかの男だろう、と目が語っていた。

「で、冷やしてくれ。でも冷やしすぎはいかんよ。丁度いい加減にな。お客さんにこのクラブは、きちんとしているのだとお示ししたいのだ」それから僕の方を向いて、「アームストロングは四十五年もここで働いているのだ」と言った。ソムリエが立ち去ると「ここにお呼びしてよかったかな。ここなら静かだから、じっくり話せると思ったのだ。もう久しくゆっくり話し合っていないものな。とても元気そうじゃないか」

そう言われたので、こちらもロイの様子を眺めることになった。

「君の半分も元気とは言えないだろうな」僕が言った。

「生真面目で禁欲的な生活をしている結果だな。仕事を沢山こなし、運動もたっぷりやっているからな。ゴルフの腕はどうだい？　そのうちにお手合わせを願おうかね」

ロイはハンディなしであり、僕のような下手な者とプレイするくらいつまらないことはないのは心得ていた。だが、こんな曖昧な招待なら受けても構わないと思った。彼は健康そのものに見えた。縮れ毛はかなり白髪になりつつあったが、それが似合っていて、率直そうな日焼けした顔を若々しくみせていた。世の中すべてをまじまじと正直に見る目は明るく澄んでいた。若いときはすらりとしていた彼も今ではそうでもないので、ボーイがロールパンをすすめるとライ麦パンにしてくれと言うのを聞いて、さもありなんと思った。でも小太りであるので威厳が増したようだった。発言にも重みがついた。動作が以前より少々緩慢なので、この男なら信頼してよさそうだという良い感じを与えた。椅子に座るときも、あまりどっしりと座るので、なんだか記念碑の台座にでも座っている印象を与えた。

ロイのボーイへの物言いが大体において、気が利いたものでもないし、機知に富むものでもないのを読者にお伝えしたつもりだが、分かって頂けただろうか、自信はない。彼の物言いは流暢であり、それに本人がばかに笑うものだから、彼が面白いことを言っているのかと勘違いさせられることが時どきある。彼は言葉につまるというようなことは決してなく、時の話題についても楽々と話すので、聞いている者は誰もぎこちなさなど感じないですんだ。

作家の多くは自分は言葉の専門家だと自負しているため日常の会話の場合でもあまりにも注意深く言葉を選んでしまうという悪癖がある。何か言うとき、自分でも気付かずに慎重に言葉を選ぶ。余計なことは言わずに、伝えたいことだけを厳密に正確に表現しようと努める。このため、上流階級の人との会話が円滑に運ばなくなる。上流人は、精神生活がごく単純なので、当然限られた語彙しか用いないから、作家と話すと不愉快になる。作家との交際はごめんこうむりたいという結果になる。ところがロイが相手なら、誰でも遠慮せずに付き合える。ロイならダンス好きの近衛兵と近衛兵がちゃんと理解できる言葉で話すし、競馬好きの子爵夫人とはその厩舎で働く少年の言葉で話せる。ロイは作家のようではまったくないな、と皆ほっとし、感激して噂した。この賛辞ほど彼を喜ばせたものはない。利口な人はいつだっていくつかの決まり文句(今は「たいしたもんだ」というのがよく使われている)や、流行の形容詞(「ものすごーい」とか「照れくさーい」など)や、仲間になって暮らしてみないとよく分からないような動詞(「つっつく」など)を使って、世間話に活気を与え、同時に頭を使うのを避けることが出来るのだ。アメリカ人は、世界一能率を尊ぶ国民であるからこういう言葉の使用法を完璧なものとして、陳腐なものから迫力のあるものまで幅広い流行語を発明している。それを駆使して、喋っている内容には少しも頭を使わずに、面白い活気のある会話を継続できるのである。その結果、ビジネスとか浮気といった、より大事な問題を考えるのに頭を使う余裕が生じるのである。ロイは話題豊富で、流行語を身につける勘が鋭く働いていた。流行語のお蔭で彼の会話には適度の味わいが加わった。彼はそれを使うときは、いつも頭のよい自分が発明した新語であるかのように、嬉しそうに熱心に使うのだった。

彼は僕を前にして、共通の友人だの、話題の本だの、オペラだの、あれこれ喋りまくった。とても快活だった。いつだって愛想がいい男だが、この日の愛想のよさに驚嘆した。滅多に会えないことをとても残念がり、長所であるあの率直な言い方で、どれほど僕に好意を抱いているか、どんなに高く僕の作品を評価しているかを語った。そう言われると、こちらもお返しに好意を示さざるをえないように感じた。今僕が執筆中の本について尋ねたので、こちらもロイが何を書いているのか聞いた。二人とも一生懸命仕事をしている割に成功を収めていないと言い合った。子牛とハムのパイを食べ、ロイが解説しながらサラダを混ぜた。白ワインを飲み、うまそうに舌鼓を打った。

さて、一体いつ本題に入るつもりなのだろうか。

ロンドンの社交季節の最中にアルロイ・キアともあろうものが、批評家でもなければ、どの方面にも影響力を持たぬ僕などを相手に、マティスや、ロシア舞踊や、マルセル・プルーストを論ずるために、一時間をつぶそうというつもりだとは、どうしても考えられなかった。それに、陽気に振る舞っているが、どこか心にひっ掛かるものがあるのが漠然と感じられたのだ。彼が景気がいいのをもし知らなければ、僕に百ポンド借りようとする気なのかと勘ぐったところだ。言いたいことを切り出せずに昼食が終わりそうだった。ロイが慎重であるのは分かっていた。今回は久しぶりに会ったのだから、よい関係を復活させればいい、今日のうまい食事はいわば「まき餌」だったのだと、彼が考えようとしているようにも見えた。

「コーヒーは隣の部屋にするか？」彼が聞いた。

「君さえよければ」

「その方が居心地がいいと思う」

彼のあとについて隣に移動した。前の部屋よりずっと広くて、大きな皮の安楽椅子や巨大なソファーがあり、テーブルには新聞や雑誌があった。部屋の隅で二人の紳士が小声で話し合っていた。こちらを不快そうに見たが、ロイはそんなことには構わず、愛想よく挨拶した。

「こんにちは、将軍」大きな声で言って、明るく会釈した。

僕は一瞬窓辺に立って、明るい町の様子を眺め、セントジェイムズ通りの歴史的な建造物についての知識がないのを残念に思った。通りの向こう側のクラブの名称も知らないのを恥じた。ロイに聞けばいいのだが、まともな紳士なら皆知っているのにと軽蔑するだろうから、聞かなかった。ロイは背後から声をかけ、コーヒーの他にブランデーも飲むかどうか尋ねた。断ると、是非試すように薦めた。このクラブのブランデーは名物だと言った。優雅な暖炉の側のソファーに並んで座り、葉巻に火をつけた。

「エドワード・ドリッフィールドが最後にロンドンに来たとき、ここで一緒に昼食をとったのだよ」ロイはさりげない口調で言った。「先生にもブランデーを勧めたんだが、とても気に入ってくれた。実はね、この前の週末を先生の奥さんの家で過ごしたんだ」

「そうだったのか」

「奥さんは君にくれぐれもよろしくと言っていたよ」

「それはどうも。僕のことを覚えていてくださるとは意外だな」

「いや、いや、よく覚えていらっしゃるよ。六年前にあそこで昼食をご一緒したそうだね。奥さんの話では、先生は君に再会してすごく喜んだそうだ」

「だが、奥さんは喜ばなかったんじゃないかな」

「いや、いや、全然違うぜ。それはもちろん、奥さんはとっても気を使わなけりゃならんのだがね。先生は面会希望者にとても悩まされていたからな。奥さんとしては老人が疲れないように気を配らねばならない。先生自身は平気で無理をしそうになるので奥さんは大変だよ。考えてみると、先生が八十四歳になっても体も頭もしっかりしていたというのは、奥さんの手柄だと感心するよ。先生が亡くなって以来、僕は奥さんとはちょくちょく会っているんだ。とても孤独なのだ。何と言っても、あの方は、二十五年間老作家の世話だけを献身的にしてきたのだからね。先生の死で突然することが無くなってしまったんだからな。本当にお気の毒だ」

「まだ結構若いのだから、もしかすると再婚するかもしれないじゃないか」

「いや、いや、そんなことは出来っこない。とんでもない話だ」

会話が途切れ、二人ともブランデーを啜った。

「無名時代のドリップフィールドを知っていた人で、現存している人というのは、ほとんどいないのだが、君はその一人だろ。ひと頃、かなりよく会っていたのだろう?」

「かなりと言ってもな。だって僕はまだ子供みたいなものだったし、あっちは中年だった。だからお互いに親友なんていうものじゃなかったわけだ」

「まあそうだろうが、それでも、先生について他の人の知らないことを色々知っているんだろう?」

「そうかもしれないな」

「回想記なんかを書こうと思ったことはないの?」

「え、そんなこと! 考えたこともないよ」

「そうすべきだと思わないかな? なにしろ彼は現代最高の作家なのだから。ヴィクトリア朝の最後の作家と言ってもいい。まさに巨匠だった。先生の小説は、この数百年の作品の中で後世に残る可能性がいちばん高いと思う」

「どうかな。僕は彼の小説はどれも退屈だと思っていたな」

ロイは面白そうに目をきらきらさせて、こちらを見た。

「そりゃまた、いかにも君らしいな。だが、君の見解は少数意見だと認めたまえ。僕は先生の小説を一、二度でなく六度は読んでいるんだが、読み直す度に評価が高まるよ。亡くなったときの追悼の記事を読んだかい？」

「いくつか読んだよ」

「見解がすべて一致していたのには驚嘆したな。僕は全部読んでみたが」

「全部同じなら、全部読むのは不必要じゃないかね」

ロイは怒りもせずに大きな肩をすくめたが、僕の言ったことには答えなかった。

「タイムズ紙文芸付録の扱いは素晴らしかった。先生がもし読んだら、どんなに喜んだことだろう。『四季評論』では次号に論文を載せるそうだ」

「それでもやはり僕は彼の小説は退屈だと思う」

ロイは鷹揚に笑った。

「有名な批評家の誰とも見解が違うと考えると不安にならないのか？」

「特に不安ではない。いいかね、僕はもう三十五年間も作家をやっているが、そのあいだにどんなに多数の作家の浮き沈みを見てきたことだろう。天才だと褒めそやされて短期間栄光を享受し、それから忘却の彼方に消えていった人が何人いたことか！　あの連中、今どうしているかな？　死亡したのか、それとも精神病院に閉じ込められているのか、それとも会社員になって過去を隠しているのか。どこかの辺鄙《へんぴ》な村に住んで、村の医者や独り者の婦人にこっそり自分の本を貸したりしているのだろうか。イタリアのどこかの下宿屋でまだ有名作家として通っているのだろうか」僕が言った。

「ああ、線香花火のような連中のことだろう。僕も知っている」

「知っているどころじゃない、君は連中について講演しているじゃないか」

「それくらいしないとね。どうせ成功しないと分かっていても、援助の手を差し伸べたいのだ。なーに、それくらいの親切をするのは雑作もない。だが、ドリッフィールド先生はそんな連中とはまったく違う。彼の全集は三十七巻にのぼり、この前サザビーズに出たセットは七十八ポンドで売れたそうだ。論より証拠だ。売れ行きは毎年増えてきて、去年は最高だった。未亡人が、この前お邪魔したとき計算書を見せてくれた。間違いなく後世まで記憶されるよ」

「そんなこと分かるものか」

「君には分かるのかね?」ロイは嫌味っぽく言った。

僕は怒らなかった。彼をいらいらさせているのが分かって、いい気分だったのだ。

「僕が子供のときに本能的に下した判断が正しかったと思う。カーライルが偉大な作家だと聞かされ、『フランス革命』や『衣装哲学』が自分にはどうしても通読できないので恥じていた。今この作品を読める人がいるだろうか? 他人の意見は自分のより正しいと思って、ジョージ・メレディスは巨匠なのだと自分に言い聞かせた。心の中ではメレディスは気取っていて、冗漫で、不誠実だと思った。で、今では多数の人もそう思っているじゃないか。ウォルター・ペイターを尊敬するのが教養ある青年の証拠だと聞いたので、ペイターを尊敬した。だが、本当は『マリウス』にはひどく退屈したのだ」

「ペイターを読む人は今はいないだろうな。メレディスはもちろん、廃れてしまった。カーライルは気取ったほら吹きさ」ロイが言った。

「三十年前、彼らがどんなにもてはやされ、後世に残るといわれていたのか君は知らないのだ」

「君は判断ミスをしたことがないの？」

「一、二回はある。ニューマンのことを今より過小評価していた。フイッツジェラルドの響きのよい四行詩を今よりずっと尊敬していたよ。ゲーテの『ヴィルヘルム・マイスター』は読めなかったが、今はゲーテの最高傑作だと思っている」

「当時も今も変わらず傑作だと思っているのは？」

「そうだな。『トリストラム・シャンディ』、『アミーリア』、『虚栄の市』、『ボヴァリー夫人』、『パルムの僧院』、『アンナ・カレーニナ』。それから、ワーズワース、キーツ、ヴェルレーヌかな」

「そう言っちゃなんだが、あまり独創的な選択じゃないな」

「いやあ、その通りさ。自分の判断にどうして自信があるのかって君が聞くから、話しているだけだ。以前は臆病だったし、世論に従って、尊敬するふりをしたが、当時一流だとされていた作家を僕は本当には評価していなかったのだ。時間の経過で、次第に僕の本能的な判断が正しかったと証明された。そして、以前僕が本能的に心から好んだ作品は、時の試練に耐えて、今でも僕も批評家も高く買っているというわけだよ」

ロイはしばらく沈黙した。カップの底を見ていたが、コーヒーが残っているかどうかを見たのか、それとも何かいう言葉を見つけようと思ったのか、分からなかった。僕は暖炉の時計をちらっと見た。もう一分もすれば、お暇してもいいと思った。もしかするとロイを誤解していたのかもしれない。彼はただシェイクスピアからグラス・ハーモニカまで、いろんな話題で雑談しようというので僕を招いたのかもしれない。隠した意図があると勘ぐって悪かったと反省した。気になったので彼の様子を眺めた。もし世間話をするためだけだったならば、僕が相手でくたびれるか、がっかりするか、しているに違いない。私心がないのなら、人のご機嫌をとって付き合うのも骨が折れるものだと、少なくとも今は思っているだろう。しかし、僕が時計を見たのに気付くと、口を開いた。

「六十年間も仕事を継続し、毎年作品を刊行し、次第に読者を増やしてきたドリッフィールドが評価に値するのを否定するなんて、僕には理解できないな。ファーン・コートの邸には各文明国の言葉に翻訳された彼の作品がずらりと並んだ棚がある。今日では古風に感じられる作品も多いのは認めるにやぶさかではない。彼の活躍した時代の風潮で、冗漫になりがちだった。筋立ては概ねメロドラマ的だ。だが、常に彼の作品すべてにあると認めねばならない特質がある。それは美だ」

「ほー？」僕が言った。

「いちばん大事なのは、美が充満していないページを一ページも書かなかったということだ」

「ほー？」

「八十歳の誕生日に皆で肖像画を進呈すべく邸を訪ねたときに君も出席していてくれていたらよかったと思うな。あれは記憶に残る場面だった」

「確か新聞で読んだと思うな」

「集まったのは作家だけじゃないんだ。自然科学、政治、実業、絵画、世界を代表する著名人が出席した。ブラックスタブルに着いた列車から、あれほど各界の名士が一斉に降りたのは初めてだったろう。首相が彼にメリット勲位を贈呈したときは本当に感動的だった。先生のスピーチも見事だった。聞いていた人の中には目に涙を浮かべていた人もいたくらいだよ」

「ドリッフィールドは泣いたのかね?」

「いや、先生は冷静なのが目立った。いつもと変わらなかったよ。決まり悪そうな顔をして、穏やかで、とても礼儀正しく、もちろん、感謝しているんだが、一寸《ちょっと》そっけないんだな。夫人は夫が疲れないようにというので、昼食で皆が食堂に入ったときは書斎にいるように計らい、お盆に載せて食事を運んだようだ。僕は皆がコーヒーを飲んでいるとき、席を外して、書斎に行ってみた。先生はパイプをふかして肖像画を眺めていた。感想を尋ねたのだが一寸にやっとするだけで、答えなかった。入れ歯を外しても構わないと思うかねと聞くんだ。僕は、駄目です、間もなく代表の方がお別れの挨拶にやってきますから、と言った。それから、今日は素晴らしい日でしたね、と言ったところ、先生は『くだらん、とてもくだらん』と言った。ひどくくたびれていたというのが、本当のところだろう。晩年の先生は食べるときこぼすんだ。パイプを吸うときも同じで、パイプにタバコを詰めるとき、体中にタバコがこぼれるのだ。夫人は夫のそういう姿を人に見せたくなかった。僕なら構わなかったんだがね。僕はこぼれたものを取りのぞいて、少しは人前に出ても恥ずかしくないようにしてあげた。そこに人々が入って来て、彼と握手をして、町に戻って行った」

僕は立ち上がった。

「もう帰らなくては。会えてよかったよ」

「僕はこれからレスター画廊の内覧会に行くところだ。あそこには知り合いがいるものだから。よかったら一緒にどう？」

「ありがとう。僕にも招待状が来ていたんだがね。そう、やめておくよ」

階段を降り、帽子を取った。通りに出てピカデリー広場に向かった。ロイが言った。

「広場まで一緒に行こう」そう言ってロイは歩調を合わせた。「君は最初の結婚相手を知っていたのだろう？」

「誰の？」

「ドリッフィールドのさ」

「ああそうか！」僕はドリッフィールドのことは念頭になかった。「知っていたよ」

「よく知っていた？」

「かなりよくな」

「ひどい女だったのだろう？」

「そんなふうには記憶していないよ」

「とても下品な女だったに違いない。バーの女給だったのだろう？」

「そうだ」

「一体全体、先生はどうして結婚したのだろうか？　その女、浮気ばかりしていたと聞いているのだが」

「浮気女だった、確かに」

「その女のことを多少とも記憶しているかい？」

「とてもはっきり覚えている。優しい人だったな」

ロイは一寸笑った。

「一般の評判とは違うね」

僕は答えなかった。ピカデリー広場に来たので、握手の手を差し出した。ロイの握手の仕方に、どうやらいつもの熱意がないように感じられた。僕と会って何か失望したことがあったらしい。何かを期待したのに、失望したのは明白だが、それが何なのかヒントも与えなかったのだから、対応できなくても仕方がない。リッツ・ホテルのアーケードの下を通り、公園の柵にそってハーフ・ムーン通りに面する地点までぶらぶら歩きながら、僕の態度が常識外れに無愛想だったのだろうかと思案した。とにかく、僕への依頼を口にするには今日の会食は相応しくないと彼が判断したのは明白だった。

ハーフ・ムーン通りを上っていった。ピカデリーの派手な騒がしさのあとでは静かで快適だった。落ち着いていて品があった。大部分の家は間貸しをしていたのだが、貸間札で広告するような下品なことはしていなかった。医院のように磨き上げた真鍮の大きな表札を出していたり、「貸間」という文字が欄間窓にきれいにペンキで書いてあったりした。中にはもっと控え目に貸主の名前だけを掲げているのもあった。これなど、事情に疎いと、洋服屋か金貸しかと勘違いすることもありえた。同じく貸間の多いジャーミン通りに見られる交通混雑とは無縁だったが、この通りではところどころでスマートな車が家の前に無人で駐車してあったり、時にはタクシーから中年女性が降り立つこともあった。この通りの貸間に滞在する人たちは、ジャーミン通りの人たちのように派手で多少いかがわしい連中、例えば朝二日酔いで目覚め、迎い酒を飲むような競馬狂の男などではない。ロンドンの社交季節のために田舎から上京し六週間滞在する上品なご婦人とか、有名なクラブの会員である年配の紳士とかであった。毎年同じ家の貸間を利用している感じだった。貸家の主人とは、ひょっとすると主人がどこかの邸で召使頭をしていた頃からの知り合いなのかもしれない。僕の下宿屋のおかみのミス・フェロウズも以前どこかの邸の料理女だったのだ。もし彼女がシェパード市場で買物するために歩いている姿を目撃したとしても、前歴は想像つかなかったであろう。料理女なら肥っていて、赤ら顔で、だらしないと思うだろうが、彼女は違っていたのだ。痩せていて、姿勢がよく、質素ながら流行にあった服装で、きりっとした目鼻立ちだった。口紅をつけ、単眼鏡をつけていた。てきぱきしていて、物静かで、ひややかに皮肉を言い、とても贅沢だった。

僕が借りていた部屋は一階だった。居間は古い大理石模様の壁紙がはってあり、壁には、馬に跨《またが》る騎士が貴婦人に別れを告げているところとか、昔の騎士が大広間で宴会を開いているところなど、ロマンティックな情景を描いた水彩画が掛かっていた。大きなしだを植えた鉢がいくつかあり、肘掛け椅子は色あせた皮張りであった。部屋にはどことなく一八八〇年代の面影があるので、窓から外を見ると、クライスラー社の車でなく二輪馬車が止まっているような気がした。カーテンはどっしりした赤い畝織《うねおり》だった。

3

その午後は結構忙しかったのだが、ロイとの会話の影響もあって、僕の心は記憶の小道をそぞろ歩きし始めた。ロイとの会話のせいだけでなく、少し以前のこととの記憶、つまりまだ老人ではない者の心に宿る過去への懐かしさが、自分の部屋に入ったとき、何故か分からぬが、普段以上に強く甦ってきたからでもあった。言ってみれば、この下宿にかつて住んだことのあるすべての人たちが、昔の風習や奇妙な服装のまま私の部屋に押し寄せてきたかのような感じだった。男たちは上部を細く下部を広く剃った頰髯《ほおひげ》にフロックコート、女たちは腰当《バスル》とひだ飾りのスカートという装いだった。下宿はハーフ・ムーン通りの坂上にあり、そこまでロンドンのざわめきが届いたのか、それとも私の想像だけだったのか、そのざわめきに加えて、快晴の六月の日の美しさ(処女のごとく、《ル・ヴィエルジュ・》生気に満ち、《ル・ヴィヴァース・》麗しき今日の日《エ・ル・ベル・オージュルデュイ》、とマラルメが歌っている)が僕の幻想に刺すような痛みを与えたが、決して不快ではなかった。僕の見る過去は現実味を失ったようで、それを芝居の中の一場面として捉え、自分は暗い大衆席の後部の席から眺めているような気分だった。でも場面はそれなりに鮮明だった。人生では様々な印象が絶え間なく押し寄せてくると、とかく一つ一つの印象は輪郭が曖昧になるものだが、そのように曖昧ではなく、ヴィクトリア朝中期の画家が綿密に描いた油絵の風景画のようにくっきりと明瞭な場面だった。

　生活という面では、四十年前に較べると今の時代のほうが面白いような気がする。人間も今のほうが愛想がいいと思う。以前の人のほうが立派で、品行方正で、実質的な知恵もあった、と聞くけれど、そうだろうか？　以前の人が怒りっぽかったのは間違いない。暴飲暴食して、運動はほとんどしなかったのだから。肝臓が悪くなり、消化機能が衰えて、いつも苛立っていた。僕の言うのはロンドンのことではない。僕は成人するまでロンドンのことは全然知らなかった。また、狩猟を楽しむようなお偉方のことでもない。田舎の収入の乏しい連中のことだ。貧乏な紳士、牧師、引退した役人など田舎の社会の構成員である。こういう人々の生活の退屈さといったら、信じられないほどだ。ゴルフ場などは存在しなかった。手入れの悪いテニスコートのある家も少しあったが、するのは若者だけだった。「集会会館」でダンスパーティーが一年に一度あった。馬車を所有する者は午後ドライブに出かけ、馬車のない者は健康のため散歩に出た。娯楽というものがなかったのだが、そもそも娯楽を知らないのだから、味わえないのを淋しいとも思わなかったのかもしれない。たまに相互にお茶に招いて、その席に楽譜を持参してモード・ヴァレリ・ホワイトやトスティ作曲の歌をうたって、楽しむこともあったのだろう。でも一日一日は長く、退屈だった。相互に一マイルの居住地に住むしかないのに、喧嘩して憎みあい、それでも小さな町のことで毎日顔を合わせ、目をそらす。それが二十年間も変わらない。人々は自惚《うぬぼ》れで、頑固で、奇妙だった。もしかすると、ああいう毎日だったからへんちくりんな人物が出来たのかもしれない。今は人々は誰も似たようなものだが、以前はそうではなくて、それぞれ独特の個性によって目立った。とにかく付き合いにくかった。今の人は軽薄で無頓着かもしれないが、お互い同士を妙な猜疑心なしに受け入れる。今の風俗習慣はいい加減であっても人に思いやりがある。以前に較べて妥協を心得ているし、あまり気難しくない。

僕はケント州の海岸沿いの小さな町の郊外に叔父と叔母と共に暮らしていた。ブラックスタブルという名の町で叔父は牧師をしていた。叔母はドイツ人だった。貧乏貴族の娘で、結婚に際して持参したのは、十七世紀の先祖が誂《あつら》えたという象嵌《ぞうがん》細工の書き物机と一揃いのタンブラーだけだった。僕がそこに住むようになったときには、タンブラーは数個しか残っていなくて、応接間に飾りとして置かれていた。タンブラーの表面には隙間なく立派な紋章が彫りこまれていて、僕はこれが気に入った。縁組した家々の紋章がいくつもいくつも組み合わされていて、叔母はその由来を気取った口調でよく説明してくれた。紋章を支える動物たちも見事であり、王冠からつき出た飾りは信じがたいほどロマンティックだった。叔母は素朴な老女で、大人しいキリスト教徒らしい性質であり、決まった給料以外にはほとんど収入のない質素な牧師と結婚して三十年になるのに、未だに自分が貴族の生まれであるのを片時も忘れなかった。ある夏ロンドンの豊かな銀行家――その名は今日では実業界でよく知られている――が休暇用に近所の別荘を借りたとき、叔父は訪ねていったが(きっと特別聖職者協会への寄付を依頼するためだったのであろう)、叔母は商売人だからというので訪ねるのを拒んだ。でも叔母を俗物だと言う者は一人もいなかった。当然のこととして受け取られた。銀行家には僕と同い年の少年がいて、この子とどうやって知り合ったか忘れたけれど、とにかく知り合った。牧師館にこの子を連れて来ていいかどうか、僕が聞いたときの議論は未だに忘れない。ようやく不承不承《ふしょうぶしょう》許可されたものの、こちらが彼の家に行くのは禁じられた。「そんなことをしたら、次には炭鉱夫の家に行きたいと言い出すわ」と叔母は言い、叔父は、「朱に交われば赤くなる」と言った。

銀行家は毎日曜の午前中教会に来て、献金皿にいつも半ポンド金貨を入れた。もし彼が気前のいいところを見せて、周囲の人が感心すると思ったなら、それは誤りだった。皆献金のことは知っていたが、たんに裕福なのを鼻にかけていると思っただけだ。

ブラックスタブルは中心に海岸に通じるくねくねした長い大通りがあり、ここには小さな二階建ての家が並び、多くは一般住居だが商店もかなり沢山ある。大通りから、最近作られた小道が沢山走っていて、一方は田舎、もう一方は沼地で終わっていた。港の周辺には狭い、曲がりくねった小道が集まっていた。石炭船がニューカッスルから石炭をブラックスタブルに運んで来るため、港は活気づいていた。僕が一人で外出を許される年齢になると、港まで来て何時間もぶらぶら歩き、汚れたメリヤスシャツを着た荒くれ男たちや石炭が荷下しされる様子を眺めたものだった。

エドワード・ドリッフィールドに初めて会ったのはブラックスタブルでのことだった。僕は十五歳、夏休みになって学校から帰省したところだった。帰宅した翌朝タオルと水着を持って海岸に出た。空には一片の雲もなく、暑くて明るい日だった。でも北海の風が爽快な潮の香を運んで来るので、呼吸しているだけでも気分がよかった。冬だと住民は寒風に出来るだけ肌を曝さないようにと身を縮めて人気のない通りを歩くのだが、今はのんびりしていた。人々は居酒屋のケント公爵亭《デューク・オブ・ケント》と熊と鍵亭《ベア・アンド・キー》との間の空き地に群がって集まっている。東部イングランド方言のうるさい声が聞こえてくる。ちょっと間延びした感じで、汚い訛りかもしれないが、僕の耳には懐かしいせいもあって、ゆったりしていい感じに聞こえる。彼らは生き生きした肌で、目は青く、頬骨は高く、髪は明るい色だった。清潔で正直で率直な表情をしている。頭がいいとは思わないが、誠実だった。いかにも健康そうで、おおむね背は高くなかったが、頑丈で活発だった。当時のブラックスタブルにはほとんど車は走っていなかったから、路上でお喋りをしている人々は、医者の二輪馬車かパン屋の軽二輪馬車以外には避ける必要はなかった。

銀行の前を通るとき、支配人に挨拶するため立ち寄った。教区委員をしていたのだ。そこから出て来ると、叔父の教会の副牧師に出会った。見知らぬ男と一緒だったが、その男に紹介してくれなかった。顎鬚《あごひげ》のある小柄な男で、鮮やかな茶色のニッカーボッカー・スーツを着ていた。ひざ下でしぼる幅広の半ズボン、ネイビーブルーのストッキング、黒いブーツ、山高帽という出で立ちだからとても派手だった。当時のブラックスタブルではニッカーボッカーは珍しかった。僕は若かったし、男子校から戻ったばかりだったので、すぐこいつはキザな奴だと決め付けた。ところが、副牧師と僕が喋っているあいだ、この男はこちらを淡い青色の目で馴れなれしく見ていた。すぐにでも会話に加わりそうだったので、僕は見下すような態度を取った。猟番のようにニッカーボッカーを着た奴に気安く話しかけられたりするもんか。馴れなれしくにやにやしているのが気に食わなかった。僕自身は白いフランネルのズボン、胸ポケットに校章が付いている青いブレザー、縁の広い白黒の麦わら帽子という非の打ちどころのない服装をしていた。副牧師はもう行かなければと言い出した。これはありがたかった。なにしろ、僕は通りで人と出会うと別れることが出来ず、いつまでももじもじしていたのだから。副牧師は、午後に牧師館に行くので、叔父さんにそう伝えて欲しいと言った。別れ際によそ者は、こちらに頷いてにっこりしたが、僕は冷たい視線を返した。この人は避暑客で、ブラックスタブルでは避暑客とは交わらないことになっているのだ。ロンドン子は下品だと、誰もが思っていた。毎夏都会の下卑《げび》た連中がやって来るのは不愉快だと言っていたが、商人たちには必要だった。でも商人でさえ九月末になってこういう連中が引き上げて、町がまた静かになるとほっとしていた。

昼食のために帰宅したときには、髪は半乾きで頭にへばりついていた。副牧師に会ったら、午後来る、と言っていたと叔父に話した。

「ああ、シェパードばあさんが亡くなったからだろう」叔父が説明した。

副牧師はギャロウェイという名前で、背が高く、痩せて、不細工な顔をしていた。黒髪はいつも乱れ、顔は小さくて血色が悪かった。まだ若かったのだろうが、僕には中年に思えた。とても早口で、喋るとき盛んに身ぶりと手ぶりを用いた。このため世間の人は彼を変な人だと思ったので、働き者でなければ、叔父は出来れば雇いたくなかった。しかし叔父は怠け者だったから、多くの面倒な仕事を肩代わりしてくれるので重宝がっていた。叔父との仕事の打ち合わせが済むと、彼は叔母に挨拶しに来て、お茶を飲んで行くように言われた。

「今朝一緒にいたのは誰だったんですか?」彼がテーブルについたとき、僕が聞いた。

「あれはね、エドワード・ドリッフィールドですよ。紹介しなかったのは、叔父様があなたが知り合いになるのをお望みでないと思ったからでしてね」

「その通りさ。知り合いになってはいかんな」叔父が言った。

「どうして?　一体誰なの?　ブラックスタブルの人じゃないの?」

「この教区で生まれたんだがね。お父さんはファーン・コートのウルフさんの管理人をしていた。でも一家は非国教徒だった」

「あの男はブラックスタブルの女と結婚しましたよ」ギャロウェイ氏が言った。

「確か国教会の教会で結婚したのですよ。相手の女は鉄道紋章亭《レイルウェイ・アームズ》の女給だったというのは本当?」叔母が聞いた。

「様子からすると、そうかもしれませんね」ギャロウェイ氏がにやりとした。

「ずっと滞在するのかしら?」叔母が聞いた。

「ええ、そのようです。組合教会の礼拝堂のある新しい通りに家を借りましたからね」副牧師が言った。

当時のブラックスタブルでは、新しい通りにも名前があったのだが、誰も知らなかったし、知っていても使うことはなかった。

「彼は教会に来るだろうか?」叔父が聞いた。

「その点はまだ聞いていないのですがね。あの男は教育があるんですよ」

「信じられないな」叔父が言った。

「ハヴァシャム高校にいたと聞いています。奨学金とか賞金とかいくつも貰《もら》っています。オックスフォードのウォダム・コレッジで学ぶ奨学金を得たのですが、進学せず、船乗りになりました」

「無鉄砲な男だと聞いたことがある」叔父が言った。

「船乗りには見えなかったけど」僕が言った。

「何年も前に船乗りは辞めていますから。その後いろんな仕事をしています」

「多芸は無芸、というからな」叔父が言った。

「今は作家だと聞いていますよ」

「そんなもの長続きしないだろう」叔父が言った。

僕は作家なんて聞いたことがなかったから、興味をそそられた。

「何を書くの？　本？」僕が聞いた。

「そうでしょうな。本とか記事とかね。この春に小説を出したのです。私に貸してくれると言ってました」副牧師が言った。

「私ならつまらぬ本に時間の無駄はしないな」と叔父が言った。なにしろ、タイムズ紙とガーディアン紙しか読まなかったのだ。

「小説の題名は？」僕が聞いた。

「聞いたけど、忘れました」

「どっちみち、お前が知る必要はなかろう。つまらぬ小説を読むなんて反対だ。休暇中はいつも戸外にいるのが一番いい。それに夏休みの宿題もあるだろう？」叔父が言った。

宿題はあった。『アイヴァンホー』だった。十歳のとき読んでいた。また読んで、感想文を書くなんて、うんざりだった。

エドワード・ドリッフィールドがその後大作家として認められたことを思うと、叔父の食卓でこのように語られていたのを思い出すと笑いがこみ上げてくる。彼が少し前に亡くなり、ウエストミンスター寺院に埋葬されるべきだという議論が崇拝者の間で起きたとき、叔父より二代あとの今の牧師がデイリー・メイル紙に投稿し、ドリッフィールドはこの教区で生まれ、長年とくに生涯の最後の二十五年を当地で送っただけでなく、代表作の舞台としてここを選んだことを指摘した。それ故に、彼の遺骨はウエストミンスター寺院でなく、ここケント州の彼の両親が楡《にれ》の下で安らかに眠る教会の墓地に埋葬されるのがもっとも相応しいと牧師は主張したのであった。ウエストミンスター寺院の首席司祭が埋葬をそっけなく拒否し、それを受けて、ドリッフィールド夫人が新聞社にしかつめらしい書簡を送り、亡夫を生前よく知り愛していた素朴な人々の間で埋葬されるのが、彼の切なる願いだと述べたときには、ブラックスタブルでは皆安堵の胸をなでおろした。ブラックスタブルの名士が以前とよほど変わっていない限り、彼らは「素朴な人々」と言われて、気分を害したと想像する。いずれにしても、あとで聞いたのだが、土地の人々はドリッフィールドの二番目の妻に我慢がならなかったとのことである。

4

アルロイ・キアと昼食をとった日から二、三日後、エドワード・ドリッフィールドの未亡人から手紙を貰ったので驚いた。こんな内容だった。

親愛なるお友達へ

先週はロイと主人のことについて長時間お話しになったとお聞きしました。主人につきましてご親切にお話しくださり嬉しく存じます。主人はあなた様のことをよく私に話しておりました。才能豊かな方だと大変尊敬申し上げておりまして、いつぞや午餐《ごさん》にいらして下さった折にお目に掛かれて大喜びでした。ところで、主人からの書簡を所持していらっしゃいましょうか？　もしお持ちでしたら、写しを取らせていただけましょうか？　それから、私どもの家に泊りがけでいらっしゃいませんか？　静かな日々を送っておりまして、パーティーではございませんので、あなた様のご都合のよい日時にいらしてくださいませ。またお目に掛かり、昔話でも出来ればと存じます。一つお願いしたいこともございますが、主人のためでございますので、きっとお引き受けいただけるかと存じます。

かしこ
エイミ・ドリッフィールド

夫人に会ったのは一度だけだし、特に興味を覚えなかった。僕は「親愛なるお友達へ」などと呼びかけられるのは好まなかった。それだけでも招待を受けるのを断る理由として充分だった。だがこのように書かれると、断る理由が行きたくないからだというのが、どれほどうまい口実を工夫しても、ばれてしまうのが腹立たしかった。ドリッフィールドの手紙は一通も所持していなかった。数年前に短い手紙なら貰っているだろうが、まだ無名作家だったのだから、僕に手紙を取って置く習慣があったとしても、そんなことは思いもよらなかった。いずれ当代一の大作家と認められるなどと、どうして知ることが出来ただろうか？　すぐ断るのを躊躇したのは、夫人がお願いしたいことがあると書いていたからである。面倒くさいけれど、出来ることを嫌だと言うのは無作法に思えた。それに何はともあれドリッフィールドが大作家であるのは間違いなかったのだ。

この手紙は朝の便で届いたので、朝食後ロイに電話してみた。名前を告げると秘書がすぐにつないでくれた。もし僕が推理小説を書いていたのなら、電話を待っていたと勘ぐったところだ。ロイの男性的な声が「もしもし」とすぐ応じたので、予測が正しかったと分かった。朝っぱらにこれほど愛想よい声を出すなど普通ではありえない。

「電話で起こしたのじゃあるまいね？」

「そんな馬鹿なこと！」ロイの元気一杯の笑い声がさざなみのように電話線を伝ってきた。「七時から起きている。公園を馬で一回りしてきたところだ。これから朝食なんだが、一緒にどうだろう？」

「君のことは大好きだが、朝食を共にしたい相手ではない。それにもう食事は済ませたんだ。あのねえ、今ドリッフィールド夫人から、泊りがけで訪問しないかという手紙がきたのだ」

「ああ、君を招待するつもりだと聞いた。一緒に行ってもいいじゃないか。あそこにはいい芝生のテニスコートがあるし、彼女は結構上手なのだ。気に入ると思うな」

「僕に頼みって、一体何なんだ？」

「それは夫人が自分で言いたいのじゃないかな」

ロイの声には柔らかさがあった。妻の妊娠を期待している夫に医者がお目出度《めでた》ですと告げるときの柔らかさだった。だが僕には無駄だった。

「そんな言い方やめたまえ。その手に乗るものか。誤魔化《ごまか》さずに言ってしまえよ」

電話の向こうで一寸沈黙があった。ロイがこちらの言い方を不快に思っているのが感じられた。

「午前中は忙しいかい？　よかったら伺いたいのだがね」ロイが言った。

「いいよ、来てくれ。一時まで家にいるから」

「一時間くらいで行く」

受話器を置いて、パイプに火をつけた。ドリッフィールド夫人の手紙を再読した。

夫人が手紙で述べた昼食会のことは鮮明に覚えている。そのとき僕はターカンベリから遠からぬところにあるホドマーシュ夫人の邸に週末滞在していた。この賢く美貌のアメリカ生まれの女性の夫である準男爵は、スポーツ好きで頭は空っぽだが人に接する態度はみごとだった。夫人は、おそらく夫との家庭生活の退屈さをまぎらすためか、パーティーを開いて邸に芸術家を招くのが趣味であった。パーティーは種々の人がいて陽気なものだった。貴族や紳士階級が画家、作家、俳優と同席して驚いたり、どぎまぎしたりした。夫人は、招待する作家の本は読まず、画家の絵を見なかったのだが、芸術界の内情に通じているという気分を楽しんだ。そのときのパーティーの席で、たまたま近くに住む有名人としてドリッフィールドの名前が出た。僕が彼のことは昔よく知っていたのですと言ったところ、夫人が、お客様がロンドンに戻る月曜日に何人かで彼をお訪ねしてお昼でもご一緒したらどうかしらと言い出した。僕は反対した。もう三十五年も会っていないから、向こうは僕のことなど忘れているだろうし、たとえ覚えていても——これは黙っていたのだが——楽しい思い出ではないと思ったからだ。ところが、スキャリオン卿とかいう若い貴族が来ていて、文学に夢中で、貴族院議員にでもなって国家のために働けばよいのに、推理小説を書くのに全精力を傾注していた。ドリッフィールドに会ってみたいという好奇心が留まるところを知らず、ホドマーシュ夫人の提案に飛びついたのだった。さらにパーティーの主賓は若いのに太っている公爵夫人だったが、この人のドリッフィールドへの敬意は大変なもので、彼に会えるのならロンドンでの約束は取り消して午後まで出発を延期すると言い出した。

「これで訪問者は四人ね。もっと多いとあちらもご迷惑でしょうから、丁度いいわ。すぐに夫人に電報を打つことにしましょう」ホドマーシュ夫人が言った。

僕はこの人たちと一緒にドリッフィールドを訪問するのは気が進まなかったので、この計画に水をさそうとした。

「彼をひどく退屈させることになりませんか。見知らぬ者が押し寄せるのには、彼もうんざりしているでしょう。もうかなりの老人ですしね」

「だからこそ、会いたければ、今お会いしておくのがよいのですよ。いつまでも寿命があるわけじゃなし。奥様のお話では、先生は人に会うのがお好きなのですって。医者と牧師にしか会っていないから、気分転換になるそうです。興味ある方を私がお連れするのは、歓迎ですって。もちろん、奥様は慎重になさらなければなりませんわ。好奇心からだけで会いたがる、ありとあらゆる種類の人がいますからね。それにインタビュー希望の新聞記者、自作を読んでくださいという作家、愚かしい熱狂的なファンなどから守らねばなりません。夫人は先生に会わせる人を選別していらっしゃるわ。会いたがる人すべてに会わせていたら、先生はあの世行きになってしまいます。先生の体力をいつも考慮していらっしゃる。私たちなら面会しても差支えないでしょう」

むろん、僕なら差支えないだろうが、同行する人たちを眺めると、公爵夫人もスキャリオン卿も自分は大丈夫という顔だ。これではもう反対しても仕方がない。

派手な黄色のロールスロイスでファーン・コートに向かった。ブラックスタブルから三マイルの距離だった。一八四〇年頃建てられた漆喰《しっくい》の家で、簡素で気取っていないが、しっかりした造りだった。表も裏も同一の造りで、玄関のある平らな部分の両側に二つの大きな張り出し窓があった。二階にも大きな張り出し窓があった。質素な欄干のお蔭で低い屋根が隠れていた。邸は一エイカーほどの庭園の中にあり、庭木は伸びすぎていたが、手入れが行き届いていた。応接間の窓から美しい森林と緑の牧草地が見渡せた。応接間の装飾は、郊外の小さな邸の応接間の装飾はこうあるべきだと誰もが考えるものにあまりにもぴったりなので、いささか面食らった。掛け心地のよさそうな椅子やこざっぱりした明るい更紗《サラサ》が掛かった大きなソファーがあり、カーテンも同じ明るい更紗であった。小さなチッペンデールのテーブルにポプリを詰めた東洋風の大きな鉢が置かれていた。クリーム色の壁には、今世紀初頭の有名な画家のきれいな水彩画が掛かっていた。見事に生けた生花がふんだんに飾られ、グランドピアノの上には著名な女優や他界した作家、傍系の王族などの写真が銀縁に入れて飾られていた。

公爵夫人が「何てきれいな部屋なのでしょう！」と感嘆したのも当然だった。一流作家が晩年をすごすのにまさにふさわしい部屋だった。夫人は控え目ながら自信ある態度で我々を出迎えた。年は四十五歳くらいで、血色の悪い小さな顔で、目鼻立ちはきりっとして鋭かった。黒い釣鐘形の帽子をきつめにかぶり、グレーの上着とスカートを着ていた。小柄で、背は高からず低からずだった。きちんとし、有能で、鋭敏という印象を与えた。大地主の娘が未亡人になって実家に戻り、領地を管理し、すぐれた組織力を発揮しているというような感じを受けた。夫人は我々を牧師とその妻に紹介した。ブラックスタブルの牧師夫妻で、我々が部屋に入ったとき立ち上がったのだった。ホドマーシュ夫人と公爵夫人は、自分らは身分の相違など少しも気にしないというのを示すために、すぐへつらうように愛想よくした。

それからドリッフィールドが現れた。彼の写真はよく絵入り新聞で見ていたのだが、直接見るとやはりショックを受けた。覚えているよりも小さくなり、ひどく痩せていた。頭には細かい銀髪が少し残っているだけで、髭はなく、肌は透き通っているように見えた。青い目は色が薄く、目の縁は赤かった。細い糸一本で命と繋がっている、弱々しい老人に見えた。真っ白な入れ歯のせいで、笑うと不自然にこわばって見えた。昔はいつも顎鬚を生やしていたが、それも剃っていた。唇は薄く、色がなかった。新しい仕立てのよい青いサージのスーツを着て、低いカラーはサイズが大き過ぎるので、皺《しわ》の多いやせこけた首が見えていた。きちんと黒いネクタイを締め真珠のピンでとめてあった。スイスで夏季休暇を取っている平服の首席司祭と言えぬこともなかった。

夫人は夫が現れると、ちらっと見て、その調子でいいのだと言うように微笑を浮かべた。きちんとした様子に満足したのだろう。彼は客と握手し、それぞれに何かお愛想を言った。僕のところに来ると言った。

「あなたのようなお忙しい流行作家が、こんな老いぼれに会いに来てくださって、嬉しいですな」

まるで一度も会ったことがないような言い方なので、びっくりした。他の人に以前は親しかったのですと言った手前、自慢しただけだと思われないかと心配になった。

「この前お目に掛かったのは、何年前だったか分からないくらいですね」僕は出来るだけ明るい口調で言った。

彼はこちらを見た。ほんの数秒であったのだろうが、僕にはずいぶん長いあいだに感じられた。そのとき、突然、はっとした。彼が僕に向かってウインクしたのだ。あっという間であったから、誰も気付かなかったし、老大家の顔に現れるのはあまりにも予想外だったので、僕も自分の目を疑った。一瞬のうちに彼の顔は元通り穏やかで、賢明で優しく、静かに見守るような表情に戻った。昼食の合図があり、皆食堂に移動した。

食堂も最高の趣味のものだとしか述べようがない。チッペンデールの食器棚には銀のろうそく立てが置かれていた。客はチッペンデールの椅子に座り、チッペンデールのテーブルで食事した。テーブルの中央にバラを生けた銀の鉢があり、その周囲にチョコレートとはっか味のキャンディーの入った銀皿が数個並んでいた。銀の塩入れはピカピカに磨かれていたが、これはジョージ王朝のものだったようだ。クリーム色の壁にはピーター・リーリ卿作の婦人像の銅版画が掛かっていたし、マントルピースの上には青いデルフトの装飾品があった。給仕は茶色のお仕着せを着た二人のメードがしたが、ドリッフィールド夫人は流暢に会話に加わりながらも絶えず彼女たちを見守っていた。こういう丸ぽちゃのケント州の娘たち(健康な肌色と高い頰骨から地元の娘なのはすぐ分かった)を、どうやって躾け、見事な給仕女にまで仕上げたのかと感心した。食事の内容はこういう場に相応しいもので、気の利いたものであったが、贅沢ではなかった。平目の切り身を巻いて白ソースをかけたもの、新じゃがとグリーンピースを添えたローストチキン、アスパラガス、それにスグリで作ったデザートだった。食堂といい、料理といい、接待の仕方といい、すべてが著名ながら金持ちでない作家にぴったりのものだった。

ドリッフィールド夫人は、作家の妻の多くに見られるように、大変なお喋りだった。彼女が同席しているテーブルの席での会話を沈滞させることはなかった。だから、そう大きくないテーブルの反対側で先生本人に何か喋らせようとどれほど願っても、願いは叶わなかった。夫人は陽気で元気だった。夫が高齢で健康がすぐれないため、一年の大部分を田舎で暮らさざるをえなかったが、それでも時どき上京してロンドンで何が行われているか最新情報を得るように努めていた。夫人はまもなくスキャリオン卿と、ロンドンで上演中の芝居と王立美術院のひどい混雑ぶりについて活発な議論を始めた。展示されている絵画を全部見るのに二回行かねばならなかったんですよ。それでもまだ水彩画を見る時間がなかった。ええ、水彩画が大好きなのです、気取らないのがよいのですわ。何であれ、気取りは嫌いです、と言っていた。

招待主夫妻がテーブルの両端に座るので、牧師がスキャリオン卿の隣に、牧師の奥さんが公爵夫人の隣に席を占めることになった。公爵夫人は労働者階級の住居という話題に牧師の奥さんを誘ったが、どうやら相手よりも事情通らしかった。僕は誰とも喋る必要がなかったから、もっぱらドリッフィールドを観察できた。彼はホドマーシュ夫人と話していた。夫人は彼に小説の書き方を教えているらしく、その参考になる書物を挙げて、ぜひお読みになるといいですわ、と勧めているらしかった。彼は礼儀正しく面白そうに聞いている様子で、時どき何か言葉を挟んでいたが、声が低くて聞き取れなかった。夫人がジョークを言ったときには(夫人はジョークが得意であり、しばしば笑えた)、ちょっとくすくす笑い、夫人をちらっと見やった。あたかも、この女もそう愚かというわけではないのかな、と言わんばかりだった。僕は過去のことを思い出して、今の彼の心境を推測した。今日訪ねて来た貴族を含む上流人とか、こざっぱりした装いできびきびとすべてを取り仕切っている今の妻とか、この優雅な邸とかを一体どう思っているのだろうか。波瀾万丈の昔の日々を悔いているのか、今の生活に満足しているのか、それとも愛想のよい外面の奥にひどい倦怠があるのか、思案した。もしかすると、僕が熱心に見ているのに気付いたのかもしれない。ひょっと目を上げたから。しばらく考え深そうな目でこちらを見ていた。穏やかだが、奇妙に探るような目つきだった。それから突然、今回は間違いようもなく、またウインクした。しなびた顔に滑稽なウインクはあまりに不似合いなので、あっと驚くというより、困惑を覚えた。どうしてよいか分からなかったから、ただ曖昧に微笑を浮かべた。

そのとき、公爵夫人がテーブルの向こうの端の会話に加わったため、牧師の奥さんは僕の方を向いた。

「昔先生をご存じだったそうですね?」彼女は低い声で聞いた。

「ええ」

彼女は誰も聞いていないのを確かめるように周囲を見た。

「奥様はね、あなたが先生に不快かもしれない昔を思い出させるのではないかと、とても心配していらっしゃいますよ。すっかり衰弱しているので、些細なことで動揺なさるのでしょう」

「気をつけましょう」

「奥様の面倒見のよいのには感心しますわ。夫への献身ぶりは皆のお手本です。先生がどんなに貴重な預かりものなのか常に念頭に置いていらっしゃるわ。何事にも夫を優先して自分を忘れるなんて、なかなか真似できませんわ」そこで彼女はさらに声を低めた。「大変な高齢ですもの、時にはやりきれないことだってあるのです。でも彼女が苛立っているところを見たことはありません。彼女は、ある意味で夫と同じくらい素晴らしい人と言えます」

こちらは何と答えてよいか困ってしまったのだが、相手は返事を期待しているようだった。

「何はともあれ、先生は結構しっかりしていらっしゃいますね」僕は曖昧に言った。

「すべて夫人のお蔭です」

昼食後皆応接室に戻った。数分そこに立っているとドリッフィールドがやってきた。僕は牧師と話していて、話題に困って、窓からの景色を褒めていた。

「あそこに並んでいる小さな家々が絵のように美しいと話していました」僕が言った。

「ここから見れば綺麗に見えるがね」ドリッフィールドはそちらを見たが、皮肉なほほえみで薄い唇がゆがんだ。「私はあそこの家の一つで生まれたんだ。変な家でしょう？」

だがそこに夫人がせかせかと近づいてきた。彼女の声は潑剌として滑らかだった。

「ねえ、あなた、公爵夫人が書斎をご覧になりたいだろうと思うのよ。夫人はあまり時間がないそうなの」

「とても残念なのですが、ターカンベリ発三時十八分のに乗らなくてはなりません」公爵夫人が言った。

我々は書斎に一列に並んで入った。邸のもう一方の側にあり、張り出し窓があって、食堂と同じ景色が見えた。夫を大事にする妻が作家である夫のために用意するような部屋だった。きちんと整頓されていて、花を生けた大きな花瓶がいくつか飾ってある。女性らしい雰囲気が出ていた。

「主人は後期の作品全部をこの机で執筆しましたの」ドリッフィールド夫人は机の上に裏返しに開いて置いてあった本を片付けながら言った。「豪華版全集の第三巻の口絵に使われているのが、この机です。時代物なのですよ」

皆が立派な机ですね、と褒めた。ホドマーシュ夫人は、誰も見ていないと思ったのか、こっそりと机の端の裏側を指でこすって本物の時代物かどうかを確認した。ドリッフィールド夫人は明るい笑みを浮かべて、全員をさっと見た。

「皆さん、主人の原稿をご覧になりたいでしょ？」

「ええ、拝見したいわ。拝見したら、急がなくてはなりませんのよ」公爵夫人が言った。

ドリッフィールド夫人が棚から青いモロッコ皮で製本した原稿をおろした。一同が恭しく拝見しているあいだ、僕は部屋中に置かれた本を眺めた。作家なら誰でもするだろうが、自分の著書があるかどうかさっと探した。どうもないようだ。目に入ったのはアルロイ・キアの全集とその他多数の鮮明な色の装丁の小説だった。どれもページがめくられていないように見えた。おそらく偉大な小説家に贈呈されたものであろう。もしかして先生から賛辞のお言葉でもいただければ、出版社の広告に用いようという期待もあったかもしれない。すべての本があまりにもきちんと並べられ、あまりに清潔なので、手にとって読まれたことはほとんどないという印象を受けた。オックスフォード大辞典があり、フィールディング、ボズエル、ハズリットなどイギリス古典作家の立派な装丁の標準版があった。海に関する本が沢山あった。海軍省刊行の航海に関する指令書が雑多な色の不揃いな冊子の形で置かれていたし、園芸関係の本が何冊もあった。作家の仕事部屋というより、有名人の記念館という様子だった。どこかに面白いものはないかとぶらぶら歩いている旅行者がのこのこ入ってくる姿がもうすでに見えるほどだった。人の訪ねることもない博物館特有の黴《かび》っぽい、締め切った臭いが感じられた。ドリッフィールドが今でも何か読んでいるとすれば、『園芸通信』とか『航海時報』とかであろう。

現に部屋の隅のテーブルにまとめて置いてあった。

ご婦人たちが見たいものをすべて見てから、先生夫妻に別れの挨拶をした。だがホドマーシュ夫人は如才のない人だったから、今日の訪問のきっかけとなった僕が、ドリッフィールドとほとんど口をきいていないのに気付いたらしかった。玄関で彼女は僕に親切な微笑を向けながら言った。

「先生がずいぶん昔アシェンデンさんとお知り合いだったと伺って興味を持ちました。アシェンデンさんは良い坊やでしたか？」

ドリッフィールドは彼らしい真っ直《す》ぐな皮肉な眼で一寸僕を見た。もし誰もいなければ、僕に向かってペロッと舌を出したかもしれない。

「恥ずかしがりだったな。自転車の乗り方を私が教えましたよ」彼が言った。

その後皆大きな黄色のロールスロイスに乗り込み、帰路についた。

「魅力的な方ね。お訪ねしてよかったわ」公爵夫人が言った。

「とってもお行儀のいい方ね」ホドマーシュ夫人が言った。

「あの老人がグリーンピースをフォークに載せて食べるとまでは期待しなかったでしょう？」僕が言った。

「そうやってくれれば、よかったな。一寸した眺めだったでしょうね」スキャリオン卿が言った。

「ナイフでフォークに載せるって、とっても難しいのです。私もやってみたのですが、すぐ落ちてしまいますよ」公爵夫人が言った。

「フォークの先で突き刺せばいいのです」スキャリオン卿が言った。

「そんなの駄目よ。フォークの裏側に載せるのだけど、豆は転がるのね」

「ドリッフィールド夫人の印象はどうでしたか」ホドマーシュ夫人が聞いた。

「丁度いいお役に立っているのじゃないかしら」公爵夫人が言った。

「先生は本当に高齢ですからね、誰かお世話をしてあげる人が必要です。あの方は病院で看護婦だったのご存じ？」ホドマーシュ夫人が言った。

「まあ、そうだったの？　ひょっとすると秘書かタイピストかそんな仕事をなさっていたとは想像していました」公爵夫人が言った。

「いい人ですわ」ホドマーシュ夫人は友人を弁護するように言った。

「その通りね」

「先生は二十年前に長患《ながわずら》いをなさって、そのときあの方が看護婦だったので、回復なさってから結婚されたのです」

「奇妙ね、そういうことをなさる男の方が結構いるものなのね。ずっと年下だったのでしょ？　せいぜい四十か四十五でしょ？」

「いいえ、そうでもないわ。四十七にはなっているでしょう。噂ではあの人は夫のためにずいぶん尽くしたようですよ。人前に出して恥ずかしくないようにしたのは彼女だそうです。アルロイ・キアの話では、以前の彼はボヘミアン風だったそうです」

「一般に作家の奥さんってひどい人が多いじゃありませんか」

「ああいう奥さんと接触するのって、不愉快ですね」

「そうね。彼女たちは自分では気付かないのかしら」

「自分が、人に興味深い存在だと見られていると勘違いしているのですよ」僕がつぶやくように言った。

ターカンベリに着いて、駅で公爵夫人を降ろし、さらに車を走らせた。

5

エドワード・ドリッフィールドが私に自転車の乗り方を教えたというのは本当だった。それがきっかけで彼と知り合ったのだ。自転車が発明されたのはいつだか知らないが、僕が住んでいたケント州の辺鄙な辺りでは、当時まだ滅多に見かけないものだった。誰かが自転車でやって来るのを見たら、振り返って見えなくなるまで見送ったものだ。中年男性にはどこか滑稽なものに思えたようで、「母に貰った足で充分だ」と言っていた。年配の女性は、自転車が来ると怖がって急いで道の脇に走ったものだ。僕自身は学校で、自転車で通学してくる少年たちを羨ましく思っていた。ハンドルから手を離して校門に乗り入れるのは、とても格好よかった。夏休みの始まるまでに買ってくれるように叔父に頼んでおいた。叔母は危険だからと反対したが、叔父は、僕がしつこく頼んだし、どっちみちお金は僕の財産から出すので、同意した。休みに入る前に注文しておいたから、数日後に運送業者がターカンベリから届けてくれた。

僕は自分で乗れるようにしようと思っていた。学校の仲間は一時間もすれば覚えると言っていた。何度も何度も試みたが駄目で、自分は特別に不器用なのだという結論に達した。やむをえず、恥を忍んで庭師に支えてもらってみたのだが、一日目の午前中かけても、最初と同じで、全然乗れなかった。翌日は牧師館の車寄せの道が曲がりくねっているのがいけないのだと思って、外の道で試みることにした。そこなら少し行けば、道は平坦で真っ直ぐだし、誰もいないから、見苦しい姿を見られることもない。数回自転車に跨ろうとしたのだが、その度に転んでしまった。ペダルで脛《すね》をこすってかっとなり、いらいらした。こんなことを一時間もやり、神様は私を自転車に乗らせないつもりだと考え始めた。でもブラックスタブルでの神様の代表者である叔父に嫌味を言われたくなかったので、もっと練習しようと決心した。そのとき、遺憾なことに、人のいないはずの道に二人の人が自転車に乗って現れた。僕はすぐさま自転車を道の傍らに寄せ、垣根に座って、海をのんびりと見始めた。そこまで乗って来て、広々とした海原に見とれているという格好をした。二人が近づいて来ても、知らん顔してうっとりと海を眺めていた。でも目の端で男女だと分かった。そばまで来ると、女が急に曲がって側に来て、ぶつかり、地面に倒れた。

「ごめんなさい。あなたの姿を見たときから、転ぶような気がしていたの」

こうなったら、もう海を見ているふりは出来なくなり、僕は真っ赤になって「どう致しまして」と答えた。

男はさっと自転車から降りた。

「怪我しなかったですか?」僕に聞いた。

「ええ、大丈夫です」

そのとき男がエドワード・ドリッフィールドだと分かった。先日副牧師と一緒に歩いていた作家なのだ。

「わたし自転車に乗るのを練習しているところなのよ。道に何かあるとすぐ転んでしまうの」

「君は牧師さんの甥御さんだったね。このあいだ会った。ギャロウェイが教えてくれた。こちらは妻です」

彼女は妙にくだけた態度で手をだしてきた。僕が握手すると心をこめて握り返した。口と目と両方で微笑し、その微笑には妙に快い何かがあると、そのときでさえ気付いた。僕は当時から初対面の人をすごく恥ずかしがるものだから、彼女の様子の細部はよく見ることも出来なかった。ただどちらかと言うと大柄な金髪の女性だという印象を受けた。そのとき気付いたのか、あとで思い出しただけなのか分からないが、彼女は青いサージのふわっとしたスカートをはき、胸部を糊で固めたピンク色のブラウスを着て、やはり糊で固めたカラーをつけ、ボーターと呼ばれていた麦わら帽を豊かな金髪の上に載せていた。

「サイクリングって楽しいわね」彼女は垣根に立てかけてある僕の綺麗な自転車を見ながら言った。「上手に乗れたらさぞすてきでしょうね」

僕の器用さへの賛辞だと感じた。

「練習すれば誰でも出来ます」僕が言った。

「わたし、まだ三回目なの。主人は上達してきたと言うのですけど、わたしは自分があまり間抜けだから自分を蹴飛ばしたいわ。乗れるようになるまで、どれくらいかかりましたか？」

僕は髪のつけ根まで赤くなった。恥ずかしくて言葉は言い出しにくかった。

「僕、乗れないのです。自転車を持ったのは初めてで、今初めて乗ってみたのです」少し嘘をついたのだが、「昨日の家の庭での練習をのぞけば」と心の中で言って良心をなだめた。

「よかったら教えてあげてもいいよ」ドリッフィールドが愛想よく言った。「さあ、いらっしゃい」

「いいえ、そんなこと、結構ですよ」

「どうして？　いいじゃない。主人は教えたいのだし、そうすれば、わたしも少し休んでいられるもの」奥さんは青い目を愛想よく輝かせながら言った。

ドリッフィールドが僕の自転車を起こした。僕は気が進まなかったが、強引だが親切にしてくれるのを断るわけにも行かず、不器用に跨った。左右に揺れたが、彼がしっかり支えてくれた。

「もっと速く」彼が言った。

僕はペダルを踏み、ぐらつきながら進んだ。彼は脇にくっついて走ってくれた。彼が助けてくれたけれど、少し行くと転んでしまい、二人ともすっかり汗だくになった。こんな状況では、牧師の甥がウルフさんの家の管理人の倅《せがれ》に対して取るべき高飛車な態度など到底取れなかった。元の道を戻って、僕がおぼつかなそうに一応自力で三、四十ヤード走り、奥さんが道の真中に飛び出して来て、両腕を腰にあてて「頑張れ、頑張れ、フレー、フレー！」と叫んだときには、社会的地位など忘れて大笑いをしてしまった。助けてもらわずに降りられたときには、とても得意気な顔をしていたに違いない。初日に自転車に乗れるようになったなんて凄いと、夫妻に褒められたときには、もうどぎまぎなどしなかった。

「わたし自力で乗れるかやってみるわね」奥さんが言った。僕はまた垣根に座り、夫と共に彼女が頑張ってもなかなかうまく行かない様子を見守った。

彼女はがっかりして、また一息つくなり、僕の側に座った。ドリッフィールドはパイプに火をつけた。皆でお喋りした。勿論そのときは気付かなかったが、今振り返ってみると、彼女の態度には人をくつろがせるあけっ広げなところがあった。元気一杯の子供がはしゃぐように意気込んで喋り、目は魅力的な微笑でいつも輝いていた。その微笑がどうして心を捉えたのか分からない。ずるい微笑とも言えただろうが、ずるいと言うとマイナス・イメージがあるので合わない。ずるいと言うにはあまりに無邪気なのだ。いたずらっぽいと言うのが適当だ。子供が何か面白いことをして、大人はいたずらだと思うだろうと心得ているのだ。いたずらでも大人が叱らないと知っていて、もし大人が気付かなければ、僕こんなことやらかしたんだよ、と白状するような、そんなものだった。しかし、そのときは彼女の微笑が人をくつろがせると思っただけだった。

やがてドリッフィールドが時計を見て、そろそろ行こうか、一緒にかっこうよく自転車で帰ろうと言った。丁度叔父と叔母が日課の散歩をしている時間だったので、彼らが嫌う人と一緒のところを見られてはまずいと思った。それで、お二人のほうがスピードが出るから、先に行ってくださいと言った。奥さんは聞き入れなかったが、ドリッフィールドはこちらに可笑《おか》しな視線を走らせたので、心を見透かされたと思い、真っ赤になった。

「ロウジー、一緒でなくていいじゃないか。一人のほうがうまく漕げるだろうから」

「いいわ。明日も来る？　わたしたちはここに来るわよ」

「僕も来るようにします」

夫婦は去った。すこししてから僕もあとを追った。自分に満足して牧師館までの道を一回も転ばないで走った。お昼の食事のときは、それをずいぶん自慢したと思うが、あの夫妻に出会ったのは黙っていた。

翌日十一時頃、馬車置き場から自転車を出した。馬車置き場とは名ばかりで、軽二輪馬車さえ置いてない。庭師が草刈機と地ならし機を置いていたし、メアリ・アンはひな鳥の餌の入った袋を置いていた。僕は自転車を門のところまで押して行き、そこでやっとのことで跨り、ターカンベリ通りにそって走り、昔の料金徴収所でジョイ通りに曲がった。

空は青く、空気は暖かだが爽やかで、まるで熱気ではじけているようだった。光線は輝いていたが、眩しくはなかった。太陽の光が白い道に勢いよくぶつかり、ゴムまりのように跳ね返ってきた。

自転車で行ったり来たりしてドリッフィールド夫妻を待っていると、まもなく二人がやって来るのが見えた。僕は二人に手を振り、向きを変え(そのために一度降りたが)ペダルを漕いで一緒に進んだ。奥さんと僕はお互いにうまくなったと褒めあった。彼女も僕もハンドルに必死でしがみ付いてこわごわ走ったのだが、気分は上々だった。ドリッフィールドは、もっとうまくなったら、この辺りを自転車で回ろうと言った。

「近所の記念碑の石摺《いしず》りを取ろうと思っているんだ」彼が言った。

何のことか分からなかったが、彼は説明しようとしなかった。

「いずれやってみせるからね。君は明日往復十四マイル乗れるだろうかね」

「もちろん出来る」僕が言った。

「君のため紙とワックスを持って来てあげるから、君も作れるよ。でも、叔父さんに来ていいかどうか尋ねたほうがいいな」

「そんな必要はないです」

「でも聞いたほうがいいと思うな」

奥さんは例のいたずらっぽい、でも親しげな目付きで私を見詰めたので、真っ赤になった。もし叔父さんに聞けば、いけないと言うと分かっていたから、黙っているのがよいと思った。ところが、進んで行くと、向こうから医者が二輪馬車でやって来るのが見えた。医者とすれ違うとき、僕はまっすぐ前を見ていた。こちらが視線を合わせなければ、医者もこちらに気付かないと空しい期待を抱いたのだ。不安だった。もし医者が僕を見たならば、叔父と叔母にすぐばれてしまうに決まっている。もしかしたら、どうせ隠せない秘密なら僕から打ち明けたほうがいいのかもしれない、と考えた。牧師館の門のところで(そこまではどうしても一緒に来るのは避けられなかった)二人と別れるとき、ドリッフィールドは、もし明日いっしょに行けるようなら、なるべく早く迎えに来てくれと言った。

「僕らの家は知っているね。組合教会の隣で、ライム荘という名だから」

昼食のテーブルについたとき、さりげなくドリッフィールド夫妻と偶然出あったと話す機会を狙った。しかしブラックスタブルでは何でもすぐに伝わってしまうのだ。

「午前中あなたが一緒に自転車に乗っていたのは誰なの？　町でアンスティ先生とお会いして伺ったのだけど」叔母が聞いた。

叔父はローストビーフを不味《まず》そうに嚙んでいたが、むっとして皿を見下ろしていた。

「ドリッフィールド夫妻だよ」僕は気がないような言い方をした。「ほら、作家さ。ギャロウェイさんの知り合いの」

「とっても評判の悪い人だ。付き合って欲しくないな」叔父が言った。

「どうして？」僕が聞いた。

「理由など言わん。私がいけないと言えば、それで充分だ」

「あなた、どうやってあの人たちと知り合ったの？」叔母が聞いた。

「僕が走っていたら、そばに来て、一緒に行こうかと聞いたんだ」私は事実を少し歪めて答えた。

「ずうずうしいな」

僕は脹《ふく》れっ面《つら》をした。怒っているのを見せてやろうとして、食後のデザートがきたとき、大好きなラズベリのタルトだったけれど、いらないと言った。叔母は気分でも悪いの、と聞いた。

「ううん。どこも悪くなんかないよ」出来るだけ無愛想に言った。

「少しだけ召し上がれ」

「お腹が空いてない」

「せっかく作ったのだから」叔母が言った。

「腹が一杯なのは自分で分かるだろう」叔父が言った。

僕は叔父を睨んだ。

「少しだけ食べてもいい」僕が言った。

叔母は大きめに切ってくれた。僕はお義理で仕方なく食べているような様子で食べた。美味しいラズベリのタルトだった。メアリ・アンは口に入れると溶けるようなうまいタルトを作った。でも叔母がもうちょっといかがと聞いてくれたが、よそよそしく断った。叔母も無理にとは言わなかった。叔父が食後の祈りをささげ、僕は怒った気分のまま応接室に行った。

しかし、メードたちが昼食を済ませた時間だと判断すると台所に入って行った。エミリが銀製品を磨いていた。メアリ・アンは皿洗いをしていた。

「ねえ、ドリッフィールドっていけない人なの？」

メアリ・アンは十八歳で牧師館に働きにきたのだった。僕が子供のときはお風呂に入れてくれ、頼めばプラムジャムに粉砂糖を足してくれ、学校に通うときは持って行くものを鞄に詰めてくれ、病気のときは看病してくれ、退屈したときは本を読んでくれ、いたずらすれば叱ってくれたのだ。エミリは軽はずみだったから、メアリ・アンは、もしエミリが坊ちゃんのお世話をしたりしたら、ひどいことになるといつも言っていた。メアリ・アンは土地っ子で、ロンドンに行ったことはないと思う。ターカンベリへだって、三、四回しか行ってないだろう。病気だったことは一度もない。休暇は一日も取らなかった。給金は年十二ポンドだった。週に一晩だけ牧師館の洗濯物を引き受けている母親に会いに行った。日曜の夜に教会に行った。でも彼女はブラックスタブルでの出来事を何でも知っていた。誰のことも知っていて、誰が誰と結婚したとか、誰かの父親の死因は何だとか、どこかの女が何人子供を生み、その子供たちの名前は何だとか、全部知っていた。

僕がさきほどの質問をすると、濡れた布巾を流し場に乱暴に投げた。

「叔父様は間違っていませんよ。わたしだってね、あんたが甥だとしたらあの連中と付き合わせるもんですか！　坊ちゃんを自転車乗りに誘うなんて、あきれるわ。世間にはいけ図々しい人がいるものねえ」

食堂での会話がメアリ・アンに伝わっているようだった。

「僕もう子供じゃないんだ」

「だからこそ、余計いけないんです。大体あの連中よくんもまあ、この土地さにやって来やしたもんだよ!」メアリ・アンの言葉にはよく方言が混じった。「家を借りて、紳士淑女のふりなんかしてさあ。あ、坊ちゃん、タルトは駄目ですよ!」

ラズベリタルトが台所のテーブルにあったので、私が指で削り取って口に運ぼうとしたところだった。

「わたしたちが夕食に食べるのです。もっと欲しかったら、昼食のときお代わりしたらよかっただ。テッド・ドリッフィールドはどんな仕事も長続きしなかった。いい教育を受けていたのにね。可哀想なのはテッドのお母さん。赤ん坊のときからずっと面倒かけっぱなしでさ。そこへ持って来て、ロウジー・ギャンなんかと結婚したんですからねえ。聞いた話じゃあ、母さんはそれを知ると寝込んでしまい、三週間誰とも口を聞こうとしなかったですんよ」

「ドリッフィールドの奥さんは結婚前はロウジー・ギャンっていう名前だったのか。で、どこのギャンなの?」

ギャンという苗字はブラックスタブルでは一番ありふれたものだった。教会の墓地はその名前の墓石でいっぱいだった。

「坊ちゃんは知らないでしょ。ロウジーの父親はジョサイア・ギャンという男だった。この人も型破りでね。戦争に行き、帰ってきたら義足になっていたわ。よく絵を描くと言って外出していたけど、ほとんどいつも失業していたのね。ライ通りでわたしの家の隣だったから、ロウジーとわたしは一緒に日曜学校に行きましただ」

「でもあの人はお前より若いよ」子供らしくぶしつけに言った。

「あの人は三十は過ぎていますからね」

メアリ・アンは鼻が平べったく、虫歯だったけど、つやつやした肌だったから、三十五以上ではなかったと思う。

「ロウジーはわたしより若いとしたって四、五歳の差しかないだす。若いふりして、お化粧なんかして化けているから、彼女だとわからないっていう噂だけどね」

「あの人、バーの女給だったって本当?」

「本当ですとも。鉄道紋章亭《レイルウェイ・アームズ》とその次にはハヴァシャムの皇太子羽亭《プリンス・オブ・ウェルズ・フェザーズ》でね。鉄道紋章亭でマダムのリーヴズがロウジーに仕事を手伝わせていたんですけんど、あんまり素行がひどいんで、追い出したんですよ」

鉄道紋章亭はロンドン・チャタム・ドーヴァー鉄道の駅の真向かいにあるちゃちな居

酒屋だった。不気味な活気があった。冬の夜などに側を通るとガラス戸を透かして男たちがカウンターの辺りでぶらぶらしている姿が見えた。牧師として叔父はこの居酒屋は風紀が悪いと非難し、ずっと前から営業許可を取り消させようとしていた。客は鉄道の赤帽、炭鉱夫、農民が主だった。ブラックスタブルのまともな住民は誰も入ろうとしなかった。飲みたければ、熊と鍵《ベア・アンド・キー》亭あるいはケント公爵《デューク・オブ・ケント》亭に行くのだった。

「え、一体あの人何をしたの？」僕は顔から目が飛び出んばかりにびっくりした。

「何をしたって？　困りましてねえ。わたしが喋っているのを叔父様にみつかったら大変だ。でもいい。居酒屋の客の誰とでも関係したんですって！　相手構わずで。誰か一人っていうのじゃなくて、次から次へととっかえひっかえね。それはひどいものだったそうだよ。そこにジョージ殿が現れたのさ。あの男が普段入るような格の店じゃなかったんだけんど、たまたまある日汽車が遅れたので、入って行き、ロウジーと会ったのさ。それからと言うもの、あそこに入り浸りで、普通の労働者とも仲良くなってね。周囲の客は彼の狙いが彼女だって誰も知っていたのさ。彼には奥さんも子供もいたのに。奥さんは本当に気の毒。二人があまりいちゃつくので、マダムも怒り出し、ロウジーに給金を渡して、荷物を纏めて出て行くように言ったのさ。厄介払い出来てよかった、ってわたしは思ったですよ」

ジョージ殿ならよく知っていた。ジョージ・ケンプという名前で、殿というのは偉そうな態度を皮肉ってつけた綽名《あだな》だった。石炭商人だったが、不動産にも手を出し、二、三の石炭運搬会社への投資もしていた。新築のレンガ造りの屋敷に住んでいて、自家用の馬車を持っていた。尖った顎鬚の小太りの男で、血色がよく、赤ら顔で負けん気らしい青い目をしていた。今思い出してみると、昔のオランダ絵画でよく見る、赤ら顔の陽気な商人そっくりだった。いつもとても派手な身なりだった。薄茶の乗馬用の大きなボタンのついた短いコートを着て、茶色の山高帽を斜《はす》に被り、ボタンホールに赤いバラをさして、大通りを軽快なペースで馬車を進めてくると、誰も思わず見とれてしまうのだった。日曜日には光沢のあるシルクハットにフロックコートという装いで教会に来た。彼が教区委員に任命されたがっているのは誰の目にも明白だった。彼の精力をもってすれば教会に役立っただろうが、叔父は「わしの目の黒いうちは駄目だ」と頑張った。ジョージ殿は抗議するため一年ばかり組合教会の礼拝堂に通ったが、叔父は頑固だった。町で出会っても、無視した。間にはいる人がいて和解が成り立ったが、叔父は彼を教区委員補にするところまでしか譲歩しなかった。紳士階級は彼を下品だと思い、事実彼は見栄っ張りで自慢好きだった。声が馬鹿でかいのと耳障りな笑い声を誰もが嫌った。通りの向こう側で誰かと喋っていると、こっち側で全部聞き取れた。彼の物腰も批判された。馬鹿に馴れなれしいのだ。紳士階級と話すときでも、自分が商人でないかのような物言いをするので、図々しいとも言われた。親しみやすい態度や、公共事業での活躍や、毎年のレガッタとか収穫祭への気前のいい寄付や、誰に対しても施す親切などのせいで、ブラックスタブルの住民との垣根がいつか取り払われるだろうと彼が考えていたとしたら、それは誤りだった。皆と仲良くしようという努力は敵意をもって迎えられるだけだった。

こんなことがあった。丁度医者の奥方が叔母を訪ねているとき、エミリが現れて、ジョージ・ケンプ様が面会にいらしたと叔父に告げた。

「でも玄関のベルが鳴ったように思ったのだけど?」叔母がエミリに言った。

「はい、玄関にいらっしゃいました」

一瞬気まずい沈黙があった。こんな異常な事態をどう対処すべきか誰も困った。エミリですら、玄関はどういう人、脇の入口はどういう人、裏口はどういう人が入るべきか知っていたので、困惑していた。叔母は優しい人柄だったから、誰にもせよ、格好の悪い立場に自分を置く人がいるなんて、こっちが戸惑ってしまうと思った。でも医師の妻は軽蔑したように鼻を鳴らした。とうとう叔父は落ち着きを取り戻した。

「書斎に通しておきなさい」とエミリに言った。「お茶を飲んだら行くから」

それでもジョージ殿は平気で、元気一杯大声で喋り、やかましくしていた。彼が言うのには、ブラックスタブルは死んでいる、俺が起こしてやる。鉄道会社に観光列車を通すようにさせる。ここだってマーゲットに負けない賑やかな土地になれるはずだ。市長がいたっていいな。ファーン・ベイにはいるんだから。

「あの男、自分が市長になる気でいるぞ」とブラックスタブルの連中は言っていた。そして唇を一文字に結んだ。「驕《おご》る者久しからず」と皆言った。

叔父は「馬を水辺まで連れて行くのは出来ても、水は飲ませられぬ」と言った。

僕自身は周囲の人と同じく、ジョージ殿を軽蔑した。通りで僕を呼び止めて、呼び捨てにして、まるで彼と僕の間に社会的地位の差がないような口をきくのを許せなかった。息子が大体同い年だったので、一緒にサッカーをやったらいいじゃないか、などと言った。でもその息子は町の学校に通っていたのだから、僕とは身分違いだったのだ。

メアリ・アンが話してくれたことにショックを受けたし、またドキドキもした。とにかく信じられなかった。僕は多すぎるくらい本を読んでいたし、学校でも友人から色々聞いていたので、恋愛のことは何でも知っている気でいたのだが、私の考えだと「恋愛」というのは若い男女のものだった。僕と同い年の倅のいる顎鬚を生やした男がそんな感情を抱くはずがない。どっちみち、結婚すれば恋愛とか何とかは終わるものだ。三十歳以上の大人が恋愛するなんてむかむかすると思った。

「でもあの二人が何かしたっていうわけじゃないよね」メアリ・アンに聞いた。

「噂じゃあ、ロウジー・ギャンは何でもしたって言いますからね。それにお相手はジョージ殿以外にも大勢いたというから」

「でも、あのねえ、じゃあどうして赤ちゃんが出来なかったの?」

読んでいた小説ではきれいな女が身を持ち崩せばきまって赤ん坊が生まれた。どうして赤ん坊が出来るのかは、極めて漠然と、時に伏字で暗示的に表現されていたけれど、結果は紛れもなかった。

「うまく処理したというより運がよかったのだろうねえ」そう言ってから、メアリ・アンは言いすぎたと気付いて、皿を拭く手をやすめて、「坊ちゃんは、まだ知らなくてもいいことをどっさり知っていなさるみたいだね」と言った。

「ああ、そうだとも。だって僕、もう大人みたいなものだもの」

「わたしが知っているのはね、あの女が最初のバーをくびになると、ジョージ殿がハヴァシャムの皇太子羽亭に口を見つけてやって、その店に彼が毎晩馬車で乗りつけたということですよ。ビールの味はハヴァシャムでもここでも同じだと思うんだけどね」

「じゃあ、どうしてテッド・ドリッフィールドが彼女と結婚したのさ?」

「そんなことは分かりませんよ。とにかく彼が女に会ったのは皇太子羽亭でだった。他に結婚してくれる女がいなかったんじゃないの。まっとうな女は誰も彼を相手にしなかったからね」

「テッドは彼女がどういう女だか知っていたの？」

「彼に聞くといいさ」

僕は黙ってしまった。何がなんだか分からなくなってしまった。

「今のロウジーはどんな様子？　あの人が結婚してからは一度も会ってないのさ。鉄道紋章亭での行状を聞いて以来一度も口をきいていないね」メアリ・アンが言った。

「ちゃんとして見えるよ」僕が言った。

「わたしのことを覚えているかどうか聞いてごらんな。そしたら何と言うかしらん？」

6

僕は翌朝ドリッフィールド夫妻と出かけようと決めていたが、叔父の許可を求めるのは無駄だと思った。夫妻と一緒に行動しているのがばれて、叔父が騒いだら、それは仕方ないと思った。もしテッド・ドリッフィールドが叔父さんに断ったのかと尋ねたら、そうしたと答えるつもりだった。ところが、意外なことになって、嘘をつく必要がなくなった。午後高潮だったので、海岸まで泳ぎに出かけた。叔父も町に用事があったので、途中まで一緒に歩いた。熊と鍵亭の前を通ったとき、テッド・ドリッフィールドが店から出てきたところだった。彼は僕らに気付くとまっすぐ叔父に近寄った。彼が落ち着いているのには驚いた。

「牧師さん、今日は。僕のこと覚えていらっしゃるかなあ。子供のときは聖歌隊で歌っていました。テッド・ドリッフィールドです。親父はウルフさんの家の管理人でした」

叔父はとても内気だったから、あっけにとられた。

「やあこんにちは。お父さんが亡くなってお気の毒でしたね」

「甥御さんとお近づきになりましてね。明日ご一緒に自転車で遠出をしようかと思っていますが、よろしいでしょうか？　お一人ではつまらないでしょうし、ファーン教会の記念碑の石摺りを取ろうと考えています」

「それは有り難いが……」

叔父は断ろうとしたのだが、ドリッフィールドが遮った。

「いたずらなんかしないように僕が責任持ちます。石摺りをなさりたいだろうと思ったのです。興味が出てきますよ。紙とワックスは差しあげますから、お金はかかりません」

叔父は首尾一貫した考え方は苦手な人だった。テッドが紙とワックスの代金を払おうという提案にすっかり怒ってしまい、同行を断るという肝心なところをすっかり忘れてしまった。

「甥は自分で紙とワックスを買えるはずです。小遣いはたっぷり与えていますから。甘いものを買って胸を悪くするより、そういうものに使うのがいい」

「文房具屋のヘイウッドに行って、僕と同じのをと言えばわかるでしょう」

「じゃあ、今すぐ行くよ」と叔父の気の変わらないうちに僕は道を走って行った。

7

ドリッフィールド夫妻がどうして僕のことを気にかけてくれたのか、単なる親切心からでないとすれば、理由が分からない。僕は退屈な少年で、あまり喋らなかった。もし僕がテッド・ドリッフィールドを面白がらせることがあったにしても、それは無意識にしただけだ。ひょっとすると、僕が高ぶった態度だったのを面白がったのかもしれない。

なにしろ、牧師の甥がウルフさんの管理人の息子で、叔父によれば三文文士に過ぎない男と付き合うのは、こちらが恩を施してやっているのだと僕は思っていたのだ。彼に、恐らく横柄な口調で言ったのだろうが、著書を何か貸してくれませんかと頼んで、君には面白くないだろうと言われたときも、文字通りに受け取って、無理に頼まなかったのである。叔父は一度許してしまうと、その後の夫妻との交友について異議を唱えることはなかった。時にはヨット遊びもしたし、景色のよい場所に出かけてテッドが水彩画を描いたこともあった。イギリスの天候があの頃は今よりよかったのか、それとも若さによる錯覚のせいか分からないが、あの夏中毎日晴天だったように思う。次第に起伏に富む、豊穣で優雅な田園風景に奇妙な愛情を感じるようになった。ずいぶん遠出をして、次々に教会を訪ねては、記念碑や鎧兜の騎士やペチコートで広げたスカートの貴婦人の石摺りを取った。テッド・ドリッフィールドの石摺り好みに感化されて、僕は石摺りに夢中になった。その成果を牧師館で叔父に得意気に見せたと思う。叔父は同行の相手が誰であれ、教会近くで何かやっているのなら、害はあるまいと思ったようだ。ドリッフィールド夫人は男たちが石摺りをやっているあいだ、一人で教会付属の庭にいて、刺繍も読書もしないで、ただぶらぶらと歩いていた。いくら長時間でも退屈せずに何もしないでいられるようだった。時には僕がしばらく芝生に一緒に座っていることもあった。

学校のこと、生徒仲間や先生のこと、ブラックスタブルの住民のことなど話題にしたが、特に何も話さないこともあった。僕を「アシェンデンさん」と呼んでくれたのは嬉しかった。そう呼んでくれたのは彼女が最初であり、大人になった気になれた。人が「ウィリー坊ちゃま」なんて呼ぶと頭にきた。こんなのは滑稽な呼び方だと思った。実際、自分の苗字も名前も嫌いだった。自分にもっと相応《ふさわ》しい名がないか時間をかけて探したものだ。ロデリック・ラヴェンスワースというのが気に入り、達筆でこの名を書く練習をして何枚も紙を無駄にした。ラドヴィク・モンゴメリというのも悪くないと思った。

メアリ・アンがドリッフィールド夫人について言ったことが気になって仕方がなかった。結婚すればどんな行為をするかは、理屈では分かっていたし、そのものずばり言葉で言うことも出来たのだが、実際には理解していなかった。何かいやらしい感じで、そんなことをするとは信じられなかった。地球が丸いと理屈では分かっていたが、本当は平らだと信じている。それと同じだった。ドリッフィールド夫人はとっても率直だし、とても明るく笑うし、態度には若々しく幼いところさえある。船乗りなんかと「関係する」なんて想像できなかった。とりわけあの下品でぞっとするジョージ殿などを相手にするなどありえない。小説で読んだ堕落した女とは全然違う。もちろん上品な女でないのは分かった。ブラックスタブル特有の訛りもひどかった。発音もひどいし、文法の誤りも相当なものだったが、それでも僕は彼女を好きにならざるをえなかった。メアリ・アンが言ったのはまっかな嘘だという結論に達した。

ある日、彼女にメアリ・アンが牧師館の料理女なのだと告げた。

「昔ライ通りで家が隣だって聞きましたよ」僕が言った。メアリ・アンなんていう人、聞いたこともないと言うかと思ったが、彼女はにっこりして青い目を輝かせた。

「その通りよ。メアリ・アンがわたしを日曜学校に連れて行ってくれたわ。わたしが騒ぐので大人しくさせるのに苦労したんでしょ！　牧師館に奉公に行ったと聞いたけど、まだそこにいるの？　ずいぶん長いこと会ってないから、一度会いたいなあ。昔話でもしたい。よろしく言ってね。休みの日に家に遊びに来るように伝えて。お茶を一緒に飲みたいもの」

これには驚いた。だって、ドリッフィールド夫妻は、今住んでいる家を買う気なら購入できるお金があり、メードも雇っている身分だ。メアリ・アンをお茶に招くなんて不釣合いだったし、僕にもきまりの悪いことだった。夫妻はやってよいこと、悪いことの区別がつかないのだ。二人の過去のことで、普通なら口が裂けても黙っているようなことでも平気で喋るので、聞いているほうが当惑する。当時の僕の周囲の人たちが気取りやで、自分を実際以上に金持ちで立派であるように見せかけていたのかどうかよく分からないが、今振り返ってみると、人々が体裁重視の生活を送っていたのは確実だと思える。上品そうな仮面を被って暮らしていたのだ。だらしない格好でテーブルに足を乗せている姿など絶対に人に見せなかった。ご婦人たちは洒落たアフタヌーン・ドレスを着て、着付けが終わるまで人に姿を見せなかった。家計は苦しくて切り詰めた生活をしているため、立ち寄った客に簡単な食事を出すことも出来ないくせに、パーティーを開けば豪勢なご馳走を振る舞うのであった。何か災難に遭っても、全員が昂然とした態度で、何事もなかったように振る舞った。息子の一人がしがない舞台女優と結婚したとしても、両親はその不幸を話題にせず、近所の者もひどい話だと噂していても、両親の前ではそ知らぬふりで芝居の話題は一切避けるようにした。最近三つの破風邸《スリー・ゲイブルズ》に住むようになったグリーンコート少佐の妻が商人の家の出だというのは町じゅうの者が知っていたが、少佐も妻もひた隠しにしていた。夫妻のいないところでは誰もが軽蔑していたのだが、夫妻の前では気を遣って陶器という言葉を避けた。彼女の実家の商売は陶器販売だったのだ。子供の身分違いの結婚に怒った親が、息子に一シリングだけ与えて勘当するとか、(私の母のように事務弁護士風情《ふぜい》と結婚した)娘に実家に戻るのを禁じるのも、珍しいことではなかった。僕はこういうことには慣れていて、ごく当然だと思っていた。逆にショックだったのは、テッド・ドリッフィールドが以前ホルボーンで食堂のボーイをやっていたと言うのを、ごく当たり前のことのように語るのを聞いたことだった。彼が家を出て船乗りになったのは僕も知っていて、ロマンティックだと思った。書物の中でのことかもしれないが、少年にはそういうことをするのがいて、わくわくするような冒険をし、それから金持ちの娘や伯爵令嬢と結婚するのだ。だが、テッドの場合は、海から戻るとメイドストーンで辻馬車の御者になり、バーミンガムで出札係をしたこともあった。ドリッフィールド夫人も、鉄道紋章亭の前を自転車で通ったとき、ここで女給を三年間やっていたのよ、と誰でもするような当たり前のことのように、さらりと言った。

「最初にここで働いたのよ。その次にはハヴァシャムの皇太子羽亭に行ったわ。そして結婚するのでやめたのよ」

彼女は思い出を楽しむように笑った。どう応答してよいか、どちらを向いてよいか迷って、僕はまごまごして赤面した。遠出して帰り道のファーン・ベイを通ったとき、暑い日でみな喉が渇いていたから、彼女がいるか《ドルフィン》亭で一杯ビールを飲んで行こうと提案した。中でカウンターの後ろの娘に話しかけ、わたしも昔五年間女給をやっていたのよと言い出したときは驚いた。店の主人もやって来て、テッドは主人に一杯おごり、ロウジーがあの娘にもワインをおごるように言った。それからしばらくのあいだ、皆で居酒屋商売とか、特定ビール会社と契約している居酒屋とか、物価の値上がりとかについてあれこれ喋りあった。そのあいだ僕は体中暑くなったり寒くなったりして、自分をもてあましていた。店を出ると、ロウジーが言った。

「あの娘がすっかり気に入ったわ。あの人、きっと幸せな人生が送れるだろうと思うわ。さっきあの娘に言ったんだけど、ここの仕事はきついけど楽しいものだって。居酒屋にいれば、男女の間のことも分かってくる。自分がうまく頭を使えば、いい結婚が出来るはずよ。あの娘、婚約指輪をしていたけど、客がからかえるように嵌めているだけだってさ」

ドリッフィールドは笑った。ロウジーはこちらを向いた。

「わたしは女給やっていてすごく楽しかったのよ。でもいつまでも働いているわけには行かない。将来を考えなければならないもの」

こういうことよりずっと大きなショックが僕を待ち伏せていた。九月も半ばを過ぎた頃のことで、夏休みも終わりに近づいていた。僕の頭はドリッフィールド夫妻のことで一杯で、家で夫妻の話をしたくてうずうずしていたのだが、叔父に阻止された。

「一日中お前の新しい知り合いの噂ばかり聞かされるのはもううんざりだよ。他にもっと適当な話題があろうじゃないか。それにしても、テッド・ドリッフィールドはこの教区で生まれて、毎日のようにお前と会っているのだから、時には教会に来てもいいのに思うよ」

ある日テッドに「叔父さんが教会に来てもらいたがっていますよ」と言ってみた。

「分かった。ロウジー、今度の日曜は教会に行こう」

「いいわよ」

メアリ・アンに夫妻が来ると話した。僕自身は地主席の後ろの牧師家族席に座っていたから振り向けなかったけれど、通路の向こう側の隣人たちの様子から夫妻が来たのに気付いた。翌日、機会を捉えてメアリ・アンに会ったかどうか聞いた。

「ちゃんと来てましたよ」メアリ・アンはむっつりしていた。

「礼拝後にロウジーと話したの？」

「何ですって？」メアリ・アンは急に怒り出した。「さあ、坊ちゃんは台所から出て行って！　一日中ここへ来て、わたしの仕事の邪魔をしなさる！　どういうつもりですか？」

「分かったよ。怒らないでよ」

「あんな連中と坊ちゃんがあっちこっち行くのを許して、叔父様の気持ちがわかりませんだ。あの女、帽子に花を一杯飾ってさ！　どの面下《つら》げて、人前に出られるのかねえ。図々しいにもほどがある！　さあ、坊ちゃんは邪魔になるから、出てってくんさいったら」

　どうしてメアリ・アンがこんなに怒るのか理解できなかった。でもロウジーのことは二度と話題にしなかった。ところが、それから二、三日後何か欲しいものがあったので台所に入って行ったときのことだ。牧師館には台所が二つあった。料理をする小さい方のほかに、大きいのがあった。昔は田舎の牧師は大家族であり、時には近所の紳士階級を豪勢な晩餐に招くことがあり、そういうときに使ったらしい。一日の仕事が終わるとメアリ・アンはここに座って、縫い物をしていた。牧師館での食事は夜は八時に暖めない夕食をとるだけだったから、お茶のあとメアリ・アンは忙しくなかった。その日はそろそろ七時に近くなり暗くなりかけていた。エミリの非番の日であったから、メアリ・アンだけいるのだと思ったが、廊下を通るとき話し声と笑い声が聞こえた。誰かがメアリ・アンに会いに来ているのだ。明かりはついていた。でも濃い緑のシェードのせいで台所は暗闇に近かった。ティーポットとカップがテーブルに置かれている。メアリ・アンが友人と遅いお茶を飲んでいるのだ。戸を開くと、会話は途絶え、声がした。

「こんばんは」

　メアリ・アンの友人がロウジーだと知って、ぎょっとした。僕が目を丸くしているのを見てメアリ・アンは少し笑いながら言った。

「ロウジー・ギャンがお茶を飲みに来てくれたんですよ」

「昔話をしているのよ」ロウジーが言った。

メアリ・アンはこんな場面を見られて、少し照れていたが、僕のほうがもっと照れた。ロウジーは例のいたずらしている子供のような微笑を見せた。落ち着き払っている。僕は何故か彼女の服装に気を取られた。こんなに着飾っているのを見たのが初めてだったからかもしれない。薄い青色の生地で、ウエストが細く、袖はふっくらしていて、長いスカートには下にひだ飾りがある。大きな黒い藁帽子を被っていて、帽子には沢山のバラや葉っぱや蝶結びのリボンがついていた。日曜に教会に来るのに着ていた服装であろう。

「メアリ・アンがわたしの家に来るのを待っていたらきりがないからねえ。だからわたしがこっちを訪ねるのがいいと思ったのよ」ロウジーが僕に言った。

メアリ・アンは照れたようににやにやしたが、不快ではないらしかった。僕は取りに来たものを取ってもらうと、二人を残して急いで戻った。庭に出てしばらくぶらぶらした。道まで歩いて行き、門越しに外を見た。もう暗くなっていた。やがて男が一人ぶらついているのに気付いた。特に注意しなかったのだが、男は行ったり来たりして、どうも誰かを待っている様子なのに気付いた。最初はテッド・ドリッフィールドかもしれないと思って、声をかけようとしたが、男はそのとき立ち止まってパイプに火をつけた。何と、ジョージ殿だった！　一体何をしているのかと訝っていたが、すぐにロウジーを待っているのだという考えが頭に浮かんだ。心臓がどきどきし始めた。僕の姿は暗いので見えないと思ったけれど、植え込みの奥に隠れた。ちょっと待っていると、脇の戸があいて、ロウジーがメアリ・アンに見送られて出てきた。彼女の足音が砂利道で聞こえた。門まで来て開けた。カチッという小さな音が聞こえた。音を聞いてジョージ殿が道の向こう側からやって来て、彼女が門を出る前に中にするりと入ってきた。彼女を両腕でぎゅっと抱きしめた。彼女は小声で笑った。

「帽子に気をつけてね」彼女が囁いた。

二人からせいぜい三フィートの場所にいたので、気付かれないかとひやひやした。二人に代わって僕の方が恥ずかしくてたまらなかった。興奮して震えた。しばらく彼はロウジーを抱いたままだった。

「この庭じゃどう？」彼が小声で言った。

「ううん、あの子がいるもの。野原に行きましょう」

二人は彼が腰に腕をまわしたまま門を通って出て行き、暗闇に消えた。僕は鼓動が激しく打って、息がつけないほどだった。目撃したことにすっかりショックを受けてしまい、冷静に考えることが出来なかった。出来るものなら誰かに話したいと切望したけれど、これは内緒で口外できないのだ。守るべき秘密を託されて、自分が重要人物になった気がした。ゆっくりと家に戻り、脇の戸から入った。メアリ・アンが戸の開く音を聞いて、声を掛けた。

「ウィリー坊ちゃまですか?」

「そうだよ」

台所を覗いた。メアリ・アンが食堂に持って行く夕食を盆に載せているところだった。

「ロウジー・ギャンが来たことは叔父様には黙っておきましょうね」

「もちろんさ」

「とっても驚いてしまったですよ。脇の戸をノックする音がして、戸を開けたらロウジーがいるじゃありませんか! あんまりびっくりして、ぶっ倒れるかと思いましたよ。あの人ったら『メアリ・アン』って呼んでから、あっという間にあの人わたしの顔のあっちこっちにキスし始めてさ。どうぞ中に入ってと言うしかないじゃありませんか。入ってくれれば、お茶を出すしかないじゃありませんか」

メアリ・アンは必死になって弁解しようとした。あんなにロウジーの悪口を言っていたのに、仲良くお茶を飲んで談笑しているところを見られたら、僕に奇妙だと思われても当然だった。でもそらみたことか、などと言う気にならなかった。

「ねえ、悪い人じゃないだろう？」

メアリ・アンはにっこりした。黒ずんだ虫歯なのに、彼女の微笑はやさしく心に響くものがあった。

「何と言ったらいいのか分かんないけど、ロウジーにはね、人を引き付けるところがあるんですよ。ここに一時間くらいいたけど、ただの一回だって、気取ったりしなかった。着ていた服の生地が一ヤード十三シリング半もしたって言ってたけど、きっと本当でしょう。でも、だからって威張るわけじゃない。物覚えがよくて、昔あたしがしてあげたこと覚えていたわ。幼いときあたしが髪をすいてやったとか、お茶の前にあの人の小さな手を洗わせたって。家に来てよくおやつを食べていたですよ。それは可愛らしい子だったです」

メアリ・アンは昔を思い出して、可笑《おか》しなしわくちゃの顔に懐かしそうな表情を浮かべた。

「まあよく考えてみるとね、あの人が他の女より悪いってこともないんじゃないかしらん。なにしろ誘惑が多かったのだしね。非難する人だって、もし自分がロウジーみたいに誘惑される機会が多ければ、あの人と同じように振る舞ったかもしれないんですよ」メアリ・アンは一息いれてから言った。

8

天候が急に悪くなって、肌寒くなり大雨になった。夫妻との遠出は終わりになったが、残念ではなかった。ロウジーがジョージ・ケンプと逢引している場面を見た今、彼女の顔をまともに見られないような気がしたのだ。ショックを受けたというより仰天した。あんな爺さんにキスされて平気なのが理解できなかった。だから、とてつもない妄想が頭の中を駆け巡った。小説を沢山読んでいたので、ジョージ殿が彼女の秘密を何か摑んでいて、それで無理矢理におぞましい抱擁に従わせているのだと想像したのだ。重婚、殺人、文書偽造など、恐ろしい事件をあれこれ想像してみた。本に出てくる悪漢はこういう犯行のどれかを暴くと脅して、か弱い女を言いなりにさせていた。ロウジーは債権の裏書をしたのかもしれない。それがどういう意味か分からぬが、とにかくその結果は悲惨なものに違いない。彼女の苦悩をあれこれ(眠れぬ夜、パジャマのまま、長い美しい金髪をたらして窓辺に座って夜明けを空しく待つ情景など)思い描き、そこに僕が(といっても六ペンスの小遣いしか持たぬ十五歳の少年でなく、ワックスで固めた口髭を生やし、上等な夜会服を着た、鋼のような筋肉隆々たる背の高い紳士である）女性崇拝と巧妙さをうまく融合させた精神を発揮して悪漢の恐ろしい脅迫者から彼女を救出する場面を空想した。その一方、ロウジーがジョージ殿に愛撫されて必ずしも不愉快がっているのでないように見えたのも事実だった。彼女の笑い声も耳について離れなかった。前に聞いたことのない響きがあった。奇妙に息が苦しくなった。

休暇の残りのあいだ、ドリッフィールド夫妻にはもう一度会っただけだった。町で偶然出会い、夫妻が立ち止まって僕に話しかけたのだった。こちらはとても恥ずかしかった。でもロウジーを見ると、後ろめたさなど少しも見せないので、こちらが困惑して赤面した。いつもの子供がいたずらしているような穏やかな青い目でこちらを見た。よく口を少し開くのだが、もう少しで微笑が浮かびそうだった。唇はふっくらとして赤かった。顔には正直さと無邪気さがあり、純真さと率直さもあった。このように言葉で明確に表現することはそのときは出来なかったが、何かそれらしきものが僕の心に強く訴えてきたのは確かだ。彼女について感じたことを一言で表現したとすれば、「とことんまっすぐな人だ」になるだろう。ジョージと浮気しているなどありえなかったのだ。僕は自分の目で目撃したことなのに、信じなかった。何か説明があるに違いないと思った。

それから学校に戻る日が来た。トランクはもう馬車が運んでいったから、手ぶらで駅まで歩いた。叔母が見送ると言ってくれたけれど、一人で行くのが男らしいと思って断ったのだが、通りを歩いていると気分が滅入った。ターカンベリまでの短い支線で、駅は町外れの海岸近くにあった。切符を買い、三等車の隅っこに席を占めた。突然、「こだわ!」という声がして、ドリッフィールド夫妻が元気よく駆け寄ってきた。

「見送りに来たいと思ったのよ。学校に戻るの嫌でしょう?」

「嫌じゃないですよ」

「またじきに帰って来るのでしょ? クリスマスで戻ってきたら、また一緒に遊びましょうね。スケートは出来る?」ロウジーが聞いた。

「出来ません」

「わたしは出来るの。教えてあげましょうね」

ロウジーの陽気さで僕の気持ちは軽くなった。同時に夫妻がわざわざ見送りに来てくれたのが嬉しくて涙が出そうになった。でも顔には出ないように努めた。

「今学期はラグビーをうんとやるつもりです。二軍になら入れそうなんですから」僕が言った。

ロウジーは親切に、目を輝かせて僕を見て、ふっくらした赤い唇を見せて笑った。彼女の微笑には、僕が大好きなものがあり、声は笑っているのか、泣いているのか、少し震えているようだった。一瞬、彼女が僕にキスしそうな気がして、ひどく慌ててしまった。彼女は年上の人が生徒に話をするときのように少しからかうように話し続けた。ドリッフィールドは無言でそばに立っていた。彼は目に微笑を浮かべて僕を見て顎鬚を引っぱっていた。それから車掌がつぶれた音の笛を吹き、赤い旗を振った。ロウジーは僕の手をとって握手した。ドリッフィールドが進み出た。

「いってらっしゃい。これつまらないものだけどね」

彼は小さな包みを僕の手に押し込んだ。汽車は蒸気を上げて動き出した。開けてみると、一枚のトイレット・ペイパーに二枚の半クラウン銀貨がくるんであった。髪の付け根まで赤くなった。小遣いが五シリングも増えたのは嬉しかったが、僕に小遣いを寄越すというような出すぎた失礼に対して、怒りと屈辱を覚えた。何であれ彼から貰《もら》うなんて出来ない。一緒に自転車や船に乗ったのは事実だが、彼は紳士《サーヒブ》(これはインドにいたグリーンコート少佐から教わった語だ)ではないのだから、僕に五シリングくれるなんて失礼だ。最初は一言の説明もなく送り返そうかと思った。無言によって、彼の犯した無作法をどんなに怒っているかを示せばいいと思ったのだ。それから書くことにして、頭の中で、感謝する形式的で無愛想な手紙を作文し、紳士たるもの他人に等しい人物から小遣いなど受け取れるはずがないと分かって欲しい、と述べてみた。二、三日間、毎日どうしようかと考えていたが、だんだんと五シリングを手放すのが困難になっていくようだった。ドリッフィールドが悪気でないのは明白で、無論、彼は礼儀作法など何も知らないのだ。お金を返して感情を傷つけてもはじまらない。そう思って、結局最後には使ってしまった。ただ礼状を出さぬことによって、自分の傷ついたプライドを和らげた。

それでも、クリスマスがやって来て、休暇で帰省したときに、僕がいちばん会いたかったのはドリッフィールド夫妻だった。ブラックスタブルのような停滞した土地では、触れてみたいと好奇心を燃やしていた外部の世界と関係がありそうなのはこの夫妻だけだったのだ。でも彼らの家を訪問する勇気が出なかったので、町でぱったり出会わないかと期待した。しかし天候が荒れていて、風が音を立てて通りを通過してゆき、用事で外出した僅かばかりの婦人たちはかなりの暴風の中の漁船のように、ふくらんだスカートで吹き飛ばされそうになっていた。冷雨が突風のため横なぐりに降りそそぎ、夏には居心地よい田園を快適に包んでいた大空も、今では恐ろしげに地面に覆いかぶさる巨大な黒幕に変わっていた。これでは夫妻に偶然会うことはありえないので、ようやく勇気を振り絞って、お茶のあと訪ねることにした。駅までは道が真っ暗だったが、そこから先は何本か光の弱い街灯があったから、何とか舗道を歩くことが出来た。夫妻は脇道に面した小さな二階家に住んでいた。くすんだ黄色のレンガの家で張り出し窓があった。ノックするとやがてメードが扉を開いた。ドリッフィールド夫人はご在宅ですかと聞いた。メードはあいまいな顔をしたが、行って見てきますと言い、僕を廊下に立たせて立ち去った。さっきから隣の部屋で声が聞こえていたのだが、メードが戸を開けて中に入り、うしろ手で戸を閉めると、声が静かになった。ちょっと不思議な気がした。叔父さんの友人の家では、たとえ暖炉に火がなく、ガス灯はこれから点けるにしても、客はまず応接間に通されるのだった。しかし、戸が開くとドリッフィールドが現れた。廊下には僅かな明かりしかないので、最初彼は客が誰だか分からなかった。でもすぐに僕だと分かった。

「やあ、君か。いつ君に再会できるかってよく話していたんだよ」そこまで言ってから、「ロウジー、アシェンデン君だよ！」と大きな声で言った。

大きな声がして、あっという間にロウジーが廊下に出て来て、僕と握手をした。

「さあ、入って、入って。コートをお脱ぎなさい。ひどいわね、この天気。あなた死にそうでしょう？」

彼女はコートを脱がせてくれ、マフラーも取り、帽子を手から奪うようにして、直《す》ぐ部屋にひっぱって行った。暖かい、むんむんするくらいの小部屋で、家具が一杯詰め込まれ、暖炉には火が赤々と燃えていた。牧師館にはないガス灯があり、つや消しガラスの丸い火屋《ほや》の中で三個のバーナーが燃え、部屋をギラギラする光で照らしていた。空気はタバコの煙でもうもうだった。あまり盛大に歓迎されて幻惑されたり、驚いたりしたため、僕が部屋に入ると二人の男性が立ち上がったのだが、最初は誰だか分からなかった。それから、副牧師のギャロウェイとジョージ殿だと分かった。副牧師は僕と握手したとき、やや緊張しているような気がした。

「やあ、こんにちは。ドリッフィールドさんに借りていた本を返しにきたんですよ。奥様がご親切にお茶を飲んでいらっしゃいと言ってくださいましてね」

それを聞いたドリッフィールドが副牧師をからかうように見たような感じがした。そして「不義の富」について何とか言った。何かの引用句だろうと思ったが、どういう意味合いか僕には不明だった。

「さあ、それはどうでしょうかな。じゃあ『取税人や罪人』はどうなんですかね？」副牧師が笑いながら言った。

僕はこの意味も分からなかったけれど、何となくこんな席で話題にするには悪趣味な発言だとは思った。でもそんなことを考えていると、すぐさまジョージ殿に捕まってしまった。彼には緊張した様子などまるでなかった。

「やあ、お若いの。休みで帰省したんだね。大きくなったな、驚いたよ」

僕は多少冷ややかに握手した。こんなことなら訪問しなければよかったと思った。

「さあ、美味《おい》しい濃いお茶を入れてあげましょうね」ロウジーが言った。

「お茶は飲んできました」

「もっと飲みたまえ」ジョージ殿が言った。この家の主でもあるような口の利き方で、いかにもこの男らしかった。「立派な体なんだから、バターなりジャムなりつけたパンくらい何枚でもつめこめるさ。それに奥さんが綺麗な手でケーキを切ってくださるんだ」

ティーセット一式がテーブルに置いてあり、皆テーブルについていた。僕のために椅子が運ばれてきて、ロウジーがケーキを切ってくれた。

「テッドに歌をうたわせようとしていたとこなんだ。さあ、テッド、歌えよ」ジョージ殿が言った。

「歌って。『兵隊さんに惚れたばかりに』がいいわ。あれ大好きよ」

「いや、『まず一緒に床掃除』にしてくれよ」

「君たちが油断していると、両方とも歌うぜ」テッドが言った。

彼は竪型ピアノの上にあったバンジョーを取り、調律し、歌い始めた。豊かなバリトンの声だった。会合で人が歌をうたうのに、僕は慣れていた。牧師館でティー・パーティーのあるときとか、あるいは少佐か医者の家でのパーティーに行くと、誰かが必ず楽譜を持参した。でも楽譜は玄関ホールに置いておくのだった。それは演奏したり歌ったりするように乞われるのを望んでいると思われるのが嫌だったからだ。でも、招待主がお茶が済むと、楽譜をもっていらした？と聞くのだった。聞かれた客が恥ずかしそうに持参したと答えると、牧師館の場合なら僕が取りに行かされる。時に尋ねられた若い女性がもう演奏は止めましたから楽譜は持って来ていませんと答えることもあるが、その母親が会話に割り込んで、私が持参したわ、と言う。でもこういう席での歌は滑稽な歌ではなく、「汝にアラビーの歌をうたおう」、「愛する者よ、お休み」、「わが心の女王」などだった。一度集会場の年一回のコンサートで反物屋《たんものや》のスミスソンが滑稽歌をうたったことがあった。会場の後ろの連中は大いに喜んだが、紳士たちはどこが面白いのだというような反応だった。ひょっとすると、面白いところはなかったのかもしれない。とにかく次のコンサートのときまでに、彼は出し物にはもっと注意するようにと言われ(「ご婦人方もいるのだから」と言うのだった)、「ネルソンの死」を歌った。ドリッフィールドが歌った次の歌は合唱の部分があり、副牧師とジョージ殿は張りきって唱和した。その後その歌は何回も聞いたのだが、今では次の四行しか覚えていない。

まず一緒に床掃除
奴を階段、引き上げたり、下げたり
それから部屋で引きずり
テーブル下やら椅子の上

これを歌い終わったとき、僕はパーティーでの作法だと思って、ロウジーに言った。

「奥さんは歌わないのですか？」

「歌うわよ。でもね、下手だからミルクが腐るなんてテッドが言うのよ」

ドリッフィールドはバンジョーを置いて、パイプに火をつけた。

「テッド、本はどうだね？　順調に運んでいるのかね？」ジョージ殿が威勢よく言った。

「うまく行っているさ。せっせと書いているんだ」

「わが親愛なるテッドと著作か」ジョージ殿は笑った。「どうだね、テッド、もっとましな仕事をやる気はないのかね？　よかったら俺の会社で働いてもらってもいいんだぜ」

「いいや、これでいいんだよ」

「ジョージ、家の人は放っておいてよ！　本を書くのが好きなのだからさ。書くことで幸福になれるのなら、何の文句もないわよ。そう思うの」ロウジーが言った。

「うん、俺は書物のことは何も知らんよ」ジョージが言った。

「知らなきゃ、何も言わんことだ」テッドがにやにやしながら口を挟んだ。

「私の意見じゃあ、『美しき港』を書いたというのは決して恥ずべきことではないですよ。批評家が何を言っても関係ないです」ギャロウェイ氏が言った。

「テッド、俺は君を子供の頃から知っているがな、あの本だけは、いくら頑張ってみても読めなかったんだよ」ジョージ殿が言った。

「さあさあ、本の話はいいかげんでやめましょうよ。テッド、もう一曲何か歌ってくれない？」

「私はそろそろお暇《いとま》しますよ」副牧師はそう言ってから、僕を見た。「どうです？　一緒に帰りましょうかね。ドリッフィールドさん、何かまた本を貸していただけますか？」

ドリッフィールドは部屋の隅に山のように積まれた新刊本を指差した。

「好きなのを持って行くといい」

「うわあ、ずいぶん沢山あるなあ！」僕が羨ましそうに言った。

「どれも屑だ。書評してくれって送られてくるのだがね」

「じゃあ、どうするの？」僕が聞いた。

「ターカンベリに持って行き、売れる値段で売るのさ。肉屋の支払いにいくらか役立つよ」

副牧師と僕はお暇したが、副牧師は小脇に何冊か貰った本を抱えていた。彼が聞いた。

「ここに来るというのは叔父さんに言いましたか？」

「言わなかったです。散歩にでて、急に夫妻を訪ねようと思いついたのだから」

もちろん、これは本当ではなかった。だが、叔父さんが僕がもう大人だと言ってもいいくらいの年齢なのに、それに気付かず、自分が認めない人物との交友を止めさせようとするというのを副牧師に言いたくなかったのだ。

「坊ちゃんがどうしても言わなければならないというのでなければ、黙っておくに限ります。ドリッフィールド夫妻は無論問題のない人たちですけれど、叔父さんはお嫌いですからね」

「分かってますよ。叔父さんの考えは可笑しいんだ」

「もちろん、あの夫妻は身分が低いですけれどね。でも彼の書くものはそう悪くないし、それに、生まれを考えれば、書けるだけでもたいしたものです」

後期ヴィクトリア朝の最高の小説家として認められて久しい作家について、叔父の副牧師ごときが、このように下に見るように語ることを知って、読者の中には苦笑する方もいるだろう。だが、当時のブラックスタブルでは普通このように語られていたのである。

ある日グリーンコート夫人宅を訪問した。そこに夫人の従姉《いとこ》で、オックスフォードの教員の妻である女性が滞在していた。教養高いという噂だった。ミセス・エンクームという名で皺だらけの真面目な顔をした小柄な婦人だった。白髪を短髪に切り、黒いサージのスカートの裾が四角い爪先のブーツの上部までしかないので、皆びっくりした。ブラックスタブルに出現した「新しい女」の第一号だった。人々は呆気《あっけ》にとられ、同時に自分らの価値を守ろうという気分になった。彼女はいかにも知識人に見えて、こちらを恥ずかしくさせたのだ。(あとで、皆は彼女を馬鹿にした。叔父は叔母にこう言った。「なあ君、君がお利口さんじゃなくて助かったよ」と。叔母は珍しくふざけて、暖炉の側で温めていた叔父のスリッパを自分のブーツの上から履いて、「ごらんなさい！　私は新しい女よ」と言った。それから皆が言ったのは、「グリーンコート夫人はとっても変だ。次に何をやらかすか予測がつかない。でも勿論、彼女は淑女じゃあないからな」

つまり彼女の父が陶器を製造し、祖父が職工だったのをみな忘れることがなかったのである。)

しかしミセス・エンクームが自分の知人について語るのを皆興味を持って聞いた。叔父はオックスフォード出だったのだが、叔父が消息を尋ねた人はみな故人になっているというのだった。ミセス・エンクームはハンフリ・ウォード夫人を知っていてその小説『ロバート・エルズミア』を褒めた。叔父はあれは背徳の書だと言い、グラッドストーン氏が、キリスト教徒だと称しているくせに、その本を高く買っていると聞いて、驚いた。そして叔父とミセス・エンクームはこの小説についてかなり議論をした。叔父は、この小説が人心を不安にし、知らぬほうがずっとよい様々の意見を吹き込むと主張した。ミセス・エンクームは叔父がウォード夫人を直接知れば、そんなことを考えないと思うと言った。ウォード夫人は高邁な性格の人物で、マシュー・アーノルドの姪であり、叔父がこの作品についてどう思うにせよ(ミセス・エンクームも作品には削除すべき箇所がいくつもあると思っているとのこと)、著者がとても立派な動機から執筆したのは確実です、と主張した。ミセス・エンクームはミス・ブロートンという小説家についても知っていた。よい家柄の人なのに、どうしてあのような小説を書いたのか解《げ》せないと言った。

「あら、彼女の小説のどこがいけないというのかしら？　私は楽しく読んでいますよ。特に『バラの如く赤い彼女』は大好きです」医者の妻のミセス・ヘイフォースが言った。

「あれをお嬢さんに読ませたいとお思いですの？」ミセス・エンクームが反論した。

「今はまだ早いかもしれませんね。でも娘が結婚してからなら読むことに反対しませんわ」

「そういうご趣味でしたら、私が昨年イースターのときフィレンツェで、ウィーダに紹介されたというのに興味をお持ちかもしれませんわね」ミセス・エンクームが言った。

「まあ、それはまた別のお話しですわ。ウィーダの本を読む淑女は一人もいないと存じます」ミセス・ヘイフォースが言った。

「好奇心から一冊読んだのです。イギリスの淑女というより、フランスの男性が書いたかと思ってしまいます」ミセス・エンクームが言った。

「でもまあ、ウィーダは本当はイギリス人ではないと聞いています。本名はマドモワゼル・ドゥ・ラ・ラメだとか」

そのとき、ギャロウェイがエドワード・ドリッフィールドの名前を出した。

「当地にも作家がいるのですよ」

「あまり自慢できないのですがね。ウルフさんの家の土地管理人の倅でバーの女給と結婚した男です」少佐が説明した。

「その人書けますの?」ミセス・エンクームが質問した。

「彼が紳士でないというのはすぐに分かりますけど、彼がいろんな困難を克服してきたことを考えれば、あの程度でも書いているというのは驚くべきことです」ギャロウェイが言った。

「彼はウィリーの友だちですよ」叔父が言った。

皆僕を見たので、とてもきまりが悪かった。

「昨夏、一緒に自転車で遠出をしていました。ウィリーが学校に戻ってから、どんな本なのかと思って、図書館から借り出しました。第一巻を読んで返してしまいましたよ。図書館に手厳しい手紙を書きました。貸し出し禁止にしたと聞き、満足しました。私自身の所有であれば、直ちに台所の竈にくべるところでしたな」叔父が言った。

「私も一冊読んでみたんだが、結構面白かったな。この土地が背景になっていたし、作中人物も知っている人がいたから。でもその小説が気に入ったかと言えば、そうは思わない。不必要に下卑《げび》ているから」医者が言った。

「その点を彼に言ったんですよ」ギャロウェイが言った、「そしたら、ニューカッスル行きの石炭船の水夫や、漁民や、農民は紳士淑女のように振る舞わないし、上品な言葉も使わないのだ、って答えましたよ」

「だが、どうしてそういう階層の人間を描くのだろう?」叔父が言った。

「私もそう言いたいところですわ。世の中に下卑た、下品な人がいるのは誰だって知っているわよ。だけど、そんな連中のことを書いたって、一体何の役に立つというのでしょうねえ」ヘイフォース夫人が言った。

「私は彼を弁護しているのじゃありません。彼自身の説明を紹介したまでです。それから彼はディケンズを引き合いに出します」ギャロウェイが言った。

「ディケンズはまったく違う。ディケンズの『ピックウィック・ペイパーズ』なら、文句をつける人などいないからな」

「趣味の差じゃあないかしら。私、下町の変な言葉を話す人の話は読みたくないですよ。お天気が悪くて、ウィリーがドリッフィールドさんと自転車乗りが出来なくてよかったと思っていましたもの。私はね、ディケンズはとても下品だっていつも思っています。ウィリーが交際するのに相応《ふさわ》しい人だと思いませんよ」叔母が言った。

ギャロウェイと僕は内心ペロッと舌を出した。

9

ブラックスタブルのクリスマスのお祭り行事は地味であったから、その合間に僕はよく組合教会の隣のドリッフィールドの小さな家を訪ねた。いつでもジョージ殿が来ていたし、ギャロウェイもよくいた。ギャロウェイと僕は秘密を共有しているので親しくなり、牧師館や礼拝後の法衣室で出あったときは、お互いにいたずらっぽく目配せをするようになった。秘密を話題にすることはなかったが、楽しんでいた。叔父を騙しているのはよい気分だった。ただジョージ・ケンプが通りで叔父と出くわし、甥御さんとドリッフィールドの家でよく会うなどと言わないかどうか気がかりだった。

「ジョージ殿は大丈夫でしょうか?」

「ええ、私が言っておきましたから」

僕らは笑った。僕はその頃からジョージ殿が好きになった。最初は彼に対してよそよそしくしたり、馬鹿丁寧にしたりしてみたが、向こうが身分の差をまったく気にしないので、こっちが高飛車に出ても無駄だと分かった。彼はいつだって陽気で、元気一杯で、感じよい態度だった。例の品のないやり方で僕をからかい、こちらは高校生らしい機知で言い返す。そこで二人とも笑いだす。次第に彼への偏見がなくなった。彼は自分の抱いている大それた将来計画についてよく吹聴するので、僕がそれを冷かすような冗談を言うのだが、決して怒ることはなかった。ブラックスタブルのお偉方について、愚かしさが分かるような噂話をするのを聞くのはとても愉快だったし、お偉方のへんてこな真似を彼が巧みにやるのを見ると、僕はお腹が痛くなるほど笑い転げた。彼は図々しいし、卑俗だし、服装はいつもショックを与えるものだったし(僕はニューマーケットに行ったこともなければ、馬の調教師を見たこともなかったのだが、ジョージ殿は僕の考えるニューマーケットの調教師そっくりの服装をしていた)、食卓での作法も不愉快だった。でも次第にそのすべてが嫌でなくなってきた。毎週スポーツ新聞の付録をくれ、僕はオーバーのポケットに隠して家に持ち帰り、ベッドで読んだ。

ドリッフィールド家に行くのは、牧師館でのお茶の時間を済ませてからだったのだが、着いてから再びお茶をいただくことになった。お茶のあと、テッドが滑稽な歌をうたった。伴奏を時にはバンジョーで、時にはピアノで自分で行った。彼は近眼で楽譜を覗くように見ながら一時間続けて歌った。唇に笑みを浮かべ、合唱の箇所は全員が参加するのを好んだ。トランプのホイストをやることもよくあった。僕は子供の頃ホイストを習って、叔父と叔母と僕は牧師館で長い冬の夜によくしたものだった。叔父はいつもダミー役をやった。もちろん賭けたわけではないのだが、叔母と僕が負けると、僕は食卓の下に潜って泣いたものだった。テッド・ドリッフィールドはトランプはやらず、そういう頭がないと言っていた。我々がホイストを始めると、彼は暖炉の側に座り、鉛筆を手にして、ロンドンから書評のために送られてきた本を読むのだった。僕は三人相手にプレイしたことがなかったし、もちろん下手だった。でもロウジーは生まれつきゲームの勘がよかった。彼女の動作はいつもはおっとりしているのだが、トランプとなると、すばしこく機敏だった。我々全員を徹底的に負かした。普段は口数が少なく、ゆっくり喋るのだが、一番終わって、彼女がわざわざ僕の犯したミスを教えてくれるときは、ハキハキ語るだけでなく、饒舌でさえあった。ジョージ殿は彼女のことも他の人と同じくからかった。彼女はめったに笑わないので、彼にからかわれても微笑するだけだったが、時にはうまいしっぺ返しをした。この二人は愛人らしくはなく仲のよい友人同士のようだった。だから、彼女が僕をはっとさせるような目付きで時どきジョージ殿を見やるのでなかったら、二人についての噂や僕が目撃した場面を忘れてしまったであろう。彼女の目は静かに、あたかもジョージ殿が人間でなく椅子かテーブルであるかのように注がれ、その目にはお茶目な子供らしい微笑があった。彼女に見られると、彼の顔は急にふくらむようで、椅子の中で不安そうに体を動かした。ギャロウェイも何かに気付いたかと思って、そちらを見るのだが、彼はトランプに夢中であるか、さもなければパイプに火をつけていた。

あの暑い、狭い、煙で一杯の部屋でほぼ毎日過ごした一、二時間は稲妻のように素早く過ぎてしまい、休暇が終わりに近づくと、これから三カ月学校で退屈な時間を過ごすと思うと、ひどく気落ちした。

「あなたがいないとどうしたらいいかしら？　誰かがダミー役をやらなければね」ロウジーが言った。

僕としては、僕がいないとゲームが出来ないのを歓迎した。僕が予習なんかしている最中に彼らがあの小部屋に座って、まるで僕など存在しないかのように、トランプに興じていると思うとがっかりだったからだ。

「復活祭の休みはどれだけありますか」ギャロウェイが聞いた。

「大体三週間」

「楽しみにしているわ。天気もいいでしょう。午前中は自転車でどこかに行き、午後はお茶のあとでホイストをしましょう。あなた腕があがったわ。復活祭の休暇中に週に三、四回やれば、きっと誰を相手にしても堂々と戦えるようになるわよ」

10

ようやく学期が終わった。ブラックスタブルで下車して気分がまた高揚した。少し体が大きくなり、ターカンベリで青いサージの格好のいいスーツを新調し、ネクタイも買った。牧師館でお茶を済ませたら、すぐにドリッフィールド家を訪ねる気だった。新調のスーツを着て行けるように運送屋が荷物を届けてくれるだろうと期待していた。着ると大人に見えた。毎晩口髭が生えるように上唇にワセリンを塗っていた。町を歩きながら、ドリッフィールドの家のある通りを、ひょっとして夫妻の姿が見えないかと思って、見渡した。出来れば家に寄って、挨拶だけでもしたかったのだ。でもテッドは午前中は仕事だったし、ロウジーは「人前に出る《プレゼンタブル》」準備が出来ていなかった。いろいろ話すことがあった。運動会で百ヤード競争で予選に入ったし、障害物競走では二位だった。夏に歴史のコンテストに応募するつもりで、この休みにも英国史を猛勉強するつもりだった。東風が吹いていたが、空は青く、大気には春の気配があった。大通りは雨風で色彩を洗い流され、輪郭が新しいペンで引いたように鮮明で、まるでサミュエル・スコットの絵のように、静かで、初々しく、心地よかった。この印象は今思い出してそう感じるのであり、当時はブラックスタブルの大通り以外の何物にも見えなかった。陸橋まで来ると、二、三軒の家屋が建築中だった。

「これは、これは！　ジョージ殿が動きだしたな！」

向こうの野原では子羊が跳びはねていた。楡《にれ》の木が緑の葉に変わりつつあった。脇の戸口から入った。叔父は暖炉のそばの安楽椅子に座って、タイムズ紙を読んでいた。大声で叔母を呼ぶと、すぐに階下に降りて来たが、僕に会うので興奮して萎びた顔を紅潮させていた。痩せた年老いた腕を僕の首に回した。出た言葉はごく相応しいものだった。

「大きくなったわね！　あらまあ、もうすぐ口髭が生えてきそうね！」

僕は叔父の禿げた額にキスし、それから暖炉を背にしてやや脚を開いて立った。ひどく大人になった気分で、叔父たちを見下していた。それから階上に行って、エミリにただいまを言いに行き、次に台所に行ってメアリ・アンと握手し、さらに庭に出て庭師に会った。

お腹をすかして昼食のテーブルにつき、叔父が羊の脚にナイフを入れたとき、叔母に言った。

「この前帰省してからブラックスタブルでは何か変わったことあった？」

「あまりないわ。グリーンコート夫人がメントーンに六週間行っていたけれど、数日前に帰っていらした。少佐が、痛風がまた出たそうよ」

「お前の友だちのドリッフィールド夫妻だがな、夜逃げしたよ」叔父が言った。

「何ですって？」

「夜逃げだよ。ある夜荷物をまとめてロンドンに行ってしまった。あらゆるところで借金したままだ。家賃は払わず、家具の代金も未払い。肉屋のハリスは三十ポンドにもなるそうだよ」

「何てひどい話だ！」僕が言った。

「肉屋のもひどいけど、三カ月雇っていたメードのお給料を払ってないのですってさ」叔母が言った。

僕はすっかり面食らった。胸が悪くなった。

「これからのことだが、叔父さんと叔母さんが付き合わぬほうがよいと思う人とは、付き合わぬことだな」叔父が言った。

「あの人に騙された商人が可哀想ね」

「そらみたことか、というところだ。あんな連中に掛けで売るなんて誤りだ。あの夫妻が食わせ者であるくらい、見破れるはずだ」

「あの人たちがこの土地にどうしてやってきたのかと思っていました」叔母が言った。

「みせびらかしたかったのさ。ここなら皆に知られているから、掛売りしてもらえると思ったのだろうな」

みせびらかすというのと、掛け売りしてもらう、というのは矛盾すると思ったけれど、議論する余裕はなかった。

機会を見つけて、メアリ・アンに事件の真相を聞いた。叔父や叔母とは全然異なるような見方をしていたので驚いた。笑いながら言った。

「皆をうまくハメたんですよ。湯水のようにお金を使っていたものだから、よほど裕福なのだと誰もが思い込んだんです。肉を買うといえば、首肉の最高級の部分を渡し、ステーキが欲しいと聞けば最上等のヒレ肉を渡したのです。アスパラガスとかブドウとか、何でも高いものをふんだんに注文しましたよ。町じゅうの店に請求書の山が残ったというわけ。騙されるお馬鹿さんがこんなにいるなんて!」

でもこれは商人についての話であり、ドリフィールド夫妻のことではなかった。

「でも、誰にも分からないようにどうやって夜逃げが出来たの?」

「それがね、誰も彼もが疑問に思ったですよ。噂だとジョージ殿が手を貸したんだってね。確かにあの人の馬車がなくちゃ、荷物を駅まで運べたはずがないんですものね」

「彼は何と言ってるの?」

「ジョージ殿は知らぬ存ぜぬを決め込んでいますよ。あの夫妻が夜逃げしたと分かったときは、町じゅう大騒ぎでしたよ。でもあたしは可笑しくて笑ってしまったです。ジョージ殿は夫妻が破産していたのは知らなかったと言い、皆と同じように驚いたふりしていますよ。でもわたしは騙されない。結婚前にロウジーが彼といい仲だったのは誰もが知っていますけど、結婚後だって、ここだけの話ですけど、まだ続いていたみたい。昨夏、あの二人が野原を歩いているのが見られたってことです。それにあの男は毎日みたいに夫妻の家に入り浸っていたんだから」

「どうやって分かったの？」

「こうなんですよ。あの家ではメードを雇っていたんですが、その子に家に帰って母さんと一緒に一晩すごして、翌朝は八時に戻ってきなさい、って言ったんです。朝戻ってきたけど家の中に入れなかった。ノックしたりベルを鳴らしたりしたけど駄目。隣の家に行ってどうしたらいいか相談したら、警察に行くのがいいと言われた。警官と戻って来て、ノックしベルを鳴らしたけど、やっぱり応答なし。警官がメードに給金払ってもらったか聞き、メードは三カ月分貰ってないと言うと、警官は、じゃあ、夜逃げに違いないって断言したってさ。家の中に入ってみたら、全部持って行ってしまっていたって。衣類も本も全部。テッド・ドリッフィールドはどっさり本を持っていたんだそうでね。それから、自分らの服やなんかも全部だってさ」

「それ以来連絡ないの？」

「そうでもなくてね。消えて一週間ほどしたら、メードにロンドンから手紙が届いて、手紙なんかはないけど、三カ月分の給金の郵便為替が入っていたんですよ。可哀想な子の給金を踏み倒さなかったのはえらいと思うね」

僕はメアリ・アンよりずっと大きなショックを受けた。僕は世間の目をひどく気にする人間だった。読者もすでにお気づきであろうが、自分の階級の仕来りを自然法でもあるかのように受け入れていた。本で読む限り、大掛かりな借金はロマンティックに思えたし、借金取りや金貸しは夢の世界では身近なものだったが、小さな店での借金を返さないというのは、悪意のある卑しい行為に思えた。僕のいるところで、人がドリッフィールドの噂をしているのを聞くと狼狽したし、親しかったのでしょう、などと聞かれると、「とんでもない！　知人に過ぎません」と答えた。「あの人たち卑しい身分だったのでしょ？」と聞かれると、「むろんですよ。高貴な家柄だと思う人は誰もいなかったんじゃないですか」などと言って誤魔化した。可哀想にギャロウェイ氏はすっかり動転してしまった。

「そりゃあ私だって、彼らが金持ちだとは思っていませんでしたよ」彼は僕に言った。

「でも充分生活していけるのだと思っていましたね。家には綺麗な家具があるし、ピアノも新品だし。どんな品にも支払いを済ましてなかったなんて、思いもよりませんでした。倹約など決してしなかったのですね。私が不快なのは騙されたことです。いつも会っていて、自分が歓迎されていると思っていました。こう言っても信じていただけないかもしれないけど、最後に握手したとき、ドリッフィールド夫人は明日待ってますと言ったし、テッドは『明日はお茶にマフィンが出るよ』と言いました。それなのに実際は、荷物をまとめて二階に置いてあり、その夜ロンドン行きの最終列車に乗ったのですよ」

「ジョージ殿は何と言っているの？」

「正直に言いますとね、最近は会いたくなくなってね。いい勉強になりました。悪友との交友についての格言がありまして、それを忘れずにいようと思っているのです」

僕もジョージ殿に関しては、ギャロウェイ氏と同じ気持ちだった。気になることもあった。もしジョージ殿がクリスマスに僕がドリッフィールド家を何度も訪ねていたというのを他言し、それが叔父の耳に届いたら、さぞ嫌なことになるのは確実だ。叔父は、僕が嘘をついたとか、言いつけに背いたとか、紳士らしく振る舞わなかったとか、叱るに違いない。そう言われても言い返す言葉はなかった。叔父のことだから、話を何度でも蒸し返し、何年間も何かにつけて嫌味を言われると分かっていた。なるべくジョージ殿には会わないのがよい、と思った。ところがある日大通りで彼に会ってしまった。「いよう！　坊ちゃん」僕のいちばん嫌いな言い方で呼びかけた。「休暇で帰省したのだな？」

「あなたの推定は正しいです」僕はぞっとするような嫌味をこめて答えた。

残念なことに、彼は大笑いするだけだった。

「君はナイフみたいに切れる人だから、用心しないと自分のことを切ってしまうよ！」彼は元気よく言った。「もう一緒にホイストをやれないみたいだな。収入を超えた生活をすると、どうなるか、これで分かるな。いいかね、若い者によく言うのだが、一ポンド持っていて、十九シリングと六ペンス使えば、金持ちになれるが、逆に二十シリングと六ペンス使えば、貧乏になるってことよ。小銭を大事にすれば、ひとりでに大金が出来るっていうじゃないか！」

こんなふうに話したけれど夫妻を非難するような感じはなかった。けらけら笑っているので、心の中でこういう格言をからかっているようだった。

「夜逃げを助けたっていう噂ですね」僕が言った。

「助けたって？」いかにもびっくりしたような顔をしてみせたが、目はずるそうに光っていた。「冗談じゃないな。人からドリッフィールド夫妻が夜逃げしたって聞いたときには、もうちょっとで気絶するところだったんだ。石炭の代金を四ポンド十七シリング六ペンス借り倒されたな。わしらは皆だまされた。ギャロウェイ君なんか、マフィンを食い損なったんじゃないかな」

このときくらいジョージ殿を図々しいと思ったことはなかった。何かぐうの音《ね》も出ない嫌味を言ってやろうと思ったが、何も思いつかないので、ただもう行かねばなりませんと言い、そっけなく頭を下げて別れた。

11

アルロイ・キアが訪ねて来るのを待つあいだ、こういう過去を思い出し、無名時代のエドワード・ドリッフィールドの夜逃げ事件を、その後の馬鹿に上品ぶった様子と並べてみて、くすくす笑った。少年時代に周囲の人々がドリッフィールドのことを軽蔑していたせいか、今日では最高の批評家たちが一致して彼の業績を驚異的だと認めているにもかかわらず、どうも僕は彼を大作家だと思えない。彼は長いことひどい英語を書くと見られていたが、実際、芯の丸くなった使い古しの鉛筆で書いたような印象を与えた。文体は古典的なものと俗語的なものが奇妙に入り混じっていてぎこちないものだったし、会話ときたら人間の口から出るものとはとうてい思えなかった。作家活動の後期に作品を口述するようになると、文体が口語的な平明さを帯びて、滑らかで流暢なものになった。そうなると、批評家たちは中期の小説の文体を再検討しなおし、その時期の英語が内容によく見合ったキビキビした力強さがあると主張したのであった。彼の初期は美辞麗句が流行《はや》った時期で、彼の書いた情景文は英国散文選集に立派な見本として収められている。海の描写や、ケント州の森林の春景色や、テムズ河下流地域の日の入りの情景文はよく知られている。残念ながら、僕はこういう文を読むと決まって不愉快になるのだ。

僕が若い頃は、彼の本はあまり売れず、何冊かはいくつかの図書館で閲覧禁止になったものの、彼の作品を褒めるのはインテリの証《あかし》だった。彼は大胆なリアリズムの作家だと思われていたから、世間の俗物どもをやっつける武器に使われた。ある批評家がうまく思いついて、彼の描く水夫や農民はシェイクスピア的だと言い出し、進歩派を気取る連中は集まると彼の田舎者の飾らぬ露骨なユーモアに大喜びして甲高い歓声を上げたものだった。これならエドワード・ドリッフィールドが造作もなく提供できる代物だった。しかし僕自身は、彼の小説を読んでいて帆船の水夫部屋やパブのカウンター席が登場すると気が滅入った。そこでは人生、道徳、霊魂不滅などについての滑稽な議論を方言で六ページも聞かされるのが分かっていたからだ。もっともここで告白しておくが、僕は有名なシェイクスピアの道化も退屈だと思っているくらいだから、後世の無数の亜流などが我慢がならないのだ。

ドリッフィールドの力量は、彼が一番よく知っていた階級の人々、つまり農場主、農場労働者、店主、バーテン、帆船の船長、運転士、料理人、有能な船乗りなどを描いたときに発揮されたのは明らかである。もっと上の階級の人物を登場させると、いくら彼を賞賛している読者でも多少の違和感を覚えるのではないかと思われる。彼の描く立派な紳士は信じがたいほど立派で、高貴な生まれの婦人はあまりに善良で、純粋で、気高いので、これじゃあもったいぶった、こむずかしい言い方しか出来ないのも無理はないと思ってしまう。彼の描く女性は生きた生身の人間とは思えない。もっとも、これは僕だけの意見かもしれないというのをお断りしておく。一般読者や一流の批評家は口を揃えて、魅力的なイギリス女性の典型で、活気があり、勇ましく、高邁であると褒めそやしている。シェイクスピアの有名な女主人公と比較されることも多い。女性が便秘しやすいのは誰でも知っているはずであるのに、彼女たちがトイレに行くことがまったくないかのように描くというのは、騎士道精神の行き過ぎではなかろうか。驚いたことに、女性の読者は自分がそのように描かれるのを好んでいるのだ。

批評家はごくつまらぬ作家に世間の注目を浴びさせることが出来るし、世間はまったく長所のない作家に夢中になることもあるかもしれない。しかし、どちらの場合も結果は長続きしない。エドワード・ドリッフィールドのように長く一般読者の関心をひきつけて行くには、相当の才能がなければ不可能である。エリートは人気というものを軽蔑する。凡庸の証だというのだ。しかし後世の人が選ぶのは、ある時代の未知の作家からでなく、よく知られた作家からであるのを、彼らは見逃している。永遠に記憶されるに値する傑作がついに日の目を見ずに終わることもないではないだろうが、後世の人はその噂すら知らずにいる。後世の人が今日のベストセラーを屑箱に入れてしまうこともありえようが、選ぶとすれば屑箱の中から選ぶしかないのだ。とにかく、エドワード・ドリッフィールドは読者に読まれているのだ。ただ僕は彼の小説を退屈だと思うのだ。どれも長すぎる。鈍い読者の関心を煽るために工夫したメロドラマティックな事件は僕を白けさせる。それでも彼には誠実さがあった。彼の代表作には生命の息吹がある。代表作のいずれにおいても著者の謎めいた人格を感じざるをえない。初期の作品はリアリズムの故に褒められたり、貶《けな》されたりした。批評家の性格しだいで、真実を描くと言って持ち上げられたり、下品だと言って非難されたりした。だがリアリズムはもう関心を呼ばなくなった。図書館の閲覧者も、一世代前だったらヒステリックに反発したような障害を難なく乗り越えるであろう。

本書の教養ある読者はドリッフィールドの死亡時に出たタイムズ紙文芸付録の社説を覚えているだろう。執筆者はドリッフィールドの小説に関して、美への賛歌とでも言える論説を書いた。あれを読んだ者はジェレミー・テイラーの気品ある散文を思わせるような高揚した美文に感銘を受けたに違いない。ドリッフィールドへの崇拝と敬愛などの崇高な感情が、ほどほどに凝った、気持ちよく響く文体で表現されていたのだ。その論説自体が美への賛歌であった。エドワード・ドリッフィールドにはユーモリストという面があったのだから、論説にも多少ユーモアがあったほうが真面目すぎる賛辞を和らげたかもしれない、と批判する者がいれば、追悼文だからと反論されるであろう。それに「美」は「ユーモア」が遠慮しながら接近してもいい顔をしないというのは、よく知られたことだ。アルロイ・キアが私にドリッフィールドの話をしたとき、いかなる欠点があるにせよ、どのページにも充満している「美」によって補われていると述べた。今キアとの会話を思い返してみると、いちばん癇《かん》に障《さわ》ったのはこの発言だったと思う。

三十年前文壇では神様が流行った。信じるというのは格好がいいとばかりに、ジャーナリストは語句を修飾したり、文章に調和を与えたりするのに神を使った。しばらくすると神は(クリケットとビールの退場と同時だったのは奇妙だった)退場し、代わりに牧神《パン》が登場した。そのため多くの小説の中では牧神の割れた蹄の痕が芝生に残され、また詩人たちは牧神がロンドンの共有地の木陰に潜んでいるのを見た。産業革命時代の妖精《ニンフ》とでも言うべきサリー州の文学少女たちは、奇妙なことに、その処女性を牧神のがさつな抱擁に捧げた。彼女たちは精神的には以前とは違ってしまった。しかし、牧神も退場し、それにかわって今や美が登場した。語句にも、平目にも、犬にも、日にも、絵にも、行動にも、ドレスにも、あらゆるものに「美」を見出すことになった。出来のいい小説を発表した若手の有望な女流作家が群れをなして美について喋りまくっている。彼女たちは美について、仄《ほの》めかすように言及するかと思えば、いたずらっぽく、熱烈に、あるいは可愛らしく語ったりする。オックスフォードを出たばかりで、まだ栄光の雲をたなびかせながら、週刊紙上で芸術や人生や宇宙を論じる青年作家は、美という語を細かい活字の書物の中で相当いい加減な態度で撒き散らしている。おかげで美は摺《す》り切れてしまった。すっかり酷使されてしまったのだ。理想には多くの呼び名があり、美はその一つに過ぎない。今の美への熱狂は、元気のよい機械文明で落ち着けぬ人々の悲鳴以外の何物でもないのではないだろうか。この内気な時代の可憐な少女ネルとも言うべき美への熱情は感傷に過ぎないのであろう。人生のストレスに対応する力のある次の世代は、現実からの逃避でなく、現実の積極的な受容に創作への霊感を見出すことになるのではなかろうか。

　他の人も同じかどうかは不明だが、僕は美を長いこと眺めていることが何ともしがたい。キーツは『エンディミオン』の一行目に「美しきものは永遠の喜びなり」と書いたが、あれほど誤ったことを書いた詩人はいない。美しいものが僕に美の感覚の魔法を与えると、僕の心はすぐどこかあらぬ方向にさまよいだす。景色であれ絵であれ、何時間もうっとりと見ることが出来るという人がいるが、とても信じられない。美は恍惚であり、空腹のように単純だ。美について何か語るべきことなどありはしない。バラの香水のようなもので、香りを嗅いで、それでおしまい。だからこそ、芸術の批評というのは、美と無関係つまり芸術と無関係であるものをのぞけば、退屈なのだ。ティツィアーノの『キリストの埋葬』はもしかすると世界中の絵画の中で最も純粋な美を持つといえるかもしれないのだが、批評家がこの作品について言いうることは、実物を見てきなさいというだけである。他に言えるのは、作品の経歴、芸術家の伝記などである。だが人々は美にさまざまな資質——崇高さ、人間的な関心、優しさ、愛情——を加える。これは要するに、美は人を長く満足させないからだ。美は完璧であり、完璧というのは(人間性はそういうものだ)僅かな時間しか人の注意を引き付けないのだ。あのラシーヌの完璧な『フェードル』を観たあとで、「この悲劇は結局何を証明するのか？」と尋ねた数学者は、世間で考えられているほど愚かではなかった。パエストゥムにある古代のドーリア式寺院がグラス一杯のビールより何故美しいか、その理由など説明できる者はいないのだ。美と無関係の理由を持ち出すしかないのだ。美は袋小路である。山の頂上であり、到着したらあとはどこへも通じていない。だから我々はティツィアーノよりエル・グレコに、ラシーヌの完璧な傑作よりもシェイクスピアの不完全な作品に、より多く魅了されるのである。美については猫も杓子もいろいろ述べている。それで僕も一寸論《ちょっと》じてみた。美は審美本能を満足させるものである。だが、誰が満足させられたいと望むだろうか？　満腹はご馳走なりというのは愚か者に対してのみ言えることだ。そう、敢えて事実に直面しよう。美は退屈なのである。

しかし批評家たちがエドワード・ドリッフィールドについて言ったことは、無論でたらめである。彼の最大の特徴は作品に迫力を与えているリアリズムでもないし、作品に漲《みなぎ》る美でもない。船乗りの生き生きした描写でもないし、塩水の沼、嵐、凪、辺鄙《へんぴ》な小部落などの詩的な描写でもない。長寿だったこと――それに尽きる。老齢への尊敬は人類ならではのもっとも賞賛に値する習性の一つであり、イギリスで他の国以上に目立っているといっても誤りではあるまい。他の国での老人への畏怖と愛情は精神的なものだが、イギリスでは実際的である。声を失った高齢のプリマドンナに耳を傾けるためにコヴェント・ガーデン劇場を満席にする国民がイギリス人以外にいるだろうか？　ダンサーが老いぼれて、活発に足を動かすことも叶わないのに、金を払って見物に行き、幕間に「えらいね、もう六十をだいぶ越しているのに！」などと感心するのは、イギリス人以外にはいなさそうである。しかし高齢な政治家や作家に較べれば、こういう歌手やダンサーは若僧に過ぎない。俳優は七十歳で引退しなければならないが、政治家や作家は七十歳では最盛期であるのを知って、不満に思わない若い売れっ子俳優はよほどお人よしである。政治を行う者は、四十歳では政治屋《ポリティシャン》でも、七十歳まで生きれば政治家《ステイツマン》として尊敬される。この年では、老齢すぎて書記も庭師も軽犯罪裁判所判事も務められないのに、一国を治めるのに相応しく円熟したとみなされるのだ。これは考えてみれば、そう不思議ではないかもしれない。というのもイギリスでは昔から若者に老人は賢いと繰り返し教えてきて、若者がその教えの誤りに気付く頃には老人になっているので、嘘を継続したほうが有利になるのだ。それに政治家と付き合ってみると分かるのだが、国を治めるには（結果から判断してよいとすればのことだが）高度な知性を必要としないのだ。しかし、政治家ではなく、作家までが年を取れば尊敬されるべきだという理由が私にはどう考えてみても理解できない。

かつてはこう考えたこともあった。二十年間も注目に値する作品を発表しない老作家を褒めるのは、若手にとって競争相手でなくなったから、老作家の長所を賞賛しても何ら恐れることはないからだ、と考えたのだ。ライバルとなる恐れのない人を褒めるのは、ライバルとして恐れている人を牽制《けんせい》することになる、というのは周知の事実である。だが、この考えは人間性を低くみることであり、私もそんな軽々しい皮肉屋だと見られたくないと思い直した。で、じっくり考えてみて、平均寿命を越えた老作家の晩年を喜ばせる世間の賞賛の本当の理由は、インテリは三十歳を越してからは本を読まなくなるということだという結論に達した。年を取るにつれて若い頃読んだ本が輝きを増してきて、それを書いた作者への尊敬心が毎年深まっていく。勿論、老作家も仕事は継続していなくてはならない。常に大衆の目に曝されている必要がある。過去に一、二の傑作を書いたからそれで充分だと考えてはならない。傑作を飾る台座として、四十点か五十点の平凡な作品を書かねばならない。それには時間が要る。作品の質で読者の心を捉えることが不可能なら、量で驚かせばよいのだ。

　僕が言うように、長寿即天才だとすれば、今の時代ではエドワード・ドリッフィールドほど長寿を享受した作家はいない。一八六〇年代彼が若手の作家だったとき(教養人は彼を適当に扱い、無視したのだった)、文壇における地位はまずまずというところだった。一流の批評家はほどほどに彼を褒めたが、より若い批評家は本気で彼を扱うことはなかった。才能があるのは誰しも認めたのだが、いずれ英国文壇の誇りとなるなどと予想する者は一人もいなかった。そのまま彼は七十歳の誕生日を迎えた。すると文壇のあちこちで、東方の海で遠方に台風が発生して海が荒れ始めたときのように、不安感が生まれてきた。英国文壇において大作家が長い年月ずっと存在し続けていたのに、誰も気付かなかったのだ！　こうなるとドリッフィールドの本は様々な図書館で奪い合いになった。ブルームズベリ、チェルシー他の文壇人が集まる地域では彼の小説を見直す動きが活発になった。多くの文人が、彼の作品の研究、鑑賞、評論など、長いもの、短いもの、熱烈なもの、エッセイ風のものを続々と刊行した。彼の小説自体も全集や選集の形で再版され、一冊の定価も一シリング、三シリング六ペンス、五シリング、一ギニーなど様々だった。彼の文体は分析され、哲学は検討され、技巧は詳細に論じられた。七十五歳のときには、誰も彼もドリッフィールドは天才だと認めた。八十歳になると英国文壇の最長老として賞賛された。この地位は亡くなるまで維持できた。

現在において周囲を見回して、彼のあとを継ぐ作家がいないのを残念に思う。七十歳を過ぎた作家の数人はほどほど元気で、ドリッフィールド亡きあとの空席に座れば丁度よいと思っている者もいるようではあるが、彼らには何かが足りないのは明白である。

長々と思い出すことどもを語ってきたが、僕の頭の中を過ぎるのにはあまり時間はかからなかった。思い出は順序不同に頭に浮かんだ。ある事件の次にはそれよりも以前のときの会話の断片が浮かんだりした。でもここでは順序よく書いた。読者の便宜のためであるし、僕は元来整理好きだからである。過去を思い出して一つ驚いたのは、こんなに時間が経っていても、人々がどんな顔だったとか、喋ったことのポイントが何だったとかは鮮明に思い出されるのに、どういう服装だったかは曖昧になってしまったことである。服装、とりわけ女性の服は四十年前と今ではすっかり変わってしまったのは分かっているが、昔のものを多少思い出せるとすれば、実際に頭に残っているのでなく、後年みた写真や絵からであろう。

とりとめない思い出に耽っていると、タクシーが玄関のところで止まり、ベルが鳴り、まもなくアルロイ・キアの太い声が召使頭に、僕と約束があって来訪したと告げるのが聞こえた。大柄で溌剌とした彼が現れ、その活力で一押しされると、僕が消えた過去を材料に築いていた「砂上の楼閣」が、あっという間に崩れてしまった。彼は三月の突風よろしく、攻撃的で逃れがたい「現在」を運んできた。

「今考えていたところなんだが、エドワード・ドリッフィールドに次いで英国文壇の長老となりうるのは誰だろう？　その問いに答えるように君が現れたんだ」

彼は面白そうに笑ったが、目にすぐ疑わしそうな表情が浮かんだ。

「誰もいないと思うな」彼が言った。

「君自身はどうかね？」

「何言うんだい！　僕はまだ五十にもなってない。あと二十五年待って欲しいよ」そう言って笑ったが、目はこちらを鋭く見詰めている。「君が僕をからかっているのかどうか分からないので困るな」それから急に下を向いた。「もちろん将来のことは時どき考えるよ。今頂点にいる先輩たちは僕より十五から二十年上だ。彼らもいつまでもそこにいられるはずはないが、そのあとは誰がいるか？　勿論オールダス・ハックスレイがいるけどね。僕よりだいぶ若いのだが、頑強じゃないし、健康に留意しているとも思えない。偶然がなければ、例えば天才が彗星のごとく現れて、人気を独占するようなことでもなければ、今後二十年か二十五年経てば、僕がその地位につくことも十分ありうると思う。頑張って仕事を継続し、他のだれよりも長生きしさえすればいいんだ」

ロイは力強い体を肘掛け椅子に埋めた。僕はハイボールを勧めた。

「いや、六時前にはアルコールは飲まないのだ」周囲を見回して、「いい下宿だな」と言った。

「ああ。で、用事は何だい？」

「ドリッフィールド夫人の招待のことで、君とちょっと相談したほうがいいと思ってね。電話では話しにくかったものだから。実はね、ドリッフィールドの伝記を書くことになったのだ」

「そうだったのか！　どうして先日会ったときに言わなかったのだね？」

ロイにむしろ親しみを覚えた。僕を昼食に招いたのは、たんに友情のためではないだろうと推察したのが正しかったのだと分かって嬉しかった。

「あのときはまだ決心がついてなかった。夫人は是非僕に引き受けて欲しいということなんだ。夫人の持つ資料を全部提供してくれるのだが、それは長年蒐集《しゅうしゅう》してきたものなのだ。伝記は骨の折れる仕事だし、無論失敗は許されない。でもよい伝記が書ければ業績になる。小説家が時どき小説外の真面目な仕事をすると、人に尊敬されるのだ。これまで書いた批評的な仕事はとても手間ひまがかかったし、全然売れないのだが、書いてよかったと思っている。ああいう仕事をしなかったら獲得できなかった地位を与えてくれたからな」

「いい計画だな。最後の二十年間君はドリッフィールドを他の誰よりも親しく知っていたのだもの」僕が言った。

「そうだな。ただ、僕が知り合った時点では、彼は六十歳を越えていた。僕が手紙を書いて、彼の作品にどんなに感嘆しているかを告げたら、一度遊びに来るように言ってくれて、付き合いが始まったのだ。だが僕は生涯の初期のことはまったく知らない。その時代について夫人が語らせようとして、彼が語ったことを書き留めた文章はある。それから彼が時どきつけていた日記もある。また小説には明らかに自伝的な部分がもちろんある。それでも欠落が多い。僕の考えている伝記がどんなものか話そうか。読んだ人の心が温まるような細かい事実や挿話を盛り込んだ内的な伝記にするつもりだ。伝記的な部分の間に織り交ぜるようにして、小説の徹底的な批評もしたい。もちろん、頭の痛くなるような批評ではない。作者に好意を抱きながらも作者の内面まで探るような批評、精妙で繊細な作品批評をしたいのだ。当然よほど頑張らなければ出来ない。でも夫人は僕なら出来ると言ってくれている」

「大丈夫、君なら出来るよ」

「まあ、僕もやれぬこともないと思う。批評家だし、小説家だからね。伝記作家としての資格がある程度備わっているのは明白だ。だが援助できる人の手を借りなければ出来ないんだ」

僕に手を貸せと言いだしそうなのが分かったけど、わざと知らん顔してやった。ロイは体を乗り出した。

「先日、君がドリッフィールドについて何か書く気があるかどうかと聞いたね。そしたら君はその気はないと答えたね。あの答えは変わらないと考えていいかな？」

「いいとも」

「じゃあ、君の資料を譲ってくれるね？」

「君きみ、何を言っているのだい。資料など持ってないよ」

「そんな馬鹿な話はないじゃないか」ロイが上機嫌で言った。医者が子供に喉を診察させるような説得口調であった。「ブラックスタブル時代にはよく会っていたのだろう？」

「でもまだ少年だったんだよ」

「それでも自分がまたとない経験をしていると気付いたんじゃないかな。エドワード・ドリッフィールドと三十分も同席すれば、誰だって驚嘆すべき人柄に強い印象を受けるに決まっているもの。十六の少年にだって分かったと思うし、特に君は同年輩の少年より感性も観察力も上だったのだろうから」

「偉大な作家という評判がないのに、人格が驚嘆すべきだと思えるものかどうか、疑問だよ。例えばだよ、君が肝臓の治療で温泉に来た公認会計士アトキンズ氏という肩書で、イングランド西部の温泉に行ったとしよう。周囲の人たちは君を立派な人格者だと思うだろうか?」

「平凡な公認会計士とは違うと気付くのじゃあないかな?」ロイは言ったが、にやりとしたので、発言からうぬぼれの印象は消えた。

「そうだね。あの頃のことでは、こんなことぐらいしか覚えていないのだ。彼のニッカーボッカーがすごく派手だったのが気になったね。よく一緒に自転車で遠出したんだけど、一緒にいるのを人に見られると照れたものだ」

「今でも滑稽に思えるな。で、彼はどんな話をした?」

「さあ、どうかな。あまり喋らなかった。建築に関心があったし、農業のことも話題にした。よさそうなパブがあると、五分寄ってビールを飲んで行こうと言った。パブに入ると主人と作物の収穫とか石炭の値段とか、まあそんな話をしていたよ」

ロイの表情から、こんな話でうんざりしているのは分かったが、僕はだらだらと喋り続けた。ロイは退屈するとむっとした顔をするのが分かった。ドリッフィールドが自転車での遠出で大事な発言をしたという記憶はなかったけれど、遠出の感覚だけは今も鮮明に覚えていた。ブラックスタブルは自転車で回ると一風変わっていた。長い砂利の海岸があって、背後は沼地であるのに、半マイルも内陸を行くと、ケント州のかなりひなびた田舎に出るのだった。曲がりくねった道が大きな肥沃な緑の畑と巨大な楡の林の間を走っている。楡の巨木がどっしりと立っている様子は、美味《おい》しいバターと自家製のパンとクリームと生みたて卵で肥えて血色のいいケント州の農家の善良な主婦を思わせる。道は時には密生したサンザシの垣根の続く小路になり、小路の両側に緑の楡が覆いかぶさるように並んでいるので、上を見ても一筋の青空が見えるだけだった。時に暖かく、時に冷たい風を切って自転車を走らせると、世界が停止していて人生が永久に続くというような妙な感覚を覚える。懸命にペダルを漕いでいるのに、のんびり、ゆったりした快感を覚える。誰も口を利かなくても、皆幸せであり、誰かが突然張り切りたくなって、速度を上げて、先に行ってしまうことがあれば、うまい冗談だとして皆が大笑いし、数分間他の二人も物凄い勢いで疾走する。いつもお互いをからかいあい、自分の言った冗談で笑い転げる。時どき前面に小さな庭のある田舎家の前を通過する。庭にはタチアオイや鬼百合が植わっている。道から少し離れて大きな納屋とホップ乾燥場のある農家があった。それから熟したホップが花輪のように垂れ下がっているホップ畑を通り抜ける。パブは親しみのもてる気さくな所で、普通の田舎家とあまり変わらず、しばしばポーチにスイカズラが咲いていた。パブは名前もありふれた親しみの持てるものだった。いわく、「愉快な船乗りさん」、「陽気なお百姓さん」、「王冠と碇」、「赤きライオン」など。

しかし、もちろん、こんな話はロイの興味を引くはずもなく、彼は僕の話を遮った。

「文学の話はちっともしなかったのかい？」彼が聞いた。

「そうなのだ。そういうタイプの作家ではなかったからな。自分の創作について考えていたのだろうが、口には出さなかった。副牧師によく本を貸していたから、時には副牧師と本について議論することもあったのだが、周囲の我々がつまらない話はやめてよ、と黙らせてしまったな」

「何か記憶している彼の発言はないの？」

「ああ、一つあった。覚えているわけは、彼が挙げた作品を僕が読んでいなくて、彼の言葉がきっかけで読んだからだ。シェイクスピアがストラットフォード・アポン・エイボンに引退して名士になったとき、もし自分の芝居のことを思い出していたとすれば、もっとも関心を寄せていたのは、多分『以尺報尺《メジャー・フォア・メジャー》』と『トロイラスとクレシダ』だろうと言った」

「あまり参考にはならないな。シェイクスピアよりもっとあとの時代の作家については、何か言わなかった？」

「そうだな、その頃何か言ったのは記憶にない。でもドリッフィールド夫妻と昼食した席で、こんなことを語るのを耳にした。ヘンリー・ジェイムズがアメリカ合衆国の前進という世界史上の大事件に背を向け、イギリスの田園の豪邸でのお茶の席でのつまらぬ会話を伝えたと言っていた。ドリッフィールドはそれを『大いなる拒否《イル・グラン・リフィウート》』（ダンテの地獄篇から）というイタリア語で表現した。僕はドリッフィールドがイタリア語の成句を使うのを聞いて驚いた。居合わせた人の中で彼の言ったことが分かったのは大柄な元気一杯の公爵夫人だけだったので面白かった。彼は『気の毒に、ヘンリーは広々とした大庭園の周囲をいつまでもいつまでも回っている。垣根が高くて中を覗けない。邸ではお茶の会が開かれているのだが、遠いので伯爵夫人の発言がどうしても聞こえないのだ』と言っていた」

　ロイはこの挿話を注意深く聞いたが、考え深げに首を横に振った。

「それは使えないな。ヘンリー・ジェイムズ崇拝者からひどく非難されてしまうから。だが、夜はどうして過ごしたのだい？」

「ドリッフィールドが書評のために読書しているあいだ、我々はホイストをやっていた。それから彼はよく歌をうたった」

「それは面白い」彼は熱心に体を乗り出した。「どういう歌だったか覚えているかな？」

「もちろんさ。『兵隊さんに惚れたばかりに』と『もっと酒が安いとこへ来たれ』が彼の十八番だった」

「何だって」

ロイががっかりしたのは明らかだった。

「シューマンでも歌ったと思ったのかい？」

「だとしても悪くない。面白い話になったかもしれないよ。だが、彼が舟歌とか古いイギリス民謡を歌うものと予想したんだがなあ。市で村人がよく歌っていた歌ね。盲目のヴァイオリン弾きが演奏し、村の若者が脱穀場の床で村娘と踊っているような情景だな。彼がこういう歌をうたうのなら、楽しい挿話を書けたのに。しかし、彼がミュージック・ホールの歌をうたうさまなんて、頭に浮かばないよ。伝記を書くときには、調和が大事だ。調子外れのことを混ぜると全体の印象が混乱する」

「このあとまもなく彼が夜逃げしたわけだね。誰もが騙されたよ」

ロイは丸々一分間黙りこくっていた。そしてまた考え深げに目を伏せて絨毯を見ていた。

「ああ、何か不快なことがあったというのは知っていたよ。ドリッフィールド夫人が話してくれた。だが、彼がのちにファーン・コートを買ってあの土地に落ち着く前に、借金は全部返済したという話だね。彼の作家としての発展の歩みにおいてあまり重要でない出来事に深入りする必要はないというのが、僕の意見だな。それにその事件は四十年近く前のことだ。先生には非常に奇妙な面があったね。例えば、有名になってから余生を送るのに選ぶ土地として、今触れた嫌な事件のあったあとでは、ブラックスタブルは相応しくないと普通の人なら考えるだろう？　自分が若い頃貧しい生活を送った土地なのだし。しかし、彼はそんなこと全然気に留めないみたいだ。彼にはそういうこと全体が愉快な冗談に思えるらしい。彼の家に昼食に招かれて来た人たちに夜逃げの話まで平気ですることさえあったようだ。ドリッフィールド夫人はとても困ったようだ。ところで君には、エイミをもっとよく知って欲しいと思っているんだ。彼女は立派な人だよ。先生は傑作を全部書いたあとで、エイミと知り合ったのだが、彼女のお蔭で、堂々として威厳のある人物として晩年の二十五年間人々に尊敬されたのだよ。それを否定する者は誰もいない。奥さんは僕には率直に打ち明けてくれたのだが、ずいぶん骨を折ったそうだ。ドリッフィールド老人はとても奇妙な癖があって、紳士らしく振る舞うようにさせるのには、ずいぶん機転を使う必要があったそうだ。ひどく頑固で譲らぬこともあったので、性格の弱い女性なら、治させるのを諦めただろうね。例えば、奥さんが苦労してやっと止めさせた食事の癖があった。肉と野菜を食べ終わると、一切れのパンを手に持って皿をきれいにぬぐい、食べるのだそうだ」

「それがどういう意味だか分かるかな？　食べるものがなくて困った時代が長いため、入手できた食物は無駄に出来なかったのさ」僕は言った。

「そうかもしれないね。だが、一流作家の癖としてはみっともないよ。それから、彼は呑兵衛《のんべえ》というのではなかったが、よく熊と鍵《ベア・アンド・キー》亭に出かけて行き、大衆席の方でビールを飲むのが好きだったようだ。べつに文句はないが、夏に旅行者の多いときなど目立って困る。喋る相手に選《え》り好みをしないのだ。自分に守るべき身分があると悟らない。昼食の席でエドマンド・ゴスとかカーゾン卿とかいう有名人と会い、この人たちについての感想を水道屋だのパン屋だの衛生設備検査官などにぺらぺら喋るというのは、誰だって具合が悪いと思うだろう。しかし、その癖も説明はつくだろうさ。つまり彼は地方色を知りたがり、様々なタイプの人間に関心があったのだとね。だが、もっと厄介な癖があって、対応に苦慮するのもあった。例えば、風呂にどうしても入ろうとしなくて、さすがのエイミもすっかり手を焼いたのを知っているかい？」

「あまり何回も風呂にはいるのは健康に悪いとされていた時代の人なんだよ。そもそも風呂が家にあるなんて、五十歳になるまで、彼の経験しなかったことだ」

「週に一回以上風呂に入ったことはないし、こんな年になってから習慣を変える気はないと言った。それから、毎日下着を変えるように奥さんが言ったら、それにも反対したそうだ。昔からシャツとズボン下は一週間変えなかった、そんなに頻繁に洗ったら、生地が痛んでしまうと言うそうだ。奥さんは、風呂にいろんな入浴剤やら香水を入れて毎日入るように勧めたのだが、こればかりは成功せず、最晩年には週一回すら入らなくなったとか。最後の三年間は一回も入らなかったという。いやね、すべてここだけの話だよ。こんな打ち明け話をするのは、彼の伝記を書く場合、かなりの機転を利かさねばならぬというのを知って欲しいからだ。ドリッフィールドが金に関して一寸ばかりいい加減だったこと、身分の下の人との交友を好む変な性癖があったこと、身の回りの習慣にいくつか不快なものがあったこと、こういう点は否定しようもないのだ。だが、こういう面が重要だとは思わない。事実でないことは何も述べたくないが、述べなくてもいいことがある程度あると信じているよ」

「洗いざらい全部、美点ばかりでなく汚点もすべて出す方が面白いとは思わないかい？」

「それはやろうたって出来ない。そんなことしたら、エイミが口を聞いてくれなくなる。僕の慎重さを信頼したからこそ、伝記を書いてくれと頼んだのだから。紳士らしく行動しなくてはならない」

「紳士と作家を両立させるのは困難だよ」

「僕はそう思わないな。それに批評家ってものを知っているだろう？　作家が真実を示せば、彼らは皮肉だと批判するんだ。皮肉屋という評判は作家にとってマイナスだ。もしまったく手ごころを加えないで書けば、間違いなく、かなり大きな話題にはなるだろう。美への情熱と責任感の欠如、綺麗な文章と風呂嫌い、理想主義といかがわしいパブでの飲酒——こういうものを同時に示せば愉快だとは思う。だが、正直言って、僕にとって得になるかな？　リットン・ストレイチの模倣だといわれるだけさ。だからそうはしない。短所は暗示的に触れるに留め、全体として魅力的で、細部も踏まえ、そう、何と言うか、とにかく主人公への思いやりに富む伝記にしたいと願っている。いつも執筆を始める前に、どういう本に仕上がるか頭に思い浮かべるべきだと思う。今度の伝記は、ヴァン・ダイクの描いた肖像画に似ているな。情緒豊かで、貴族的な卓越性があり、ある種の威厳もある。大体見当つくかな？　八万語くらいだろう」

彼は一瞬美的な瞑想で恍惚としているように見えた。心の目に見えるのは、高級紙に余白をたっぷり取って鮮明で上品な活字で印刷した、手に取ると軽いすっきりしたロイヤル八つ折本である。きっと金文字で飾った、滑らかな黒クロースの装丁も見ているのだろう。だが、数ページ前に述べたように、彼は普通の人間に過ぎぬので、美的瞑想にいつまでも耽ることは叶わなかった。率直な微笑を浮かべた。

「だが、厄介なのは最初の奥さんの扱いだね」彼が言った。

「内輪の恥《スケルトン・イン・ザ・カボード》っていうところか」僕は声を落として言った。

「この扱いがまったく僕の手に余るように思えるんだよ。ドリッフィールドと長期間結婚していたわけだ。エイミはこの件に関しては、明確な見解を持っているわけだが、それにそのまま同意するわけにはいかないんだよ。夫人の見解はこうだ。ローズ・ドリッフィールドは非常に悪い影響を夫に及ぼした。彼女は夫を道徳的に、肉体的に、経済的に破滅させるためにありとあらゆることをした。彼女はあらゆる点で、とりわけ知性と精神面で彼より劣っていて、彼が世に稀な活力と生命力を持っていなかったら、到底生き残ることは出来なかったであろう。もちろん、エイミでなくても、最初の結婚が不幸なものであったと誰でも思うね。まあ、その女が死んでもう何年にもなるし、昔の醜聞を掘り返して、内輪の恥を公《おおやけ》にするのも遺憾なことだろう。でも、ドリッフィールドの傑作のすべてがその女と暮らしていたあいだに書かれたというのも、無視できない事実だ。後期の作品だって立派だ。その純粋な美を高く評価していることでは、僕は誰にも負けないと思う。後期の作品には抑制、見事な古典的な落ち着きがある。でも前期作品にあった深い味わい、迫力、人生の匂いと騒がしさが欠けているというのは認めざるをえない。彼の作品への最初の妻の影響をすっかり無視することは出来ないと思うな」

「じゃあ、どうするつもりなのだね？」

「そうだね。彼の生涯のあの部分を、ひどく鋭敏な感性の人をも傷つけないように、出来るだけ慎重に細心の注意をもって扱えないこともないと思っている。さらに、こう言ったら分かってもらえるかどうか分からないが、いわば男らしく率直に書くのも忘れないつもりだが、そういう書き方は案外読者によい印象を与えるかもしれない」

「実行するのは難しいだろうな」

「そうだけどね。細部に拘泥する必要はないと思っている。筆のもって行きようだと思うんだ。必要以上のことは述べないが、それでいて、肝心なことは暗示的に述べて読者に気付いてもらえばいい。ねえ君、どれほど不愉快な題材でも、威厳をもって扱えば、不愉快さを和らげることが出来るものね。しかし、事実をきちんと把握していないことには、僕には何も出来ないんだ」

「素材がなければ、料理は無理だからな」

ロイはここまで一流の講演者らしく流暢に話していた。これほど説得的に適切な言葉で語れればいいなと聞いていて思った。言葉に詰まるということがなく、うまい表現が次から次へと口から出てきた。感心する一方で、彼はもっと大勢の聴衆を相手に喋るのが相応しいのに、今は僕だけしか聞いていないので申し訳ないという気持ちもした。しかし、彼はここで息をついた。愛想のよい表情が、熱意で紅潮し暑い日のせいで汗をかいた顔に現れ、説得せずにはおかぬという気負いで輝いていた目も穏やかになり微笑を浮かべた。

「そこが貴君の出番さ」彼が愛想よく言った。

人生の知恵として前々から考えていたのだが、自分に言うことがないとき、どう答えてよいのか分からないとき、黙っているのがいい。このときも沈黙して、ロイを愛想よく見返した。

「ブラックスタブル時代の彼については君が一番よく知っているのだものな」ロイが言った。

「さあ、それはどうかな。当時彼とよく会っていた人なら、ブラックスタブルには僕以外にも結構いると思うな」

「それはそうかもしれんがね。そういう連中はあまり役立たないんじゃないかな。問題にならないな」

「なるほどね。『垂れ込んで』くれそうなのは僕しかいない、という意味だろう?」

「まあ、大体そういうことだな。ただ、『垂れ込む』という言い方はどうかな」

ロイは僕の言葉遣いが気に入らなかったようだった。僕が面白い言い方をしても面白いと受け取ってもらえないのには慣れている。純粋なタイプの芸術家というのは、自分の冗談にだけ一人で悦にいるユーモリストだと思うことがよくある。

「それからブラックスタブル時代のあと、ロンドンでも付き合いがあったのだったね？」

「そうだ」

「ロンドンではベルグレイヴィアの南のどこかの家に住んでいたのだね？」

「うん、ピムリコの下宿にいたよ」

ロイは不快そうに微笑した。

「ロンドンのどこだったか、正確なところで口論したくないな。とにかく、君は相当に親しかったのだろう？」

「かなりね」

「どれくらいの期間だったの？」

「二年ほどだったな」

「君はいくつだった？」

「二十歳だ」

「あのねえ、一つお願いしたいことがあるんだ。そう長い時間は取らせないし、しかも僕には計り知れないほどの助けになる。ドリッフィールドの思い出のすべて――ブラックスタブル時代とロンドン時代の両方だが――を書き留めてくれないか？　最初の奥さんのこと、それから奥さんと彼の関係について記憶していることなど、書いてくれたまえ」

「君、君、僕だっていろいろするべきことがある。そんなこと無理だよ」

「そんなに時間はかからないんじゃないか。ごく大雑把でいいんだ。文章などに気を使うことはない。僕が書き直すから。とにかく事実が必要なのだ。偉そうな口をききたくないが、ドリッフィールドは大作家だったのだから、君が知っていることすべてを公開する責任が、彼の思い出のためにも、英文学のためにも、あるのじゃないか。先日、君は彼について何も書く気がないと言ったので、こうして頼んでいるわけだよ。君自身が使うつもりのない資料を全部秘蔵するなんて、イソップ物語の飼葉桶を独占する犬みたいだ」

ロイは僕の義務感、怠惰、親切心、律儀さのすべてを刺激しようとした。

「だが、ドリッフィールド夫人はなぜ僕をファーン・コートに招待するのだい？」

「奥さんと僕が相談した結果だ。滞在して気持ちのよい家だよ。奥さんの歓待ぶりも見事だし。今の季節、あの辺りはとても綺麗だ。あそこで思い出を書いてくれれば、君にとってよい環境だと奥さんは思ったのさ。勿論、僕はそこまで期待できないと思ったが、ブラックスタブルの近くにいれば、そうしなければ忘れていたことなどを君が思い出すかもしれないとは思った。さらに、先生の家で先生の書物その他に囲まれていれば、過去が現実味を帯びるということもある。皆で彼の話をして、会話で熱が入れば、新事実が飛び出さぬでもない。エイミは機敏で利口だ。何年ものあいだ、ドリッフィールドの口にする言葉を書き留めておく習慣になっていたから、君が書くつもりもない思い出を何かの弾みでふと口にすれば、奥さんがメモしておくだろう。それから、テニスと水泳も出来る」

「人の家に泊まるのは苦手だ。朝九時に起きて、嫌いなものを朝食にとるのは困る。散歩も嫌いだし、他人の飼う鶏にも興味はないのでね」

「奥さんは今は孤独なのだ。君が滞在してあげれば、奥さんに対する親切だし、僕にとってもそうだ」

僕は考えた。

「じゃあこうしよう。ブラックスタブルへは行く。ただし自分の金で行く。熊と鍵亭に泊まって、ドリッフィールド邸へは君がいるとき伺う。君たちはエドワード・ドリッフィールドについて好きなだけ語ったらいいよ。僕は君らにうんざりしたら、すぐ引きあげられる」

ロイは怒りもせずに笑った。

「よかろう。それで結構。それから、記憶していることで役立ちそうなことを簡単に書いてくれるかい？」

「やってみるよ」

「いつ来る？　僕は金曜日に行く」

「列車の中で話しかけないと約束するなら一緒に行くよ」

「分かった。五時十分発が便利だ。迎えにこようか？」

「ヴィクトリア駅まで一人で行けるよ。プラットフォームで会おう」

こちらの気が変わると心配したのかどうか分からないが、ロイはすぐに立ち上がり、機嫌よく握手してさっさと立ち去った。テニスのラケットと水着は絶対に忘れないように言った。

12

ロイとの約束のお蔭で、初めてロンドンで暮らし始めた頃のことを思い出した。その午後、あまりすることもなかったので、散歩に出て、昔の下宿の小母《おば》さんのミセス・ハドソンを訪ねて、お茶をご馳走になろうという考えが頭に浮かんだ。彼女の名前は、聖ルカ病院付属医学校の事務の人から教えてもらった。僕はまだ青二才でロンドンに出てきたばかりで、医学生として下宿を探していたのだった。彼女の下宿はヴィンセント広場にあり、僕はそこに五年間住んだ。一階の二つの部屋を占領し、二階の応接間つきの部屋にはウエストミンスター学校の教員が住んでいた。僕は週一ポンド、教員は一ポンド五シリング支払った。ハドソン小母さんは小柄で、活動的で、忙しく動きまわる人だった。血色が悪く、大きな鷲鼻であるが、目はこれまで見たこともないほど明るく、とても生き生きとしていた。真黒な髪がふさふさしていて、平日は午後、日曜日には一日中、ジャージー・リリーという当時流行の美人女優ふうに、額に前髪を垂らし、後髪はうなじに丸くまとめていた。親切このうえなしの人であったが、若い僕は、若い者にありがちなように、親切を当然視していた気味があった。料理の腕も素晴らしかった。あんなにふっくらしたオムレツを作れる人はいない。毎朝早く起き出して、下宿人の居間の暖炉に火をつけるのだが、それは「寒さにがたがた震えながら朝食を食べるのはいけないものね。今朝は特別冷えるね」というわけだった。あの頃は、少しでも冷たさを除こうとして前の晩に水を入れた金盥《かなだらい》をベッド下に滑り込ませて置いたのだが、これを使って下宿人の誰かが顔や首筋を洗っている音が聞こえないと、「あらまあ、食堂階のお方はまだ寝ているのかしら？　また講義に遅刻しますよ」と言って、二階に駆け上がり、ドアをドンドンと叩く。「直ぐ起きなければ、せっかくの朝食を食べる時間がなくなりますよ！　美味しいタラの料理を作っておいたのにね」と言うのだった。

小母さんは一日中働き続け、仕事をやりながら歌をうたい、陽気で幸福そうでニコニコしていた。夫はずっと年長だった。この人は上流家庭で召使頭を務めた人で、頬髯《ほおひげ》を生やし、完璧な礼儀作法を身につけていた。近所の教会で会堂番をしていて尊敬されている人物だが、小母さんの手伝いをして、下宿人に食事を出したり、ブーツを磨いたり、食事のあと片付けをした。小母さんが唯一ゆっくり出来たのは、夕食を出してから(僕は六時半、教員は七時に)二階に上がって来て下宿人と一寸お喋りするときしかなかった。小母さんの発言を記録しておけば(ドリッフィールド夫人が夫についてしていたようこに)どんなに良かったかと今になってつくづく思う。ハドソン小母さんの下町訛りのユーモアは絶品だった。誰とでも当意即妙の応酬が出来、常にきびきびした物言いをした。適切な言葉を豊富に持っていて、滑稽な比喩とか真に迫る表現などに困ることは決してなかった。男女関係にはうるさい方で、女性の下宿人は置いたことがなかった。彼女たちが何をしでかすか、分かったものでないというのが理由だった(「あの連中はいつだって男ばかり気にしてさ。午後のお茶も注文がうるさくてね。やれトーストが薄いとか、ドアを開けて『お湯もってきて！』とか大声で頼んだりして、うるさいったらありゃしない」)。しかし会話ではいわゆる「下《しも》がかった」言葉も躊躇《ためら》わずに使った。彼女についていては、彼女自身が評判のコメディアンのマリー・ロイドについて言った評語をそのまま当てはめることが出来る。つまり「彼女について好きなのは、大いに笑わせてくれること。時にかなりきわどい話をするけども、一定の限度は超えないんですよ」ハドソン小母さんは、くだけた話をするのが好きだったから、真面目で冗談は苦手な夫よりも下宿人と喋るのを楽しんだ(「家の人は会堂番だから仕方ないんですよ。結婚式だの葬式にいつも出ていますからね」)。小母さんはよく、「主人に言ってやるんですよ。死んでしまったら笑えないんだから、今のうちに笑っておきなさいってね」と言っていた。

小母さんのユーモアは次第にきついものになっていった。十四番地で下宿屋をやっていたミス・ブッチャーとの不和の話は年々歳々《ねんねんさいさい》繰り返される滑稽武勇談だった。

「感じの悪い女ですよ。でもね、ある晴れた日に神様があの人をお召しになったりしたら、わたしは淋しく思うでしょうね。もっとも神様はお召しになったものの、どう扱ったらいいかお困りでしょうよ。元気な頃は、わたしをずいぶん笑わせてくれたものですよ」

ハドソン小母さんは歯が悪くて、抜いて入れ歯にすべきかどうか、彼女は人の思いつかないような滑稽な対処法を持ち出して、もう数年間話題にしていた。

「主人がね、『さあもういい加減に抜いてもらって、ケリを着けたらどうだ』って昨晩言いました。で、わたしは『そんなことしたら話の種がなくなるじゃない！』って言ってやりましたよ」

小母さんには数年会っていなかった。この前訪ねたのは、美味しい濃いお茶を一緒に飲みにいらっしゃいませんか、という手紙に応じてであった。手紙には「夫が七十九歳で亡くなって今度の土曜日で三カ月になります。ジョージとヘスターがあなたによろしくと言っています」とも書いてあった。ジョージというのは夫妻の息子だった。そろそろ中年と言ってもいい年齢で、ウーリッチの兵器工場で働いていた。ジョージは近く嫁さんを連れて来るわ、と母親は二十年間言って暮らしていた。ヘスターは、僕が下宿していた終わりの頃小母さんが雇ったメードで、小母さんは未だに彼女のことを「わたしの困った娘っこ」と言っていた。ハドソン小母さんは僕が最初に下宿したとき三十歳はとうに越していて、あれは三十五年前なのだ。だからもういい年のはずだけれど、僕は、グリーン・パークを抜けてゆっくりと歩きながら彼女が死ぬなどということは全然考えなかった。公園の飾り池のペリカンたちと同じく、僕の青春時代の記憶のしっかりした一部であった。

勝手口の階段を降りていくと、ヘスターがドアを開けてくれた。ヘスターは五十歳に近くなって肥《ふと》ってしまったが、恥ずかしそうににやにやしている顔には困った娘っこらしさが残っていた。僕が地下の表部屋に案内されたとき、ハドソン小母さんは、ジョージのソックスを繕っていたが、メガネを外して私を見た。

「あんりゃまあ！　アシェンデンさんじゃございませんか！　久しぶりじゃないですか。ヘスター、お湯は沸いているかい？　さあ、美味しいお茶を出しましょうね」

ハドソン小母さんは最初に会ったときより少し肥り、動作が鈍くなっていたが、頭には白髪はほとんどないし、ボタンのように黒く光る目は、楽しそうに輝いた。僕は栗色の革で覆われた、くたびれた小さな肘掛け椅子に座った。

「調子はどうですか？」僕が聞いた。

「これという不満はないけれど、昔ほど若くないっていうのは嫌ね。あなたがここに居たときのようには働けない。今は夕食は出していないのよ。朝食だけでね」

「部屋はふさがっていますか」

「ありがたいことに全部ふさがっていますよ」

物価高で小母さんは以前より部屋代の収入は増えていたし、質素な生活をしていたから、充分に暮らしていけた。だが最近は下宿人からの要求が多いようだった。

「信じないかもしれないけど、まず浴室を設けねばならなかったし、それに続いて電灯でしょ、そのうえ、電話もですってさ！　どこまでやれば気がすむものやら、あきれちゃう」

「若旦那は奥さんがもう引退してもいいとお考えのようざんす」お茶の道具をテーブルに置きながらヘスターが言った。

「余計なこと、お言いでないよ。引退するのはねえ、お墓に入るときです。ジョージとヘスター以外に話し相手なしで、どうして過ごせるというのよ！」小母さんは手厳しく言った。

「若旦那がおっしゃるには、奥さんは田舎で家を借りて、のんびり暮らせばいいのにって」ヘスターは叱られても平気で言った。

「田舎の話は御免だよ。去年の夏、医者が六週間田舎に行くように勧めたんだけどさ。田舎にいて、死にそうになっただ。本当にね。騒がしいのなんの。小鳥が一日中鳴いているし、鶏はコケコッコー、牛はモーモーとうるさいんだから。ロンドンで何十年も静けさに慣れて暮らしてきた者には田舎のあのうるささは我慢がならないね」

ヴォクソール橋通りが数軒先に通っているから、鉄道馬車はベルを鳴らしてがらがら走っていたし、乗合自動車はがたがたと走り、タクシーは警笛を鳴らして走っていた。小母さんはその音を聞いていたにしても、聞いたのはロンドンの音であった。母親のあやす声が泣く赤ん坊を寝かすように、その音で彼女は落ち着いたのである。

僕はハドソン小母さんがずっと暮らしてきた居心地のいい、みすぼらしいが落ち着ける居間を眺めた。何か買ってあげられないかと思案した。蓄音機があった。もしなければ、買ってあげるところだった。そんな品しか思いつかなかった。

「小母さん、何か欲しいものありませんか?」僕が聞いた。

丸く小さいよく光る目をじっと僕に向けた。

「そう聞かれてみると特にないけどね。ただ、あと二十年くらい働いていられる健康と体力なら欲しいわね」

僕は自分を感傷的だとは思わないが、これを聞いたときには思わず目頭が熱くなった。

帰る時間になったとき、自分が昔五年間滞在した部屋を見せてもらえるかと聞いた。

「ヘスター、二階に行ってグラハムさんが留守かどうか見ておいで。留守なら、中に入って見せてもらってもあの人は気にしないと思いますよ」

ヘスターは駆け上がって行き、すぐに息を弾ませて戻って来て、グレハムさんは留守ですと伝えた。小母さんは私と一緒にきた。ベッドは僕が寝て夢を見たのと同じ小さな鉄製のもので、引出しも洗面台も同じだった。だが、居間にはスポーツ好きな青年らしい元気のよさが見られた。壁にはクリケット選手や半ズボンのボートレースの選手の写真があった。部屋の隅にはゴルフのクラブが置いてあるし、暖炉の上には、大学の紋章の飾りのあるパイプやタバコ入れが散らかっている。僕たちが若い頃は芸術のための芸術を信じ、それを示すために、暖炉の上にはムーア風の敷物を掛け、窓には凝った模様のあや織の渋い色のカーテンを吊り、壁にはペルジーノ、ヴァン・ダイク、ホッベマの絵の複製を掛けたものだった。

「あなたはずいぶんと芸術好きだったわね」ハドソン小母さんは多少皮肉に言った。

「そうでしたね、たしかに」僕が答えた。

その部屋に住んでいたとき以来の長い歳月や、そのあいだに身に起こったことを思うと、胸の疼きを抑えられなかった。そのテーブルで腹いっぱいの朝食と、つつましい夕食をとり、医学書を読み、最初の小説を書いたのだ。その肘掛け椅子で初めてワーズワースやスタンダールや、エリザベス朝の劇とロシアの小説、ギボン、ボズエル、ヴォルテール、ルソーを読んだのだ。その後、どういう人たちがそのテーブルと椅子を使ったのだろうか？　医学生、年季契約の会社員、シティーで成功しようと頑張る若者、植民地での勤めを引退した年配者、古い家が突然零落して広い世間に投げ出された老人などであろう。あれこれ思うと、小母さんの口癖を真似れば、胸がぎゅっと締め付けられる思いがした。その部屋ではぐくまれた希望、未来の明るい夢、若者の燃える情熱、後悔、幻滅、疲労、諦めなど、人間のあらゆる感情がその部屋であらゆる人の胸に宿ったのであり、そのためか部屋全体が妙に悩ましい、謎めいた性格を帯びてしまったようだった。部屋を眺めていると、唇に指をあてて十字路に立ち、後ろを向いてもう一方の手で差し招いている女性が頭に浮かんだが、自分でもなぜだか分からない。僕が曖昧に(やや恥ずかしそうに)感じたことが、ハドソン小母さんにも自然に伝わったようで、彼女はちょっと笑い声をあげ、それからいつもの癖で、大きな鼻をこすった。

「まったくの話さ。人間ってものはへんちくりんだねえ。ここで暮らした男の人たちを思い出してみるとね、わたしがあの人たちについて知ってることを話しても、あなたはとても信じてくれないだろうね。誰もかれも奇妙なんだからね。ベッドに入って寝付く前に、時どき思い出すんだけど、吹き出してしまうんですよ。笑うのはいいことで、時どき思い切り笑えないんだったら、世の中もつまんないでしょうけどさ。下宿人ていうのは、何とも面白い連中なんだから」

13

ハドソン小母さんの下宿屋で暮らし始めておよそ二年経ったとき、ドリッフィールド夫妻と再会した。その頃の僕の生活は決まりきったものだった。一日中病院にいて六時になればヴィンセント広場に帰った。途中ランベス橋でスター紙を買い、夕食が出るまで読んだ。食後は教養のための読書に一、二時間真剣に取り組んだ。僕はまじめで勤勉な青年だったのだ。読書のあと就寝時間まで小説と芝居を書いた。六月末近くのある日、理由は忘れたが、病院を普段より早く出て、ヴォクソール橋通りを歩こうと思った。この通りはにぎやかなので気に入っていた。わくわくするような下町風の活気が漲り、いつ何時《なんどき》、何か面白いことが自分の身に降りかからぬでもないという感じがするのだ。白日夢でも見ている気分でぶらぶら歩いていると突然自分の名を呼ばれて驚いた。立ち止まって、声の方を見ると、ドリッフィールドの奥さんが立っていたので、すっかり驚いてしまった。こちらに向かって微笑している。

「わたしが分かんないの?」彼女は大きな声で言った。

「分かりますとも。ドリッフィールドさんじゃありませんか」

僕はもう成人になっていたけれど、十六歳だったときのようにひどく赤面しているのに気が付いた。狼狽していたのだ。誠実ということについて、嘆かわしいほどヴィクトリア朝時代の考え方をしていた僕なので、ドリッフィールド夫妻が借金を払わずにブラックスタブルで夜逃げした事件に非常なショックを受けていたのだ。実に卑劣だと思った。夫妻自身が感じているに違いない羞恥心を僕も感じていたから、奥さんが恥ずべき事件を知っている者に話しかけるのには、本当にびっくりした。もし彼女が歩いて来るのに僕が気付いたなら、そっぽを向いたところだった。僕に見られたら具合が悪いと思うに決まっていると神経質な僕は思った。ところが彼女は握手の手を差し伸べ、さも嬉しそうに僕の手を握るではないか。

「ブラックスタブルの人に会えて嬉しいわ。急いで出てしまって、それっきりですものね」

彼女は笑い、僕も笑ってしまった。でも彼女の笑いは楽しそうで子供っぽかったが、僕の笑いはこわばっていたようだ。

「わたしたちが夜逃げしたって分かったとき、大騒ぎだったと聞いたわ。テッドがそれを聞いたときは、吹き出してしまい、永久に笑い続けるんじゃないかと思ったのよ。あなたの叔父さん、何とおっしゃっていたかしら？」

僕は急いで彼女に調子を合わせることが出来た。僕が冗談が分からぬ奴だと彼女に思わせるのは避けたかった。

「叔父の人物、知っているでしょう。すごく古風ですからね」

「そこがブラックスタブルの欠点ね。目を覚ます必要があるのよ」そう言ってから彼女は親しげに僕を見た。「この前会ったときと比べると、大人になったわね。まあ、口髭も生やしているじゃないの！」

「そうですとも」僕は短い口髭を無理してひねってみせた。「ずっと前から生やしています」

「月日が経つのは、本当に早いものね。あなたも四年前は少年だったけど、今は大人ね」

「当然ですよ。もうちょっとで二十一歳ですからね」僕はややそっけなく言った。

奥さんをよく眺めた。羽飾りのある小さな帽子をかぶり、ふっくらした肩の袖と長い裾の薄いグレーのドレスを着ている。とても素敵だった。よい顔立ちだとは前から思っていたが、今初めて美人だと気付いた。目は以前覚えていたより青く、肌は象牙のようだった。

「あのね、わたしたちすぐそこに住んでいるのよ」

「僕もそうです」

「リンパス通りよ。ブラックスタブルを出て以来ずっとそこなの」

「僕はヴィンセント広場にかれこれ二年います」

「あなたがロンドンだとは知っていたわ。ジョージ・ケンプが教えてくれたから。どこに住んでいるのかしらってよく思ったのよ。ねえ、今一緒に家までいらっしゃらない？　テッドも喜ぶわ」

「いいですよ」

家に歩いて行く道すがら、彼女はドリッフィールドについて語った。現在はある週刊新聞の文芸部長をやっていて、最新作が過去のどの作品よりも売れ行きがよくて、次作の印税の前払いとしてかなりの金額を期待できそうなことなど。彼女はブラックスタブルの情報には通じているようだった。ジョージ殿が夫妻の夜逃げを手伝ったという噂を思い出した。きっと彼が時どき夫妻に手紙で連絡しているのだろうと推測した。歩きながら、すれ違う男たちが彼女をじろじろ眺めるのに気付いた。彼らも、彼女のことを美人だと思っているのだという考えがやがて頭に浮かんだ。僕は誇らしげに歩き出した。

リンパス通りはヴォクソール橋通りと並行して走る長くて、広い、まっすぐな通りだった。家々には堂々たる回廊玄関があり、くすんだ色に塗った化粧漆喰《しっくい》作りのがっちりしたもので、どの家もよく似ていた。ロンドンのシティーで地位のある人々が住むのを当て込んで建てたのであろうが、通りの評判は低下してしまった。あるいはまっとうな人を引き付けることが出来なかったのかもしれない。通りの斜陽ぶりには、遠慮がちな、ひどく身を持ち崩したような雰囲気があった。いわば、昔はいい暮らしをしていた人が、お上品にほろ酔い加減になって、かつての栄光を語るような感じがした。夫妻はくすんだ赤色の家に住んでいた。奥さんは僕を狭く暗い玄関に入れ、それからドアを押し開けると言った。

「さあ、入ってください。テッドにあなたが来たのを知らせてくるわ」

彼女は廊下を進んでゆき、僕は居間に入った。ドリッフィールド夫妻は地下室と一階を借りていた。家主は上の階だった。僕が入った居間は、競売で買い集めた品物で整えられているようだった。部厚いビロードのカーテンには花綵《はなづな》と輪だけのふち飾りがついているし、金ぴかの椅子とソファーの布の部分は黄色のダマスク織で無数の鋲が飾りについている。部屋の中央には、とても大きなふとん付き円形長椅子が置かれている。金ぴかの飾り戸棚の中を覗くと、無数の小物が――象牙の人形、小さな陶器、木彫り、インドの真鍮製品など――ところ狭しと並べられていた。壁にはスコットランド高地地方の渓谷や牡鹿や族長の従者などの大きな油絵が掛かっている。まもなくドリッフィールドが奥さんと一緒に現れ、僕を温かく迎えてくれた。彼は型崩れしたアルパカの上着とグレーのズボンを身につけていた。以前の顎鬚《あごひげ》は剃ってしまい、今は口髭と尖った皇帝髭を生やしていた。彼が意外に背が低いのにこのとき初めて気づいた。でも以前より偉そうに見えた。その様子にはどことなく外国人風のところがあり、そこが僕が作家らしいと思う姿にぴったりだった。

「我々の新居をどう思うかな？」彼が聞いた。「金持ちみたいだろう？　自信が出るような気がするよ」

そう言って、満足げに周囲を見渡した。

「ここの他に、テッドは裏手の部屋を執筆専用に使っているのよ。地下には食堂もあるし」奥さんが言った。「家主のカウリーさんは、長年身分のある貴婦人のお世話役《コンパニオン》をしていたので、奥様が亡くなったとき、家具すべてを譲りうけたのよ。どれも立派でしょ？　紳士のお邸にあったものだとわかるわね」

「ロウジーはこの家に一目惚れしたんだよ」ドリッフィールドが言った。

「あなただってそうじゃないの！」

「我々はずっと薄汚い環境で暮らしたから、贅沢に囲まれるのは気分転換だね。ほら、マダム・ポンパドゥールとかそんなとこだな」

そろそろ引き上げようと挨拶したとき、夫妻はぜひまた来るようにと温かく招いてくれた。土曜日の午後はいつも家にいて、僕が会いたいと思うような人々が皆集まる習慣になっているようだった。

14

出かけた。楽しかった。また出かけた。秋になり、聖ルカ病院付属医学校の冬学期でロンドンに戻ってからは、毎土曜日は決まって出かける習慣になった。僕にとって芸術と文学の世界への導入となった。実は下宿でひそかに一生懸命に書いていたのだけれど、それは誰にも秘密にしていた。僕と同じように書いている人に会うと心が躍り、その会話にうっとりと聞き惚れた。パーティーにはいろんな人がやってきた。当時は週末旅行というのはあまり行われていないし、ゴルフはまだ嘲笑の的だったから、土曜日の午後は誰も暇だったのだ。特に大物が来たとは思わない。とにかくドリッフィールドの家で出会った画家、作家、音楽家の中で有名になった者は一人もいなかったと思う。それでも文化的な雰囲気がたっぷりあり、活気があった。役を求めている若い役者だの、イギリス人は音楽が分からぬと嘆く中年の歌手とか、ドリッフィールド家の小型ピアノで自作を弾いて、コンサートのグランドピアノでなければ本領が発揮できないと小声でつぶやく作曲家とか、促されて出来たての短詩を読む詩人や、仕事を探す画家などがいた。

時たま貴族が来て、華やかな雰囲気が生まれることもあった。でもそれは稀だった。当時は貴族階級には自由奔放な生活と芸術を愛する人は生まれていなかったから、貴族のくせに芸術家と交遊するのは、離婚して非難されたとか賭けごとで破産したとかなどで自分の階級で白眼視され居心地が悪くなったためであった。しかし現在では事情がすっかり変わった。義務教育が世の中にもたらした最大の贈物の一つは、執筆するという癖が紳士階級や貴族のあいだに広まったことである。十八世紀にホラス・ウォルポールが『王侯貴族作家目録』という本を出したが、同じものを今出すとすれば百科事典の規模になるだろう。貴族の肩書があれば、たとえ名誉称号にすぎなくても、まずどんな人でも有名作家になれる。貴族の肩書ほど文壇への有効なパスポートはないと言って間違いないだろう。

時どき思うのだが、貴族院は遠からず廃止にならざるをえない状況なので、もし文学という職業が法律によって貴族院議員とその妻と子供だけに限られるように決めれば、とてもよい計画ではなかろうか。世襲的な特権を奪うことへの優雅な埋め合わせになるかもしれない。公共のためと称してコーラス・ガールを囲ったり、競馬に凝ったり、バカラ賭博にふけったりして貧乏になった貴族(こういうのがやたらに多いのだが)には収入の手段になるだろう。また、自然淘汰によって議員になる以外の道が閉ざされた貴族には楽しい職になるであろう。だが今は何でも専門化の進んだ時代であるから、この案が採用される場合、文学の各分野を貴族の様々な階級に振りわけるのが、英文学の偉大なる栄光のために必要であるのは明白であろう。となると、文学の低いものは階級の下の貴族に任せるのがよいので、男爵と子爵にはジャーナリズムと芝居を専門にしてもらう。小説は伯爵の特権にしたらいい。伯爵の中には、すでにこの難しいジャンルに対する適性を示した人も多く、その数も相当なものだから、小説への需要に応じるのに十分であろう。侯爵には、美文学《ベル・レットル》とか呼ばれている(私にはなぜだか分からないのだが)分野の執筆を任せたらよい。あまり金銭的には利益は出ないだろうが、名誉ある分野であるから、侯爵という素敵な爵位を持つ者にぴったりであろう。

文学の王座にあるのは詩である。詩は文学の極致であり目標である。詩は人間精神の崇高な活動である。詩は美の完成である。散文の作家は詩人が通るときには道を譲らねばならない。詩人に比べると最上の小説家さえ見劣りがする。詩作が貴族の最高位の公爵に委ねられるべきであるのは明白である。この権利は違反すれば厳しい罰則をもって守られるべきものである。芸術の中で最も名誉ある詩が、名誉ある公爵以外の者によって創作されるのは許しがたいからである。詩の領域でも、分業がなされるべきで、公爵たちが(アレクサンダー大王の後継者のごとく)詩の領域を分割し、世襲的な影響力と生得の適性によって扱いやすい分野に特化するのがよい。マンチェスター公爵家の方たちは道徳的な教訓詩を、ウエストミンスター公爵家は義務と帝国の責務という題名で感動的な頌《オード》を、デヴォンシャー公爵家はローマのプロペルティウス風の恋愛抒情詩やエレジーを、モールバラ公爵家は家庭的な幸福、徴兵、低い地位での満足などについての牧歌的な調べを、それぞれ歌うがよい。

まじめな詩ばかりじゃないか、詩の女神は堂々と闊歩するだけでなく、時にひょうきんに軽やかにスキップして行くものだというご指摘があるかもしれない。また、皆さんの中には、昔の賢人が「人々のための歌を作りさえすれば、誰が法律を作ろうと構わない」と言ったのを思い出す人もいるかもしれない。そして、多種多様な人間の移り気な心が求めるような歌を誰が竪琴で奏でるのだと、問うかもしれない。それへの答えは(分かりきった答えかもしれないが)公爵夫人たちです、ということになる。ロマーニャ地方の恋する農民が恋人に向かってトルクァート・タッソの詩を歌い、あるいはハンフリ・ウォード夫人が親戚の幼児にソフォクレスの『コロノスのオイディプス』の合唱を小声で歌った時代はもう過ぎたのは僕も了解している。今はもっとモダーンなものを要求している。それ故、家庭的な公爵夫人は讃美歌や童謡を作ったらよい。ブドウの葉と蔓の冠飾りにイチゴを加えたがるような跳ね返りの公爵夫人はミュージカルの作詞、漫画新聞に載せる滑稽詩、クリスマス用のカードや爆竹のための標語を創作するようにしたらいい。そうすれば、英国民の心の中で、今は身分だけで保っている高い地位を保つことが出来るようになるかもしれない。

土曜日の午後のこういうパーティーで、ドリッフィールドが名士になっているのを知って驚いた。彼はかれこれ二十冊の本を出し、そこから僅かな収入しか得なかったのだが、作家としての評判はかなりのものだった。優れた批評家たちが高く評価していて、彼の家に集まって来る支持者たちは皆、彼がいずれ今以上に高い評価を得ると思っていた。彼が偉大な作家だというのが分からぬ一般読者を批判した。誰かを持ち上げるいちばん楽な方法は、ほかの人にけちをつけることであるから、彼の名声の邪魔になっている現代作家をさんざん非難した。もし僕があの頃、イギリスの文壇事情にその後通じるようになった程度にでも通じていれば、ミセス・バートン・トラフォードが足繁く訪ねて来ていたことから、(長距離競争の走者がのろのろ走っている一団から急に先方に飛び出すように)彼が世間に認められる日が近づいていると推測できたはずである。今正直に述べるが、この夫人に初めて紹介されたとき、その名前は私にとって何の意味も持たなかった。ドリッフィールドは僕を田舎住まいの頃近所に住んでいた青年で、医学生だと紹介した。夫人はやさしい微笑をこちらに向け、柔和な声でトム・ソーヤーについて何かつぶやき、僕の差し出したバター付きパンを受け取ると、またドリッフィールドと会話を続けた。だが彼女が現れたことでその場の雰囲気はすっかり変わり、陽気にやかましく喋っていた連中がおとなしくなったのに気付いた。小声であの婦人は誰なのかと聞いてみると、知らないのかとあきれられた。あの作家もこの作家も彼女が世に出したと言うのだった。半時間後に彼女は席を立ち、知り合いの出席者と優雅に握手し、軽やかに身をひるがえして部屋から出て行った。ドリッフィールドが戸口まで送り、辻馬車に乗せた。

ミセス・バートン・トラフォードは当時五十歳くらいで、小柄で細身だったが、目鼻立ちは比較的大きいので、体の割に顔が大きくみえた。カールした白髪をミロのヴィーナスのように結っていて、若い頃は美人だったと思われていた。地味な黒絹の衣装を着て、動くと大きな音を立てる大きなビーズと貝殻のネックレスをしていた。若い頃不幸な結婚をしていたそうだが、今はバートン・トラフォードという内務省の役人で先史時代人に関する著名な権威者と再婚して長年仲睦まじく暮らしていた。彼女は体に骨がないのじゃないかという奇妙な印象を与えるので、もし指で彼女の脛《すね》をつねったら（相手は女性だし、威厳がある人だからとても出来ないことだが）、自分の指と指がくっつくように思える。握手のときなど、なんだか平目の切り身を握るようだ。顔は造作が大きいにもかかわらず、どこか曖昧な印象を与えた。座ると、まるで背骨がないかのように、高級なクッションと同じく、中に白鳥の羽毛がいっぱいつまったように見える。

彼女はあらゆる点でソフトだった。声も微笑も笑いも。小さくて淡い色の目は花のようにソフトだし、物腰は夏の雨のようにソフトだった。この稀に見る魅力的な特質によって作家の素晴らしい友となり、今日の名声を得たのである。彼女が、数年前に亡くなり英語国民に衝撃を与えた大作家の素晴らしい友であったのは広く知られている。この作家が彼女宛てに出したおびただしい数の書簡は、彼の死後、彼女が勧められてまとめて発表したため、みな争って読むことになった。書簡のいずれも彼女の美しさへの賛美と判断力への尊敬に満ちていた。彼女の励まし、彼女のやさしい思いやり、機転、趣味に何度助けられたか数えきれないと述べられている。彼女に対する強い愛情の表明は、バートン・トラフォード氏が穏やかな気持ちではとても読めないはずだと言う者もいたが、それが書簡集の人間的な興味をいやがうえにも増すばかりだった。バートン・トラフォード氏は俗っぽい偏見を超越した人であり（はたして不運であるのかどうか分からないのだが、彼の不運は歴史上のお歴々の多くが超然と耐えてきた種類のものであった)、旧石器時代の火打ち石や新石器時代の斧の頭の研究を断念して、亡くなったその大作家の伝記を執筆することに同意したのであった。伝記ではその作家の天才のいかに多くの部分が自分の妻の影響に支えられたものであったかを明白に示したのである。

ミセス・バートン・トラフォードの文学への関心、芸術への情熱は、彼女の並々ならぬ努力のお蔭もあって後世に名を残すことになった大作家が亡くなったからといって、消え去ってしまうということはなかった。彼女は大の読書家だった。注目すべき才能のある作家が現れれば、鋭敏にそれを見つけた。見込みのありそうな青年と個人的な関係を作るのが実に素早く、巧みだった。『伝記』の刊行以来、彼女の名声は大したものだったから、自分が関心を示せば、どんな作家の卵も喜ぶものと自信を持っていた。だから彼女の作家への友情がしばらくして新しい対象を見出すのは当然であった。これはと思う作品に出くわすと、バートン・トラフォード氏——彼も奥方に負けぬ一廉《ひとかど》の批評家であるわけで——が作者に面白く読んだと、温情のこもった手紙を書き、家でのランチに誘う。ランチが済むと、彼は内務省に行かねばならぬため、あとは奥方だけが相手をする。多くの作家の卵が招待された。皆ある水準の才能があったが、夫人はそれでは満足しなかった。彼女には直観力があり、それによって天才が現れるまでまだ待つべきだと覚ったのである。

彼女は用心深すぎるところがあったので、ジャスパー・ギボンズが現れたときなど、もう少しで逃すところだった。過去の記録では、一晩で有名になった作家の例があるのだが、現代は慎重になっていて、そんな話は聞かない。批評家はじっくり才能を確認したいと用心するし、一般読者はあまりにしばしばいい加減なものをつかまされてきたので、やはりおいそれとは飛びつかない。しかし、ジャスパー・ギボンズの場合には、一晩で有名になったというのはほぼ真実である。彼が完全に忘れられている今日では、処女詩集で彼が巻き起こした騒ぎはほとんど信じがたい。彼を絶賛した批評家たちは、もし発言が多くの新聞社のファイルに残っているのでなければ、喜んで撤回したいと思っている。権威ある新聞がその詩集の批評に懸賞金付きの拳闘試合の報道並みの大げさな扱いをし、一流の批評家たちが互いに競い合って、熱烈に彼を褒め称えた。無韻詩の響きの良さではミルトン、豊富な感覚的な比喩ではキーツ、縹渺《ひょうびょう》たる幻想ではシェリーを思わせると評した。さらにギボンズを利用して、飽きてきた老大家を貶《けな》すことまで行われた。彼をだしに使って、テニソン卿のしわくちゃの尻を響き渡るほど強く蹴り、ロバート・ブラウニングの禿げ頭をしたたか殴りつけたのである。一般読者は素直に批評家たちに従った。詩集は次々に版を重ね、メイフェアの伯爵夫人の私室でも、南はランズエンドから北はジョン・オグローツに至るイギリス中の牧師館の応接間でも、グラスゴウ、アバディーン、ベルファストの実直だが教養もある商人の客間でも、ジャスパー・ギボンズの美しい詩集が見られた。王室御用達の書肆から献上した豪華版をヴィクトリア女王がご嘉納になり、お返しとして『スコットランド高地日記抄』を(詩人でなく書肆に)賜ったという話が一般に知られると、国中の熱狂ぶりはいやがうえにも高まった。
しかも驚くのは、これがすべて一瞬のまたたきのうちに起きたことだ。ギリシャの七つの都市はホメロスを生んだ名誉を競い合った。ジャスパー・ギボンズの生地は争う余地なくウォルソルだと分かっていたが、彼を誰が発見したかというので十四人の批評家が名誉を競い合った。それまで二十年近くも週刊新聞で仲間褒めをやっていた著名な文芸批評家が、この件では激しく争い、アシニーアム・クラブですれ違っても相手を無視するようになった。上流社交界も彼を認知する点で遅れを取らなかった。彼は公爵未亡人や閣僚夫人、主教の未亡人などから午餐《ごさん》や茶会に招かれた。対等の立場でイギリス社交界に出入りした文人はハリソン・エインズワースだと言われているが(このことを宣伝に使ってどこかの意欲的な出版社がエインズワース全集を出そうと思わなかったのか、時どき不思議に思ったものだ)、公式の招待状の下部にオペラ歌手とか腹話術師に劣らぬ呼び物として名前を印刷されたイギリス詩人はジャスパー・ギボンズが最初だと思う。

その頃はまだミセス・バートン・トラフォードが作家に近づく特別のコネを持ってい

るということはありえなかった。他の誰とも同じ立場で彼に近づくしか方法はなかったはずである。一体どのような驚嘆すべき策略なり、どのような奇跡的な機転なり、どのような優しさなり、どのような細心の同情心なり、どのような控えめな甘言なりを、夫人が用いたものやら分からない。ただ推察し感心するのみだ。とにかく彼女はジャスパー・ギボンズを手なずけてしまったのだ。まもなく彼は飼い犬よろしく夫人の優しい手からえさを食べるようになっていた。彼女は凄腕だったとしか言いようがない。午餐に招いて、会うべき人に引き合わせる。自宅でパーティーを開いて、イギリスきっての著名人の前で自作の詩を朗読させ、一流の役者に紹介して、芝居執筆の契約を取らせるし、彼の詩がしかるべき雑誌以外には載らないように気を配る。出版社と交渉して、大臣でもあっと驚くような契約を結ぶ。彼女が是認するもの以外の招待は断るようにさせる。詩人は自己と芸術のために家庭的な束縛から解放させるべきだというので、十年間連れ添ってきた妻を離婚させることまでした。破滅がやってきたとき、夫人は言おうと思えば、人間として可能なことは全部やってあげたのに、と愚痴ることは出来たはずだった。

そう、破滅がやってきたのだ。ジャスパー・ギボンズが二冊目の詩集を出版したときだ。処女詩集より質が上がったのでも下がったのでもなく、似たり寄ったりだった。敬意をもって迎えられたのだが、批評家たちは手放しで褒めるのはやめた。中には貶す者もいた。失望させたのだ。販売成績も悪かった。さらに不運にもジャスパー・ギボンズは酒に手を出した。大金を使った経験がなかったし、贅沢な娯楽にも慣れていなかったし、もしかすると平凡で家庭的な妻がいないのが寂しかったのかもしれない。ミセス・バートン・トラフォード家でのパーティーに現れたときの様子は、夫人のように婉曲な言い方の出来ない人なら「泥酔」と言うしかないような状態だった。でも夫人は客に「詩人は今夜は調子が出ないようですわ」とやんわり説明しただけだった。三番目の詩集は失敗作だった。批評家たちは彼を八つ裂きにした。叩きのめし、さんざんな目に合わせた。エドワード・ドリッフィールドが好きな歌の文句を借りれば、「部屋中引きずり回した挙句に、顔まで踏んづけた」のであった。能弁なへぼ詩人を不滅の詩聖だなどと見誤っていた自分に腹を立て、自分らの誤りの責任を彼にかぶせようとしたのだ。それからジャスパー・ギボンズはピカデリーで酔っ払って乱暴を働き逮捕され、ミセス・バートン・トラフォードは深夜に保釈してもらいにヴァイン通りまで出かけねばならなかった。

この期に及んでも夫人は立派だった。愚痴をこぼすことはなかった。厳しい非難の言葉を口にすることは決してなかった。あんなに尽くした男が、これほど失望させたのだから、たとえ不快を感じても許されたであろうに。やさしく、穏やかで、同情的なままだった。彼女は物わかりのよい人間なのだ。ついに彼を手離した。レンガを持ったら、ポテトを手にしたら、熱かったので手を離すという態度ではない。このうえなくそっと優しく手を離した。彼女本来の性質に反することをやろうと決心したとき、涙を流したであろうが、そのようにそっと静かに落としたのだ。あまりそっと、巧みに、気配りしながら落としたので、ジャスパー・ギボンズは落とされたとほとんど気づかなかったくらいだ。しかし疑いの余地はなかった。彼の悪口は言わなかった。彼について口をつぐんだのだ。彼の話が出ると、彼女はただ悲しげににっこりし、溜息をつくだけだった。でもこの微笑は「とどめの一撃」であり、溜息は彼を深いところまで埋めてしまった。

夫人の文学愛は深いものであったから、この失敗で懲りても作家援助をやめる気にはならなかった。ジャスパー・ギボンズへの失望がどれほど大きくても、私心を忘れて世のために尽くそうという人柄であったから、生来の機転、同情、理解の能力を眠らせておくことは出来なかった。それ故、以前と変わらず文学関係の集まりに頻繁に顔を出していた。あちらこちらで開かれるお茶の会、夜会、邸《やしき》でのパーティーなどに出席し、常に魅力的に上品に振る舞いながら、頭を働かせ人々の話に耳を傾けていた。(ずばり言ってしまえば)今度こそ勝ち馬を見つけるのだと決心して、注意深く、鑑識眼を働かせて傾聴していたのである。まさにこの時期に、エドワード・ドリッフィールドに出会い、その才能に好感を抱いたのであった。彼はもう若くなかったけれど、それだけにジャスパー・ギボンズのように破滅する可能性は低かった。彼女は味方したいという意向を示した。あなたのような才能豊かな人が狭い範囲でしか知られていないというのは恥ずべきことだと、夫人に言われると彼は感激した。いい気分を味わった。天才だと言われて喜ばぬ者はいない。バートン・トラフォードが『四季評論』に本格的なドリッフィールド論を書くことを考えていると告げた。会っておくのが役立つような人の来る昼食会に彼を誘った。知的な面で同等な人と会うようにと勧めた。時にはチェルシーの河岸通りでの散歩に誘い、過去の詩人や友情や恋愛を話題にし、それから喫茶店でお茶を飲んだ。夫人がリンパス通りのドリッフィールド家での土曜午後のお茶会にやってきたときには、婚礼飛行に飛び立たんとする女王蜂のような印象を与えた。

ドリッフィールドの妻に対する彼女の態度は申し分なかった。愛想はいいし、相手を見下すようなところはなかった。ご招待を丁寧な言葉で感謝し、ロウジーの服装にお世辞を言った。エドワード・ドリッフィールドのことを褒め、こんな大作家の妻であるのはどんなに素晴らしいかと、多少羨望をこめてロウジーに告げたのは、純粋な親切からだった。作家の妻にとって、別の女から夫についてお世辞を聞かされるくらい腹立たしいことはないのを、夫人が知っていたからではないだろう。夫人はロウジーに素朴な女が興味を持ちそうな話をした。料理とか使用人とか夫の健康、きっとご主人の健康についてはずいぶん注意していらっしゃるのでしょうね、とかいう話だった。上流のスコットランドの婦人(事実彼女はそうだったわけだ)が、一流作家が不幸にも結婚した元女給を扱うときにはこうするだろうと誰もが想像するやり方でロウジーを遇したのである。丁寧で、しかも少しふざけ、とにかく相手を気楽にさせようと努力したのだった。

ところが不思議なことにロウジーはミセス・トラフォードを毛嫌いした。ロウジーが嫌ったのは、僕の知る限りでは、この女性だけだったと思う。最近は育ちのよい若い女性が平気で「あばずれ!」とか「くそ!」と言うようだが、当時は女給でさえそういう下卑《げび》た言葉を使用することはなかった。実際僕はロウジーがソフィー叔母がショックを受けるような言葉を吐くのを聞いたことはなかった。それどころか、誰かが性的なきわどい話をするとロウジーは髪の付け根まで真っ赤になったぐらいだ。ところがミセス・トラフォードのことだけは「あのいけすかない老いぼれ狸め!」と言うのだった。ロウジーの親友たちは、夫人に礼儀正しくしなくちゃいけないと説得しようとしたが、とても骨が折れた。

「馬鹿なこと言ったらダメだよ、ロウジー!」と彼らは言った。誰もがロウジーと呼んでいたので、僕もやがて恥ずかしかったけれどロウジーと呼ぶようになっていた。

「あの女がその気になればね、エドワードは有名になれるんだよ。彼はおべっかを使うしかない。成功させる技を心得ているのは、あの女ぐらいしかいないんだから」

ドリッフィールド家のパーティーに来る客のほとんどは時たま、つまり二回に一回とか、三回に一回とか出席したのだが、僕を含めて毎土曜日にやって来る少数派がいた。中でももっとも熱心なのはクウェンティン・フォード、ハリー・レットフォード、ライオネル・ヒリヤーだった。

クウェンティン・フォードはずんぐりした小男だったが、顔はのちに映画で好まれるようになったタイプのもので、まっすぐな鼻筋、きれいな目、短く刈り上げたグレーの頭髪、黒い口髭という特徴があった。もう四、五インチ背が高かったらメロドラマの悪役にぴったりだった。よい家柄だという噂で、実際裕福だった。唯一の仕事は諸芸術を鑑賞することだった。芝居の初日や絵画の内覧会には決まって出席した。素人特有の厳しい批評をして、同時代の芸術家すべての作品に言い方は穏やかだが、徹底した軽蔑の言葉を浴びせていた。彼がドリッフィールド家の集いに来るのは、エドワードが天才だからではなく、ロウジーが美人だったからだというのは、すぐ分かった。

今振り返ってみて、ロウジーが美人だという分かりきったことを、僕は人に言われるまで気付かなかったのだから驚く。最初彼女と知り合ったとき、彼女が綺麗かどうかなどまったく思いもしなかったし、五年後に再会したときは、とても綺麗だと初めて気づき、興味を抱いたけれど、あまり考えもしなかった。僕は彼女の美を、夕日が北海やターカンベリ寺院の塔に沈むのと同じく、自然の秩序の一部だと当然視していたのだ。人々がロウジーの美を話題にし、その点でエドワードにお世辞を言い、彼が一瞬妻を見やったとき、僕の目は彼の視線のあとを追った。ライオネル・ヒリヤーは画家で、ロウジーにモデルになってくれとよく頼んでいた。彼が彼女をモデルにしてどんな絵を描きたいかを語り、彼女をどう見ているかを告げたときには、僕はぽかんと口を開けて耳を傾けるばかりだった。頭が混乱してしまったのだ。ハリー・レットフォードは当時の人気写真家を知っていて、特別の謝礼を出して、彼女の写真を撮らせた。一、二週間後の土曜日に試し焼きが届いた。みんなでそれを眺めた。僕は夜会服姿のロウジーを初めてみた。裾の長い、ふくらんだ袖の、襟ぐりの深い白サテンの衣装を着て、髪は普段以上に凝った結い方だった。僕が最初ジョイ通りで見たときの彼女は麦わら帽子に糊の利いたブラウス姿だったから、ずいぶん違って大人の美人に見えた。しかしライオネル・ヒリヤーは写真を怒ったように投げ出した。

「これはダメだ。ロウジーの魅力は写真じゃあ出るものか！　肌の色が問題なのだ」それからロウジーを見やって、「ロウジー、君の肌の色が世紀の奇跡だって知っている？」と言った。

彼女は何も答えなかったが、真っ赤な唇に無邪気な、いたずらっぽい微笑を浮かべた。

「肌の色をほんの少しでも絵にできたら、俺は一生食っていけるな。裕福な株屋の奥方が群がってきて、この絵のように描いてくれと俺に懇願するだろうからな」

間もなく彼がロウジーをモデルにして制作していると聞いた。画家のアトリエに行ったことがないし、アトリエというのはロマンスの入口であるような気がしたので、そのうちに訪ねて絵の進行状況を見せてもらってもいいかと尋ねると、ヒリヤーはまだ誰にも見せられないと言った。彼は三十五歳で派手な風貌をしていた。ヴァン・ダイクの肖像画を思わせた。ヒリヤーは気品が足りなかったが、代わりにユーモア感覚があった。中背よりやや高く、ほっそりしていた。綺麗なたてがみのような黒髪、なだらかにたれる口髭、とがった顎鬚をたくわえていた。幅広のソンブレロとスペイン風のケープを好んだ。パリ生活が長く、モネ、シスレー、ルノワールなど、イギリスでは当時まだ聞いたことのない画家を褒め、(イギリス人が心の奥で非常に賛美している)フレデリック・レイトン卿、アルマ＝タデマ氏、G・F・ワッツ氏を軽蔑した。彼がその後どうなったか、何度も考えたことがある。ロンドンで何とかやってゆこうと試み、失敗し、フィレンツェに流れて行った。そこで絵の学校を開いたと聞いたが、数年後に僕がフィレンツェに行ったとき、聞いてみたが誰も彼のことは知らなかった。ある種の才能の持ち主だったと思う。彼が描いたロウジーの肖像画について僕はいまだに鮮明に記憶している。あの絵はどうなっただろうか？　もう破棄されてしまったか、それともチェルシーの古道具屋の屋根裏部屋で裏向きに壁に立てかけられているのだろうか。どこかの地方の画廊の壁に掛かっていればいいと思う。

ようやく見に来ていいと言われたとき、僕は大失敗をしてしまった。ヒリヤーのアトリエはフラム通りにあり、いくつもの商店が並ぶ表通りの裏に集まっているアトリエの一つであった。暗い妙な臭いのする横丁を抜けて行くのだった。三月の日曜日の午後で、よく晴れた青空の見える日だった。僕はヴィンセント広場の下宿から人のまばらな街路を歩いて行った。ヒリヤーはアトリエを住居にもしていた。大きなソファーがあり、ここに寝ていたし、裏手にある小部屋では朝食を作ったり、絵筆を洗ったり、体も洗っていたりしたのだろう。

僕が着いたとき、ロウジーはまだ絵のために着るドレスのままで、彼とお茶を飲んでいた。ヒリヤーが僕のためにドアを開けてくれ、握手の手を取ったまま大きなキャンバスのところまで案内した。

「ほら、彼女がいるよ」

ロウジーの全身像で、等身大より少し小さいだけであった。白絹の夜会服を着ていた。

僕が見慣れていた王立美術院展覧会での出品肖像画とはまったく違うので、何を言っていいのか分からず、頭に浮かんだ最初の言葉を口にした。

「いつ完成しますか？」

「もう完成している」彼が答えた。

僕は真っ赤になった。自分の馬鹿さ加減にうんざりした。今ならどんな画家の作品を見ても、慌てずに適切なコメントをいう技術を身に着けているとうぬぼれているのだが、当時はそうでなかった。もしここで画家の種々多様な作品を前にして制作者を満足させるにはどうすればいいか、絵の素人への参考書を書いてくれと頼まれたら、応じたいくらいだ。例えば、徹底した写実主義の絵なら、「これは驚いた！」がいい。どこかの市会議員の未亡人の色つき写真を見せられたときの困惑を隠すのなら、「とっても誠実な作品ですなあ」がいい。後期印象派の作品を褒める気なら、低く口笛を吹くがいい。「すごーく面白い」がキュビスム風の絵について感じたものを表現するのにふさわしい。圧倒されたら「ほほう」、驚いて息をのんだときは「これはこれは」がいい。

「そっくりですね」がそのとき不器用に言えた言葉だった。

「チョコレートの化粧箱的なきれいさが不足だというのだろ？」ヒリヤーが言った。

「とてもよい作品だと思いますよ」鑑賞眼があるのを示そうとして慌てて言った。「王立美術院展覧会に出品しますか？」

「何を言うのだね！　グロヴナーなら出してもいいが」

僕は絵からロウジーに目を移し、ロウジーから絵に目を移した。

「ポーズをとって、彼に君の姿を見せてやるといい」ヒリヤーが言った。

彼女はモデル台に立った。僕は彼女をじっと見て、絵をじっと見た。突然心臓にとても奇妙な感覚をおぼえた。誰かが鋭いナイフをそっと僕の心臓に差し込んだようだった。でも少しも不快な感覚ではなく、痛いのだが妙に良い気分だった。それから急に膝ががくがくしだした。だが、今僕が覚えているのは、生身のロウジーなのか、絵のロウジーなのか区別がつかない。彼女を思い出すと頭に浮かぶのは、最初に会ったときの麦わら帽とブラウスの姿でも、そのときもそののちにも見た別の服装の姿でもなく、ヒリヤーが描いた白絹の夜会服を着て、髪に黒いベルベットのリボンを結び、彼に言われたポーズをした姿なのだ。

ロウジーが正確にいくつだったのか知らないが、あれこれ考えて計算してみるとあのときは三十五歳だったと思う。とてもそんな年齢には見えなかった。顔にまったく皺《しわ》がないし、肌は子供のようにすべすべしていた。目鼻立ちが特に良かったとは思わない。当時は店で貴婦人の写真が売られていたが、そこにある貴族的な気品は、ロウジーの容貌にはまったく見当たらなかった。どちらかというと、粗削りだった。短い鼻はやや肉厚だし、目は小さい方だし、口は大きかった。しかし目は矢車菊《やぐるまぎく》のように青く、赤い肉感的な唇とともに微笑を浮かべるのだ。あんなに明るく、あんなに親しみやすく、あんなに優しい微笑は他に見たことがない。生来は生気のない、むっつりした表情なのだが、にっこりすると、急にそのむっつりした顔がえも言われぬ魅力を帯びるのだった。顔には色がなく、目の下がかすかに青いのをのぞけば、非常に淡いベージュだった。髪は淡いブロンドで、当時の流行で、凝った前髪を垂らし、頭の上高く束ねていた。

「描くのはとても難しいのだ」ヒリヤーが絵と彼女を見比べながら言った。「ほら、彼女は顔も髪もすべて金色だろ。それでいて印象としては金色じゃないんだ。むしろ銀色という感じなのだから」

彼の言う意味はよく分かった。彼女は輝いているのだが、淡い光で太陽というより月光なのだ。太陽だとすれば、夜明けの白い靄を通してみる太陽なのだ。ヒリヤーはキャンバスの中央に彼女の立ち姿を描いていた。両手の掌をこちらに向けて腕を脇腹に置き、頭をそらし気味にしていたが、それで首と胸の真珠のような美しさが引き立っていた。彼女は、予想外の拍手歓声に戸惑いながら観客の前に立つ舞台女優のようだった。しかし彼女にはとても初々しいところや何となく春を思わせるところがあるので、女優との比較は誤りである。あどけなさは、厚化粧や脚光とは無縁なのだ。恋心を抱く乙女が、自然の摂理に従って、恋人の抱擁に無邪気に身を委ねる姿という方が似合う。彼女の時代はある程度の豊満さを恐れぬ時代だった。全体はほっそりしていたのだが、胸は大きく、腰も豊かだった。のちにミセス・バートン・トラフォードがロウジーの絵を見て、生けにえの祭壇に捧げる、仔を生んだことのない牝牛を思わせると言った。

15

エドワード・ドリッフィールドは夜仕事をするので、何もすることのないロウジーは友人のだれかと外出するのを好んだ。彼女は贅沢が好きで、クエンティン・フォードは裕福だった。彼女を馬車に乗せて、ケットナーとかサヴォイでの食事に連れて行き、彼女も彼のためにいちばん豪華な衣装を着た。ハリー・レットフォードは金がなかったけれど、あるようなふりをして、やはりロウジーを馬車に乗せて、あちらこちらに連れ出し、食事はロマーノか、あるいはソーホーで流行《はや》りだした小さなレストランのどれかで取った。彼は俳優で、それも器用な俳優だったのだが、役を選《え》り好みするため、仕事にあぶれていることが多かった。年は三十歳くらいで、不器量だがいい感じの顔で、喋るとき語尾を発音しないため、滑稽な印象を与えた。どうにでもなれ、という彼の人生態度がロウジーには気に入った。ロンドン最高のテーラーで仕立てた服を得意になって着るのだが、未払いだとか、持ってもいないのに五ポンドを競馬に賭けるとか、幸運にも金が入ると景気よくみんなにおごるとか、それが気に入っていたのだ。彼は陽気で、虚栄心が強く、自慢が好きで、無節操だった。ロウジーから聞いた話では、彼はあるとき彼女を食事に誘うのに、時計を質に入れ、それから劇場で座席を世話してくれた俳優兼支配人から二ポンド借りた。芝居が終わったあと、支配人を誘って二人と一緒に何か食べに行くためだったそうだ。

その一方、ロウジーはライオネル・ヒリヤーのアトリエに行き、二人で料理した簡単な食事をとり、お喋りしながら夜を過ごすのも、大好きだった。僕とは滅多に夕食をとることはなかった。僕は下宿で食事し、彼女がドリッフィールドと家で夕食をとった頃、迎えに行った。バスでミュージック・ホールによく行った。パヴィリオンにも、ティヴォリにも、見たい出し物があるときにはメトロポリタンにも行ったが、一番のお気に入りはカンタベリだった。入場料が安いし出し物が良かった。ビールを二本とって、僕はパイプをくゆらした。南ロンドンに住む人々で天井まで混んでいる、大きくて暗いタバコの煙もうもうの小屋の中を、ロウジーは楽しそうに見渡した。

「カンタベリはいいわね。くつろげるわ」

彼女が大変な読書家だと知った。歴史が好きなのだが、女王や王族の愛妾の伝記に限られていた。自分が読んだ変わった話を子供のように感心して目を大きく見開いて話してくれた。ヘンリー八世の六人の妃については何でも知っていたし、レイディ・ハミルトンやミセス・フィッツハーバートについては知らないことはほとんどなかった。知識欲は旺盛で、ルクレチア・ボルジアからスペイン王フェリーペの妃に至るまでよく読んでいた。これに加えて、フランス王の愛人たちとなると、アニェス・ソレルからマダム・デュ・バリに至るまですべての女性について詳しい行状を諳《そら》んじていた。

「本当のことがすきなのよ。小説っていうのは、あんまり好きじゃない」彼女は言った。

ブラックスタブルの噂話をするのが好きで、僕とデートをしてくれるのも、僕がその土地と関係があったからだったと思う。あそこで起きたことは、何でも知っているようだった。

「母に会うため隔週に遊びに行くのよ。一晩だけどね」ロウジーが言った。

「ブラックスタブルへですか？」僕はびっくりして聞いた

「ううん、ブラックスタブルじゃないのよ。まだあそこまでは行く気にならないわ。

ハヴァシャムなの。母があたしに会うのでそこまで来るの。で、あたしは元働いていたホテルに一泊することにしているのよ」

ロウジーはお喋りではなかった。一緒にミュージック・ホールに行った帰り天気がいいとよく歩いて帰ったが、こういうとき、彼女は滅多に口を開かなかった。でもその沈黙は親しいからであり、僕にはいい感じだった。彼女が考えごとをしていて、そこから僕を閉め出すというのではなく、無言でも心が通っているという印象を与えた。

ライオネル・ヒリヤーとロウジーについて話していて、ブラックスタブルで知っていた初々しいいい感じの若い女が、ほとんどの人が美しいと思うような美女に変わったのが、僕には不思議に思えます、と言ったことがある。(多少注文を付ける人もいないではなかった。「もちろんとってもスタイルがいいね。でも私が感嘆する種類の顔ではない」とか、「確かに綺麗ですわ。でも気品がないのが残念だわ」という声もあった。)

「それは簡単に答えられる。君が最初に会ったときの彼女は、初々しい、胸の大きい小娘というだけだった。僕が彼女の美を作ったのだ」ライオネル・ヒリヤーが言った。

これに何と言ったか忘れたが、卑猥なことを言ったのは確かだ。

「分かったよ。その言い方で君が美について何も知らぬということが明白だ。僕が彼女が銀色に輝く太陽と見るまで、誰もロウジーを高く評価しなかったんだ。彼女の髪がこの世の中で最高に美しいと人々が分かったのは、僕がそれを絵に描いてからだ」

「彼女の首も胸も物腰も骨も、全部あなたが作ったと言うのですか？」

「そうだとも！　その通りだぞ」

ヒリヤーがロウジーの目の前で彼女のことを論じたとき、彼女は微笑を浮かべながらも真面目に聞いていた。青白い頬にうっすら赤味がさした。僕が思うのには、最初彼が彼女の美しさについて語ったときは、ただからかっているのだと思ったのだろう。だが、彼がキャンバスで銀色がかった金色に描き、本気なのだと分かったときも、彼女は特別な影響を受けなかった。少し面白がり、もちろん喜び、少し驚いたのだが、うぬぼれることはなかった。彼を少し狂っていると思ったのだ。僕は、あの二人の間には特別な関係があったのかどうか気になったものだ。ブラックスタブルでのロウジーのあれこれの噂も、牧師館の庭で僕自身が目撃したことも忘れることが出来なかった。クエンティン・フォードやハリー・レットフォードとの間柄もどうなのかと考えた。彼女は彼らと必ずしも馴れなれしいというのでなく、むしろ仲間同士に見えた。男友達と会う約束をするとき、彼女は誰にでも聞こえるところでしていたものだ。そして彼らを見るとき、いたずらっぽい、子供のような微笑を浮かべていた。この微笑がとても謎めいて魅力的なものだと、僕もそのときまでに思うようになっていた。彼女と僕と二人でミュージック・ホールで並んで座っているとき、彼女の顔を見ることが時どきあった。僕は彼女に惚れていたとは思わない。彼女の隣におとなしく座って、うすい金色の髪とうすい金色の肌を見ているだけで楽しかった。もちろんライオネル・ヒリヤーの言った通りだった。不思議なことに、この金色が奇妙な月光のような印象を与えるのだった。夏の夕べ、雲のない空から光が徐々に薄れて行くときのうららかな落ち着きが彼女にはあった。その無限の落ち着きには不活発なところは全然なかった。八月の太陽のもとでケント州の海岸沿いに静かに輝きながら横たわっている海のように生き生きと活発だった。彼女は昔のイタリアの作曲家のソナチネを思い起こさせた。物悲しげなところがあるのだが、都会的な軽薄さもあるし、軽やかにさざめくような陽気さがあるのだが、溜息の震えもあるのだ。時には、僕の視線を感じて、彼女はくるっと振り向き、数分こちらをまじまじと見ることもあった。何も言わないので、何を考えているのか分からなかった。

一度こんなことがあった。リンパス通りの家に彼女を迎えに行ったとき、メードが奥様はまだ準備が出来ていないので、客間で待ってくださいと言った。やがてロウジーが現れた。黒いビロードの服で一面にダチョウの羽で飾ったつばの広い帽子を被っていた(パヴィリオンに行くので彼女は普段より着飾っていたのだ)。あまりの美しさに僕は息をのんだ。その日の衣装は着ている婦人に威厳を与えるものであり、衣装のいかめしさと、ロウジーの初々しい美しさ（ナポリ博物館にあるプシュケの見事な彫像のように見えることが時どきあった）との対照が、あっと驚くほど魅力的だった。非常に珍しいと思われる特徴が一つあった。目の下の皮膚がわずかに青味を帯び、しっとりと濡れてみえるのだ。僕はこれが自然なままだとは納得できないので、目の下にワセリンを塗ったのかと聞いてみた。そんな感じに見えたのだ。彼女はにっこりして、ハンカチを出し、手渡した。

「これでこすってみて」彼女が言った。

それからある夜、カンタベリ劇場から徒歩で戻り、戸口でさよならを言うので、僕が手を差し出すと、彼女は一寸《ちょっと》低い声でくすくす笑い、体を前にかがめた。

「あなたってお馬鹿さんね」彼女が言った。

僕の口にキスした。軽いキスでもないし、情熱的なキスでもなかった。あの豊かで真っ赤な唇はしばらく僕の唇と重なっていたので、彼女の唇の形や温かさや柔らかさがはっきり感じられた。それから彼女はゆっくりと唇を離し、何も言わずに戸を開け、室内に入った。残された僕は、あまりびっくりしたので、ずっと何も言えなかった。呆然と彼女のなすがままになっていたのだ。そこにじっとしていた。それから向きを変えて下宿まで歩いて戻った。ロウジーの笑い声がまだ耳に残っていた。馬鹿にしたとか人を傷つけるような笑いでなく、率直な愛情深いものだった。僕が好きだというので笑っているかのようだった。

16

それから一週間以上彼女とデートする機会がなかった。ハヴァシャムで母親と一晩を過ごしに出かけたし、ロンドンでいろいろな約束もあったようだ。それからヘイマーケット劇場に一緒に行こうと誘ってくれた。出し物が評判で招待席が取れなかったので、平土間の自由席にしようと決めた。カフェ・モニコでステーキとビールの食事をし、他の客と共に立って開場を待った。当時はきちんと並ぶという習慣がなく、ドアが開くと我先にとなだれ込み席を確保した。ようやく席に座れたときには、暑くて息を切らせ、いささか疲れた。

帰りはセントジェイムズ公園を抜けて歩いた。美しい夜だったので、ベンチに座った。星明りでロウジーの顔と金髪が柔らかく光っていた。遠慮しないで何でも語り合える友であり、同時にとても優しい姉でもある、そんな印象を彼女の全身から感じとった。(下手な言い方だが、そのとき彼女の与えた印象をどう描写すべきか分からなかったのだ。）月光にしか芳香を与えぬ夜の銀の花のようだった。彼女の腰に腕を回すと、僕の方に顔を向けた。今度キスしたのは僕だった。彼女はじっとしていた。赤い柔らかな唇は落ち着いて、湖の水面が月光を受け入れるように、素直にしかし熱をこめて僕の熱心なキスに応えた。どれくらいそうしていたか分からない。

「おなかがすいたわ」彼女が突然言った。

「僕も」

「どこかでフィッシュ・アンド・チップスを食べない？」

「いいですね」

当時の僕はウエストミンスター界隈の地理に詳しかった。議員や文化人の多い洒落たところでなく、貧乏たらしいところだった。公園を出て、ヴィクトリア通りを横切り、ホースフェリ街にある揚げ魚の店に彼女を連れていった。遅い時間だったから、店には、外に止まっている四輪馬車の御者しかいなかった。僕らは魚とチップス、それにビールを一本注文した。貧しい女が入って来て、二ペンスのかき揚げを買い、紙に包んで持っていった。僕らはむさぼるように食べた。

ロウジーを送って行くのでヴィンセント通りを通ることになり、僕の下宿の前を通るので、言ってみた。

「ちょっと寄って行きませんか？　僕の部屋をまだみていないでしょう？」

「下宿の小母《おば》さんは大丈夫？　あとであなたが面倒なことになるといけないわ」

「小母さんは、一度寝たら起きない人なんです」

「じゃあ、ちょっと寄るわね」

僕は鍵で錠を開け、それから通路が暗いのでロウジーの手を取って部屋まで案内した。居間のガス灯を点した。彼女は帽子を取り、頭を掻いた。それから鏡を探した。僕は芸術家気取りだったので、暖炉の上にあった鏡は取り去っていた。居間には自分の姿を見るものは何もなかった。

「寝室に来てください。そこなら鏡がありますよ」

寝室の戸を開け、キャンドルを点した。ロウジーはついてきた。彼女が鏡で見えるようにキャンドルをかざした。髪を直しているあいだ、僕は鏡の中の彼女を見ていた。二、三本ピンを外して口にくわえ、置いてあった僕のブラシでうなじから上へとブラシをかけた。髪をひねり、軽くおさえ、ピンをさした。髪を結うのに夢中のとき、鏡の中の僕を見てにっこりした。ピンをさし終えると、くるっと振り返り、僕と向かい合った。何も言わずに青い目にいつもの親しみのこもった微笑を浮かべて僕をじっと見つめた。僕はキャンドルを下した。部屋は狭く化粧台はベッドのそばにあった。彼女は片手をあげて僕の頬をそっと撫でた。

この本を第一人称で書かなければよかったのにと思う。自分の愛想のよいところとか、いじらしいところなどを描くのならこの手法で結構である。この手法は、健気《けなげ》な姿とか微苦笑を誘う姿とかを描くのにしばしば使用されるが、その場合には実に効果的である。読者のまつ毛に涙が光り、唇に優しい微笑が浮かぶのを頭に描きながら、自分のことを書き進めるのはよい気分である。しかし、自分の間抜けな姿をさらす場合には、あまり具合の良い手法とは言えない。

少し前にイーヴリン・ウォー氏がイーヴニング・スタンダード紙に寄せたエッセイの中で、小説を書くとき第一人称を用いるのは軽蔑すべき方法だと述べているのを読んだ。その理由は記してなくて、反対されても構わぬという態度で言い置いただけだった。あのユークリッドが平行線に関して述べた有名な説を発表したときと同じだった。読んで気になったので、すぐにアルロイ・キア(自分が頼まれて序文を書く本まで読むような何でも読む男だったのだ)に小説の手法に関する書物を推薦してくれと頼んだ。その助言によって、まずパーシー・ラボック氏の『小説の方法』を読み、そこから小説を書く唯一の方法はラボック氏の尊敬するヘンリー・ジェイムズのように書くことだと教わり、次にE・M・フォースター氏の『小説の諸相』を読み、小説を書く唯一の方法はE・M・フォースター氏のように書くことだと知った。次にエドウィン・ミュア氏の『小説の構造』を読み、何も学ばなかった。この三冊のいずれからも、第一人称の方法については何も発見できなかった。だが、デフォー、スターン、サッカレー、ディケンズ、エミリ・ブロンテ、プルーストなど、生前は有名であったが、今ではおそらく忘れられている小説家たちが、どうしてウォー氏が非難する第一人称の方法を用いたか、私には理由が分かるような気がする。

人は年齢を重ねるにつれ、人間の複雑さ、矛盾、不合理をますます意識するようになるものだ。これこそ中年か初老の作家がもっと重大な事柄を思考するのでなく、架空の人物の些細な関心事を描くことに熱中する唯一の弁解である。というのは、かのアレグザンダー・ポープが言ったように、もし「人間の適切な研究の対象は人間である」とすれば、実人生の非合理で茫漠とした人間でなく、首尾一貫した、どっしりした、有意義な作中人物を扱う方が理にかなっているのは明白だからだ。小説家は時に自分を神のように思って、作中人物についてあらゆることを述べようという気になることもある。また、時にはそういう気にならないこともある。後者の場合、作者は作中人物について知るべきすべてでなく、作者自身が知っていることだけを述べることになる。人は年とともにますます神とは違うと感じるものだから、作者が加齢とともに自分の経験から知ったこと以外のことは書かなくなると知っても僕は驚かない。第一人称はこの限られた目的にきわめて有効なのである。

ロウジーは手をあげて、僕の頬をそっと撫でた。このときの僕の態度は自分でもよく分からない。自分ならこのような場合に振る舞うだろうと想像したのとまったく違っていた。すすり泣きが締め付けられるように喉から洩れた。恥ずかしかったからか、寂しかったからか(病院であらゆる人々と接していたのだから外面上は寂しくなかったが、内面は寂しかったのだろう)、それとも欲望が強かったからか、泣き出してしまった。そういう自分が恥ずかしくて抑えようとしたが、出来なかった。涙が目から溢れ出て、頬を伝って流れた。ロウジーはそれを見て、はっと息をのんだ。

「あら、どうしたの? ね、泣かないで! 泣かないでちょうだい」

彼女は両腕を僕の首に回して、自分も泣き出した。そして僕の唇、目、涙でぬれた頬にキスした。ボディスの前をはだけて、僕の頭を下げさせて、自分の胸に載せた。髭のない顔を撫でた。赤ん坊をあやすように僕をゆすった。僕は彼女の乳房にキスした。白い首筋にキスした。彼女はボディスもスカートもペチコートも脱いだ。僕は彼女のコルセットをつけたウエストを抱いたが、彼女は一瞬呼吸を止めて、きついコルセットも取り、シュミーズ一枚で立った。両脇を抱くと、コルセットで締められていた皮膚の皺に触れた。

「キャンドルを消して」彼女はささやいた。

翌朝、彼女が僕を起こした。夜明けの光がカーテンの間から忍び込み、まだあたりに漂っている夜の闇の中でベッドと衣装ダンスの形を浮き上がらせていた。僕の唇にキスして起こしたので、彼女の髪が顔の上に垂れてきてくすぐったかった。

「もう起きなくちゃ。小母さんに見つかるとまずいもの」

「まだたっぷり時間がありますよ」

彼女が僕の上に身をかがめたので、乳房が胸にずっしり感じられた。しばらくして彼女はベッドから出た。僕がキャンドルを点した。彼女は鏡に向かい、髪を整え、それから自分の裸体をしばらく眺めた。ウエストは生来細かった。充分成熟しているのに、彼女はほっそりしていた。乳房はピンと張り、ずっしりして、大理石の彫刻のように胸から盛り上がっていた。愛の営みのために作られた肉体だ。次第に明るくなる日光と競うキャンドルの光で、彼女は銀色を帯びた金色だった。唯一の色はピンクの乳首だった。

二人とも無言で服を着た。彼女はもうコルセットはつけないで丸めたので、新聞紙にくるんだ。廊下を忍び足で進み、戸口を開けて通りに出ると、夜明けが階段を駆け上がる猫のように我々をいそいそと出迎えた。広場には人通りはなかった。太陽がもう東側の窓に射していた。僕はその朝日のように若々しく感じた。リンパス通りの角まで腕を組み合って歩いた。

「ここで別れましょう。誰が見ていないとも限らないもの」彼女が言った。

僕はキスして彼女が歩いて行くのを眺めた。足の下に地面を感じるのが好きな田舎の女のようなしっかりした足取りでゆっくりと歩き、まっすぐ姿勢を保っていた。僕はベッドに戻る気がしなかった。どんどん歩いていると、テムズ河沿いの通りまで来た。河は早朝らしい明るい色彩を帯びていた。一艘の茶色の艀《はしけ》が流れを下って来て、ヴォクソール橋の下を通り過ぎた。すぐ側を二人の男がボートを漕いでいる。ひどく空腹を覚えた。

17

その後一年以上のあいだ、ロウジーが僕とデートしたときにはいつも帰宅の途中で僕の下宿に寄っていった。時には一時間くらい、時には夜が明けて、メードが玄関口の掃除を始めそうだと気付くまで居ることもあった。ロンドンのくたびれた空気が爽やかになった暖かな朝や、人の通らぬ街で僕らの足音だけが目立ってしまったことや、冬になって冷雨が降るとき一本の雨傘の中に体を寄せ合って無言ながら明朗な気分で走ったことなどが思い出されて懐かしい。立番の警官の前を通ると、うさん臭そうにこちらを見ることもあったが、分かっているよというように目を光らせることもあった。また大きな建物の入り口に体を丸くして寝ている浮浪者がいることもあった。僕が(決して余裕があったのではないが、見栄のためと、それに彼女にいいところをみせたいがために)骨と皮ばかりの手なり、曲がった膝の上に銀貨を一枚置くと、彼女は親しみをこめて僕の腕を軽く締め付けた。ロウジーは僕をとっても幸福にしてくれた。僕は深い愛情を覚えた。一緒にいると心が和んだ。情緒が安定していて、それが一緒にいる者に伝染した。過ぎて行く一瞬一瞬を楽しむ彼女と同じ気持ちになれたのだ。

ロウジーと親密な関係になる以前、フォード、ハリー・レットフォード、ヒリヤーなどと親密なのだろうかとよく考えたことがあった。そして関係が出来てから、尋ねてみた。すると彼女はキスしてから言った。

「馬鹿なこと言わないでよ。あの人たちのこと、好いているわ。それはあなたも知っているでしょ。あの人たちと一緒に出るのは好きよ。でもそれだけのことよ」

じゃあ、ジョージ・ケンプとはどうだったの、と聞きたかった。でもそれは控えた。彼女がかっとなる場面は見たことがなかったけれど、かっとなることもある人だと思っていたからだ。この質問をしたら、きっと怒りそうだと漠然と感じた。僕に向かって、許せないほど傷つくような罵声《ばせい》を吐く機会など与えたくなかった。僕は若かった。二十一歳になったばかりだった。クエンティン・フォードも他の男たちも僕には年寄に思えた。だから、彼女にとって単なる友達に過ぎないのは当然に思えた。僕だけが愛人なのだと思うと、得意で胸がわくわくした。土曜の午後のお茶の席で、彼女がいろんな男どもと喋り笑っているのを見て、僕は自己満足で胸が熱くなった。彼女と共に過ごした夜のことを思って、この大きな秘密を知らない人々のことを笑ってやりたいような気持ちだった。ところが、ライオネル・ヒリヤーが時どきこちらをからかうように見るのが気になった。ひそかに僕のことを笑っているようなのだ。ひょっとしてロウジーが僕との関係を彼に告げたのかなと思い、不安だった。それとも僕の態度に怪しさが窺われたのだろうか？　ロウジーに、ヒリヤーが感づいているみたいだと話した。彼女はいつもの青い目で僕を見て、にやにやして言った。

「気にすることないわ。あの人すぐいやらしいことを考えるのだから」

僕はクエンティン・フォードと親しかったことは一度もない。彼は僕を退屈な奴だと

(その通りではあるが)思っていて、いつも礼儀正しかったけれど、僕を問題にしたことなどなかった。それが、最近になって以前にまして冷淡になったのは、僕の想像に過ぎないと思った。しかし、驚いたことに、ある日ハリー・レットフォードが、僕を食事と芝居に誘った。ロウジーに相談してみた。

「そう、むろん、行ったらいいわ。とても楽しいでしょうよ。ハリーはいつも私を笑わせてばかりいるわ」

そこで彼と食事をした。とても愛想よくしてくれ、男女の役者の面白い噂話を聞かせてくれた。皮肉屋であり、自分が嫌っているクエンティン・フォードの悪口を辛辣な口調で語った。僕はロウジーの話をさせようとしたが、彼は何も言わなかった。彼はなかなかのプレーボーイのようだった。いやらしい目つきや好色そうな物言いから、女好きであるのが分かった。夕食をおごってくれるのも、僕がロウジーの愛人だと知って親近感を抱いたためなのかな、と考えざるをえなかった。でももし彼が知っているのなら、他のロウジーの取り巻きも知っていることになる。僕は他の男どもに対して優越感を抱いたが、それを悟られないようにしていたと思う。

冬になり一月末になった頃、新人がリンパス通りに現れた。ジャック・カイパーという名前のオランダ系ユダヤ人だった。アムステルダムから来たダイアモンド商人で、仕事でロンドンに数週間滞在していた。この商人がどうしてドリッフィールド夫妻を知るようになったのか不明だが、最初に訪ねてきたのが、作家への敬意のためであるにしても、その後繰り返しやってきたのは、そのためでないのは明白だった。背の高い、小太りの、浅黒い男で、禿げ頭で、大きな鉤鼻であった。年は五十になるが、精力的で、官能的で、意志強固で、明朗だった。ロウジーを賛美しているのを隠さなかった。裕福らしく彼女に毎日バラを送っていた。ロウジーは、無駄遣いだわと彼をからかっていたが、嬉しがっていた。僕は我慢ならなかった。無遠慮で騒々しい男だった。完璧だが外国訛りの流暢な英会話がとても不愉快だったし、ロウジーに過度のお世辞を言うのも腹立たしかった。友人を調子よく扱うのも嫌だった。クエンティン・フォードも彼を嫌っているのが分かり、そのことで彼と僕は連帯感を覚えた。

「幸い、あいつの滞在は短いな」クエンティン・フォードは口をすぼめ、黒い眉をそびやかした。彼は白髪で血色が悪く面長《おもなが》なので、そうすると意外に紳士らしく見えた。「女ってのはみんな同じだ。成り上がり者が好きなんだ」

「あいつひどく下卑ている」僕が言った。

「そこがかえって魅力なのさ」クエンティン・フォードが言った。

次の二、三週間僕はロウジーとほとんど会えなかった。ジャック・カイパーが来る夜も来る夜も、あっちこっちの高級レストランや芝居に彼女を連れ出していた。僕は苛立ち、心がとても傷ついた。

「あの人ロンドンには知っている人が誰もいないのよ」ロウジーは僕の苛立ちを癒そうとして言った。「ここにいるあいだに何でも見たがっているの。いつも一人で見物させちゃ可哀想だわ。それにあともう二週間しかいられないのよ」

でもどうしてロウジーが付き合ってやらねばならないのか、僕には納得できなかった。

「でも彼いやな男でしょう？」

「ううん。面白い人だと思うわ。笑わせてくれるもの」

「あなたにぞっこん惚れているの知らないんですか？」

「それであの人、喜んでいるし、わたしに迷惑が掛かるわけじゃないわ」

「年とっているし、デブだし、不愉快だ！　見るだけで鳥肌がたちますよ」

「あら、そんなに悪いと思わないわ」ロウジーが言った。

「あんな男と付き合うことないと思うなあ。とっても下劣な奴だもの」

ロウジーは頭を掻いた。下品な癖だった。

「外国人ってイギリス人と違う面白いところがあるのよ」

ジャック・カイパーがアムステルダムに帰って、僕は喜んだ。彼の帰国の翌日に僕とデートすると約束してあった。久しぶりなので、ソーホーで食事する手はずにしていた。彼女は辻馬車で迎えに来てくれ、それでソーホーに向かった。

「あのぞっとする爺さんはもう帰国しましたか？」

「そうよ」彼女が笑って答えた。

僕は彼女の腰を抱いた。（この男女の楽しい交流で大事な行為をするには、今日のタクシーより辻馬車のほうが、ずっと好都合だということは他で述べたので、ここではくどくは語らない。）腰に腕を回してキスした。彼女の唇は春の花のようだった。レストランに着いた。僕は自分の帽子とコートをコート掛けに掛けた。（丈の長い、ウエストの細いコートで、ビロードの襟とビロードのカフスのついた非常に恰好のよいものだった。）それからロウジーのケープを受け取ろうとした。

「いいの。着たままにするわ」

「でもそれじゃあ暑いですよ。外へ出たら風邪をひきますよ」

「構わないわ。これ着るの今夜が初めてなの。きれいでしょ？　見て、ケープに似合うマフも一緒よ」

ケープをちらっと見た。毛皮だった。クロテンだとは分からなかった。

「ずいぶん高そうですね。どうやって手に入れたのですか？」

「ジャック・カイパーがくれたの。昨日、彼が出発する直前に二人で買いに行ったの」彼女は滑らかな毛皮を撫でた。玩具をもらった子供のように喜んでいる。「いくらしたと思う？」

「僕にはまったく見当もつかないな」

「二百六十ポンドよ。こんな高価なもの持ったの、生まれて初めてよ。高すぎるって言ったのだけど、でもあの人ったら聞き入れないの。受け取ってくれってね」

ロウジーはさも嬉しそうに笑い、目を輝かせた。でも僕は表情がこわばり、冷たいものが背筋を走った。

「カイパーがそんな高価なケープを贈ったなんて、ドリッフィールドが奇妙だって思わない？」出来るだけ冷静さを失わないように言った。

ロウジーの目はいたずらっぽそうに踊った。

「テッドは何にも気付かない人よ。もし何か言ったら、質屋で二十ポンドで買ったと話すわ。あの人には絶対にバレないわ」彼女は顔を襟でこすった。「何てふんわりしているんでしょう！　誰だって高価だと分かるわね」

食事は何とか口に入れようとし、苦々しい気持ちを出さぬようにするために一つまた一つと話題を探してお喋りを続けた。ロウジーは僕の話にあまり乗って来ない。頭にあるのはケープのことだけで、一分に一回は膝の上のマフに視線を落とした。マフを見る視線には怠惰で官能的で自己満足的なものがあった。腹が立った。彼女を間抜けで下品だと思った。

「カナリヤを呑み込んだ猫にみえますよ」思わず嫌味を言ってしまった。

彼女はくすくす笑うばかりだった。

「ええ、そんな風な気持ちだわ」

二百六十ポンドとは僕には巨額だった。ケープ一着にそんな金額を支払うことがありうるとは信じられなかった。僕自身は一カ月十四ポンドで暮らしていて、結構いい暮らしが出来た。読者の中で計算が面倒な人がいれば、年にすれば百六十八ポンドだと申しましょう。こんな高価な贈物を単なる友情からする者がいるとはとても信じられなかった。ジャック・カイパーがロンドン滞在の毎晩ロウジーと寝ていたという以外に説明がつかないのだ。どうしてそんなことがロウジーに出来たのだろうか？　どんなに下卑たことだと分からないのだろうか？　そんな高価なものを贈るなんて、あの男は本当に下卑ている！　それがロウジーには分からないのだろうか？　どうやら分からなかったようだ。

「彼、親切だったでしょ？　まあ、ユダヤ人はいつだって気前がいいけどね」

「買えるだけのお金があったんでしょうよ」僕が言った。

「そうよ。うんとお金持ちよ。帰国に際して何か贈物をしたい、何がいいかって聞いたの。ケープとそれに合うマフがあったらうれしいわ、と答えたけど、まさかこんなものを買ってくれるとは思ってなかったのよ。お店に行って、私はアストラカンのを見せてと言ったらね、彼、いや、クロテンがいい、金で買える最高のがいいと言うの。これを見ると、絶対にこれにしなさいって言ってきかないのよ」

彼女の白い肉体が頭に浮かんだ。あのミルク色の肌があのデブのぞっとする老人に抱かれているのだ。しまりのない、部厚い唇がロウジーの唇にキスしているのだ。それまで信じるのを拒んでいた疑惑も真実なのだと分かった。クエンティン・フォード、ハリー・レットフォード、ライオネル・ヒリヤーと食事で外出したときも、僕との場合と同じく、寝ていたのだ。口がきけなかった。もし何か言えば、罵《ののし》るに決まっている。嫉妬というより屈辱を覚えた。僕のことを馬鹿にしていると感じた。ひどい罵声が口から出ないように、歯を食いしばった。

劇場に行ったが、セリフが耳に入らない。腕に当たるクロテンの毛皮の滑らかさを感じるだけだった。彼女の指がひっきりなしにマフを撫でているのだけが目に入った。他の連中とのことはまだ我慢できた。どうしても我慢ならなかったのは、ジャック・カイパーだった。どうしてあの男と寝る気になれるのか？　金がないのがひどく悔しかった。そのいやらしい毛皮をあいつに送り返したら、もっといいのを買ってあげる、と言えるだけの金が自分にあればいいのにと願った。僕が黙っているのが、ようやく彼女に分かった。

「今夜は黙っているのね」

「そうかな？」

「気分でも悪いの？」

「どこも悪くないですよ」

彼女はこちらを横目で見た。僕は視線を合わせなかったが、彼女がいたずらっぽくも子供らしくもある例の微笑を浮かべているのは分かっていた。彼女はもう何も言わなかった。芝居が終わって、雨が降っていたので、辻馬車を拾った。乗り込んでリンパス通りの彼女の住所を告げた。馬車がヴィクトリア駅に着くまで彼女は黙っていたが、そのとき言った。

「あなたのところに行って欲しくないの？」

「お好きなように」

彼女は小窓をあげて、御者に僕の住所を告げた。僕の手を取って握ったが、僕は応えなかった。窓から外を見ていて、憮然《ぶぜん》としていた。ヴィンセント通りに着くと、彼女の手を取って、馬車から下ろし家に入れたが、一言も発しなかった。自分の帽子とコートを脱いだ。彼女はケープとマフをソファーの上に置いた。

「どうしてそんなにふくれているの？」彼女が近寄って来て言った。

「ふくれてなんかいない」僕は横を向いて答えた。

彼女は僕の顔を両手で挟んだ。

「どうしてあなたって、そんなにお馬鹿さんなのかしら？　ジャック・カイパーが毛皮のケープをくれたからって、どうして怒るの？　あなたにはそんな余裕がないでしょ？」

「むろんですよ」

「テッドも無理よ。二百六十ポンドもする毛皮のコートを要らないと言って断るなんてわたしには出来ないわよ。毛皮のコートが欲しいってずっと前から思っていたのですもの。ジャックにはこんなもの何でもないのだし」

「彼が友情からだけでプレゼントしたのだと信じろ、と言っても、とても無理ですよ！」

「あら、友情からかもしれないわよ。とにかく、彼はもうアムステルダムに帰ったのだし、いつ戻って来るか分からないし」

「あの男だけじゃないんだ!」

僕は怒り、傷ついた眼差しでまたロウジーを見た。彼女はにっこりと微笑んだ。優しく美しい彼女ならではの、この微笑がどんなものか描写する力があればと思う。声も言うに言われぬほど優しかった。

「どうして他の人のことで頭を悩ますの? あなたにとって何の不都合もないじゃありませんか。わたし、あなたを楽しくさせてあげるでしょ? わたしといて幸福じゃあないの?」

「すごく幸福さ」

「だったらいいじゃない。いらいらしたり嫉妬したりするなんて愚かしいわ。今あるもので満足すればいいじゃない。そう出来るあいだに楽しみなさいな。百年もすれば皆死んでしまうのよ。そうなれば何も問題じゃあなくなるわ。出来るあいだに楽しみましょうよ」

ロウジーは僕の首に腕を回して唇を重ねてきた。怒りを忘れた。彼女の美と包み込んでくれる親切だけを思った。

「あるがままの私を受け入れるのよ」彼女は囁いた。

「うん」

18

こういうことのあったあいだ、ドリッフィールドにはほとんど会うことがなかった。彼は編集の仕事で昼間は埋まり、夜は自作で忙しかった。もちろん土曜日の午後の集まりにはいて、愛想よく、皮肉まじりの面白い冗談を飛ばしていた。僕に会うのを喜び、しばらくのあいだ可もなし不可もなしの話をしたけれど、当然ながら僕より年長の大事な客の相手で忙しかった。ブラックスタブル時代と比べると彼はつんと澄まし気味の気がしてならなかった。陽気な、俗っぽい男ではなくなってきた。僕の感性が敏感になって、彼と彼がふざけたり冗談を言い合っている人々の間に、目に見えぬ障壁のようなものを見るようになったのかもしれない。想像の世界で生きているので、日常的な平凡な生活の影が薄くなったかのようだった。彼は時どき公の場での講演の依頼を受けることもあった。ある文学会に参加した。以前は執筆の関係で狭いグループと接触していただけだったが、その範囲を超えた多くの人々と知り合うようになり始めた。そして名の出た作家と接触したがる上流のご婦人方に昼食会やお茶に頻繁に招待されるようになった。

ロウジーも一緒に招かれたが、滅多に同行しなかった。パーティーは嫌いだと言った。どっちみちわたしでなくテッドに来て欲しいだけよ。彼女は恥ずかしがり、自分がのけ者にされたと感じた。ロウジーも招かねばならぬのは、面倒だと思っているのをご婦人方は彼女に分からせたのだろうし、礼儀上彼女も招くけれど、礼儀正しく振る舞うのは面倒なので、パーティーの席で彼女を無視したのであろう。

エドワード・ドリッフィールドが『生命の盃』を出したのは、丁度この頃だった。ここで彼の作品論をする気は僕にはない。最近彼について論ずる書物が沢山出ているから、一般の読者はそれで十分に満足するであろう。だがこれだけは述べておきたいと思う。『生命の盃』は彼の作品の中でいちばん有名というのでもなければ、いちばん人気があるというのでもないけれど、私にはいちばん興味深いように思える。冷静な残忍さがあり、これは感傷的なイギリス小説にあっては独創的な特徴である。斬新で、ほろ苦さがある。渋みのあるリンゴの味がする。味わうと歯が浮くのだが、微妙なほろ苦さがあり、それが素晴らしい味だと思う。ドリッフィールドの全小説の中で、僕も書いてみたかったと思う唯一の作品である。あの悲痛な子供の死の場面は、感傷性を排して描写されていて、それに続く奇妙な出来事とともに、読者は容易に忘れられないだろう。

気の毒にもドリッフィールドに突然襲いかかった嵐を引き起こしたのは、まさにこの部分だった。出版後の数日間は他の彼の作品と同じ道を辿るように見えた。すなわち、褒められたり少し貶されたりの書評がいくつも出て、売れ行きはほどほどと思えた。ロウジーの話だと、三百ポンドくらい得られるとドリッフィールドは予想していて、その金で夏休みに川沿いの家を借りようと語っていたそうである。最初に出た二、三の書評は当たり障《さわ》りのないものだったが、その後ある朝刊紙の一つに猛烈な攻撃の記事が現れた。そのために大きな紙面が割かれていた。曰く、きわめて不愉快で卑猥な書物であるとされ、かかる書物を刊行した出版社が糾弾された。イギリスの若者に及ぼす影響について、いかなる悲惨な結果を及ぼすかが、あれこれ予測された。また女性への侮辱だとされた。本書が青年や無垢な娘の手に渡りうることに書評子は断固として異議を唱えた。他の新聞もそれにならった。さらに愚昧な新聞となると、ある新聞は発売禁止にすべきだと主張し、別の新聞は検察が介入してしかるべきケースでないかと大真面目に問いかけた。非難の声はあちこちで上がった。大陸の小説のリアリスティックな調子に慣れている勇気のある二、三の批評家が、エドワード・ドリッフィールドの作としてはこれが最高だと主張したとしても、誰からも無視された。このまっとうな見解は、大向こうの受けを狙おうという下卑た欲望のせいにされた。図書館は貸出禁止にするし、駅の売店の管理人は置くことを拒否するありさまだった。

こうしたことに当然ドリッフィールドは不快感を持ったが、諦めの境地で耐えて肩をすくめた。

「ありえないことだと言うのだな。勝手にしろ！　真実なのだ」彼は不敵に笑った。

この試練のとき、友人たちの変わらぬ友情によって救われた。『生命の盃』を称賛するのは文学を解する証拠となり、ショックを受けるのは芸術への無感覚を示すことになった。ミセス・バートン・トラフォードはこれが傑作であると公言するのを躊躇しなかった。今は夫が『四季評論』で彼を論じる時期ではないけれど、エドワード・ドリッフィールドの今後についての私の信念はゆらぎません、と夫人は言った。このような大騒ぎを引き起こした本書を今読んでみると不思議であるし、大いに教訓にもなる。というのは、無邪気な者が頰を赤らめるような言葉は一つもないし、今日の小説の読者が髪を逆立たせるようなエピソードもないのだ。

19

それから六カ月ほどして、『生命の盃』騒動も収まり、ドリッフィールドが『その果実によりて』と題する次作をすでに書き出していたときのことだ。僕は医学校の四年生になり、入院患者の外科医助手になっていて、その日は病室の回診の手伝いの当番で、担当の外科医を待つため病院の大ホールに行った。手紙が置かれている棚にちらっと目をやった。ヴィンセント通りの僕の住所を知らない人が、時に病院気付けで手紙をくれることがあるのだ。すると僕宛てに電報が届いていたので驚いた。こんな内容だった。

キョウゴゴ五ジ　オイデヲコウ　キュウヨウ　イザベル・トラフォード

一体何の用事なのかと思った。この二年間に夫人とはおそらく十回ほど会っていただろうが、特に目を掛けられたことはないし、自宅に招かれたこともない。お茶の会では男性の客が不足しがちだと聞いていたから、医学生でも人数を揃えるには役立つと思ったのかもしれない。しかし、それにしては電文はパーティーとは無関係である。

その日僕が助手を務めた外科医は散文的な男でお喋りだった。僕が解放されたのは五時を過ぎていて、それに夫人のお宅までたっぷり二十分かかった。ミセス・トラフォードの邸はテムズ河沿いのマンションだった。玄関のベルを鳴らし奥様はいらっしゃいますかと聞いたのは、六時近かった。しかし、僕が部屋に案内され、どうして遅れたのかを説明し始めると、夫人はさえぎるように言った。

「いらしていただくのはご無理なのだと思っていました。もう、よろしいのです」

ご主人もいた。

「お茶を召し上がりたいのじゃないかな」

「お茶には時間がおそいのではないかしら」夫人はそう言って僕をやさしく見る穏やかな綺麗な目はいかにも親切そうだった。「お茶は要らないでしょ？」

僕は喉が渇き、空腹でもあった。ランチがスコーンとコーヒーだけだったのだ。でもそう言いにくかったので、結構ですと答えた。

「オルグッド・ニュートンさんはご存じだったかしら？」僕が部屋に入ったとき大きな肘掛椅子に座っていた男が、今立ち上がり、夫人はその方をしぐさで示した。「エドワードの家でお会いになったのじゃないかしら」

確かに会ったことがある。あまり来なかったが、よく聞く名前だったし、覚えていた。何となく気おくれを感じたので、彼と話したことはなかった。今では完全に忘れられてしまったが、当時はイギリス最高の批評家であった。大柄の太った金髪の男で、肉付きのいい白い顔、薄青の目、白髪混じりの金髪だった。目の色を引き立たせるため淡いブルーのネクタイをいつも締めていた。ドリッフィールドの家で出会った作家たちにとても愛想がよく、お世辞を言っていたが、彼らが帰ったあと、からかうようなことを言って、残っている者を笑わせた。低い、単調な声で、よく言葉を選んで話したが、友人について彼ほど的を射た批判が出来る者はいなかった。

オルグッド・ニュートンは僕と握手をした。ミセス・トラフォードは、僕を気楽な気持ちにさせようと気をつかってくれ、手を取りソファーの自分の隣に座らせた。お茶がまだテーブルに置いてあり、夫人はジャムサンドイッチを一切れとって、上品に食べた。

「最近ドリッフィールド夫妻にお会いになった？」雑談でもするような言い方だった。

「先週の土曜日に会いましたよ」

「それ以後は会ってないの？」

「ええ」

ミセス・トラフォードはオルグッド・ニュートンと夫とを交互に見て、二人の助太刀を無言で求めているかのようだった。

「遠まわしに話しても無意味ですよ」ニュートンがかすかに意地悪く目を輝かせて、太い声できっぱり言った。

夫人は僕の方を向いた。

「とするとミセス・ドリッフィールドの家出のことはまだご存じないのね？」

「え、何ですって！」

僕はたまげた。耳を疑った。

「あなたに事実をお話ししていただく方がいいわね」夫人がオルグッドを促した。

オルグッドは椅子の中で背筋を伸ばし、両手の指先を合わせた。したり顔で話し出した。

「昨夜、私が書いている評論のことでエドワード・ドリッフィールドに会う必要があったのです。夕食後、お天気だったので、彼の家まで歩いて行こうと思いました。向こうは私の訪問を予想していたし、それに市長の宴会とか王立美術院の晩餐会といった重要な用事でもない限り夜は家にいるのを知っていましたからね。だから、彼の家に近づいたとき、玄関が開いて彼が現れたのを見たので、びっくりしたというか、すっかり面喰いました。イマニュエル・カントが日中の決まった時間に散歩をする習慣だったので、ケーニヒスベルクの住民は散歩に合わせて時計を直したというのは知っているでしょう。カントがいつもより一時間早く出てきたので、住民は真っ青になった。恐ろしい事件があったに違いないと思ったのです。その通りでした。バスティーユ牢獄陥落の知らせを聞いたのです」

オルグッド・ニュートンは挿話への反応を確かめようと息をついた。夫人がにっこりと頷いた。

「ドリッフィールドがこちらに向かって走って来るのを見て、まさかフランス革命が起きたとまでは考えなかったけれど、何か困った事態が生じたのではないかとすぐ思いましたな。ステッキも手袋も持っていない。仕事着の黒いアルパカの着古した上着と幅広の中折帽を被っている。顔つきはどこか狂ったようだし、取り乱している。結婚生活の浮沈は分かっているので、夫婦の不和で家を飛び出したのかと思いましたよ。それとも手紙を出すので、ポストまで急いでいるのかとも。とにかくギリシャの英雄アキレスから逃げるトロイのヘクトル並みの疾走ぶりでしたな。私の姿が目に入らないようでした。もしかすると避けているのかと思いました。呼び止めました。名前を呼ぶと、ぎくりとしたようです。私が誰だったか分からなかったのかもしれません。『汝、いかなる復讐心に燃ゆる女神に促され、ピムリコ周辺の怪しげな界隈をかくも素早く走るなりや？』と尋ねてみました。『あ、あなただったのか』と彼は言いました。『一体どこへ行く？』と尋ねると、『どこにも』という答えでした」

この調子では、いつになったらオルグッド・ニュートンが話し終わるのかわからないな、下宿の小母さんは、僕が夕食に三十分遅れたらやきもきするのに、と思った。

「私は訪ねてきた用向きを話し、私が抱えている問題を話し合うのには、彼の家に戻ったほうが都合がいいだろうと申しました。『心配事があるので、家には戻りたくないのです。歩きましょう。歩きながら、話して下さればいい』と言いました。そこで向きを変えて歩き出しました。しかし、彼の歩調は速くてついていけないので、ゆっくり歩いてくれと言いましたよ。ジョンソン博士だって、フリート通りをもし急行列車のスピードで歩いたのでは、会話が出来なかったでしょう。エドワードは奇妙な身なりだったし、態度も興奮しきっていたので、あまり人通りのない道を行くのがいいと思いました。計画中の評論のことを話しました。考えているテーマが、予想したより大きすぎて、週刊誌のコラムに載せるのは不適切だと思えると伝えました。充分に説明した上で意見を求めたのです。ところが、彼は『ロウジーが出て行った』としか言いません。一瞬何のことか分かりませんでした。しかしすぐにあのふくよかな、魅力がないでもない女性――パーティーの席でお茶を受け取ったことのある女性のことを言っているのだと気付きました。彼の口調から、私が『おめでとう』でなく『遺憾なことだ』と言うのを期待しているのが分かりました」

オルグッド・ニュートンはまた言葉を切り、青い目を輝かせた。

「素晴らしい語り方をなさるのね」夫人が言った。

「うならせますな」トラフォード氏が言った。

「同情の必要があると思って、『ねえ君』と言いかけたのですが、彼はさえぎって、いました」

『最終便で手紙をもらった。ロウジーはジョージ・ケンプ殿と駆け落ちしたんだ』と言
　僕は固唾をのんだ。が、沈黙を守った。ミセス・トラフォードがちらっと僕を見た。

「私が『ジョージ・ケンプ殿って誰？』と言うと、『ブラックスタブルの男』という答えでした。私には考える時間がなかったので、率直に言ってしまえと判断しました。『厄介払い出来てよかった』と言いますと、『何を言うのだ！』と彼が怒鳴りました。私は立ち止まり、彼の腕を摑みました。『あの女は君を裏切っていたのだよ。君の友人のすべてと関係があったのだ。世間で評判になっている。いいかい、事実を直視するんだ。君の妻君はそこいらにいる売春婦に過ぎん』彼は私の手を振り払い、低くうなった。ボルネオのジャングルに住むオランウータンが椰子の実を奪われたみたいでした。私が止める間もなく、彼はどこかへ走って行ってしまった。あまり驚いたので、私は彼の叫び声と走り去る足音を聞いているだけでした」

「捕まえておくべきだったわ。そういう心境ではテムズ河に投身自殺したかもしれないのですから」ミセス・トラフォードが言った。

「私もそう思ったのです。でも河のある方向には走らず、さっき歩いてきた近所の狭い道に入って行きました。それに、文学作品を書いている最中の作家が自殺したという

例はないということを思い出しました。いくら悩みを抱えていても、後世に未完の作を残したくないもののようです」

僕は聞いたことにあきれたり、ショックを受けたり失望したりした。同時にミセス・トラフォードがなぜ僕を呼んだのか、分からず首をかしげた。僕についてほとんど何も知らないのだから、この話に僕が関心を抱くかどうか分からないはずなのだ。わざわざ特ダネを聞かせてくれようとしたはずもない。

「エドワードはお気の毒ね。むろん、今回のことが不幸に見えても実は幸いだというのは誰も否定しないでしょう。でもあの人には打撃でしょう。幸いまだ早まったことは何もしていませんけれど」それから夫人は僕の方を向いた。

「ニュートンさんのご連絡を受けるとすぐにリンパス通りに行きました。エドワードは留守でしたが、メードは出たばかりですと言いました。だとすれば、オルグッドさんと別れた時間と今朝との間に家に戻ったのが分かります。あなたは会いに来てくださいとお願いした理由を知りたいでしょ？」

僕は黙っていた。夫人が話すのを待った。

「あなたがドリッフィールド夫妻と知り合ったのはブラックスタブルでのことでしたね。あなたならジョージ・ケンプ殿というのが誰だか教えて下さるでしょう？　エドワードの話ではブラックスタブルの殿方だそうですが」

「中年男です。奥さんと二人の息子がいます。息子は僕くらいの年です」

「でもどういう人だか分かりません。貴族年鑑に載っていないのです」

僕は笑い出しそうになった。

「本当は貴族などではありません。地方の石炭商人です。態度が大きいので、ブラックスタブルではジョージ殿と呼んでいるだけで、まあ、冗談ですよ」

「田舎風のユーモアという奴は部外者にはしばしば理解の外ですな」オルグッドが言った。

「みんなでエドワードを助けてあげたいのです」夫人はそう言って考え深げに僕を見つめた。「もしその男がロウジー・ドリッフィールドと駆け落ちしたのなら、奥さんを捨てたということでしょ？」

「そうですね」僕が答えた。

「ねえ、面倒なことなんですけど、お願いしてもいいかしら？」

「僕に出来ることであれば」

「ブラックスタブルに行って、どういうことになっているか、探っていただけませんか。ケンプという人の奥さんと接触すべきだと思うのですけれど」

僕は他人事に首を突っ込むのは好まなかった。

「僕にそんなことが出来るでしょうか」

「その奥さんに会ってみて下さらないかしら？」

「それは無理です」

ミセス・バートン・トラフォードが僕の答えをそっけないと思ったにしても、顔には出さなかった。少し笑っただけだった。

「とにかくそれは先でいいわ。今緊急にすべきなのは、ブラックスタブルに行ってケンプについて調べることです。私は今晩エドワードに会うようにします。あのぞっとする家に一人で置いておくなんて気の毒です。主人と私は彼をこの家に連れてこようと決心しました。空いている部屋があるので、そこで仕事が出来るように何とか工夫してみます。それが一番エドワードにいいことだと同意してくださる、オルグッドさん？」

「大賛成です」

「この家にずっと、少なくとも数週間いてもらって不都合は何もありません。そのあとは一緒に避暑に行きます。ブリタニに行くつもりですが、あの人も気に入るでしょう。よい気分転換になるはずですから」

「さしあたっての問題は、医者の卵君がブラックスタブルまで行って探ってきてくれるか否かということですな。事態を正しく把握すべきです。それが一番です」トラフォード氏が夫人同様に親切そうな目で僕を見ながら言った。

バートン・トラフォード氏は、自分が考古学などに興味を持っていることへの埋め合わせのつもりで、愛想よく振る舞ったり、滑稽な言い回しをしたりした。

「お断りになるわけないわ」僕を優しく訴えるような目で見ながら、夫人が言った。「ねえ、引き受けてくださるわね？　大事な仕事で、あなたにしか出来ないことですから」

何が起きたのか、夫人同様に僕も是非知りたかったのだが、どんなに苦しい嫉妬の刃に僕が突き刺されたか、夫人は知る由もなかった。

「土曜日の前に病院を離れるのはとても無理でしょう」僕が言った。

「それで結構だわ。ご親切ね。エドワードの友人はみな感謝します。いつ戻られますか？」

「月曜日の朝早くロンドンに戻らねばなりません」

「じゃあ、午後お茶の時間にいらしてください。早くいらっしゃるように首を長くして待っています。決まってよかったわ。さあ、これからエドワードを探さなくては」

もう引き取れ、ということだと理解した。オルグッド・ニュートンも挨拶して、僕と一緒に玄関に来た。

「今日のイザベルには、アラゴンのキャサリン妃風の意志堅固なところが少々窺えましたな。いや、結構結構」我々の背後で戸が閉まると彼が言った。「絶好のチャンスですから、我らがイザベル女史なら絶対に逃すことはないと判断して間違いはありますまい。優しい心根の魅力的な女性ですからな。餌食を断固離さぬ《トゥー・タンティエール・ア・サ・プロワ・アタシェ》ヴィーナス＊！」

＊ ラシーヌの劇『フェードル』第一幕三場より(訳注)

彼が何を言いたかったのかそのときは分からなかった。というのも、読者にお伝えしたミセス・トラフォードの人物について僕が知ったのは、もっとあとになってからであり、その頃はよく分かっていなかった。それでも彼が夫人を揶揄しているのだろうと見当がついたので、僕はくすくす笑った。

「若い貴君だから、あのディズレーリ首相がキザっぽく『ロンドンのゴンドラ』などと呼んで失笑をかった乗り物で帰るのでしょうな？」

「いいえ、僕はバスで行きます」

「ああそう。もし二輪馬車で行くのなら、途中まで乗せてもらうようにお願いする気だったのだが。貴君が、私が古風に乗合バスと呼んでいる乗り物で帰るのなら、私は四輪馬車に不格好な体を乗せて行きますよ」

四輪馬車に合図して、握手のためにぶよぶよした手を差し出した。

「ヘンリー君*なら『このうえなくデリケートな使命』とでも呼びそうな貴君の使命がどうであったかを聞きに月曜には来ますよ」

＊ ヘンリー・ジェイムズのことであろう(訳注)

20

しかし彼に再会したのは、それから数年後だった。というのは、ブラックスタブルに着くと、ミセス・バートン・トラフォードから手紙が届いていて(夫人は抜かりなく僕の滞在先の住所を確かめておいたのだ)、あとで理由は説明するが、月曜日は自宅でなくヴィクトリア駅の一等待合室で六時に待っていると伝えてきた。当日病院の任務から解放されるや否や、僕は駅に急いだ。しばし待っていると夫人が入ってきた。小走りに近寄ってきた。

「いろいろとお話し伺えるかしら？　静かな場所を探して座りましょう」

適当な場所をみつけて座った。

「ここへ来ていただいたわけをお話ししますわね。じつはエドワードが家に滞在しているのです。最初は招待を断りましたが、説得しましてね。興奮して、いらだっていて体調も悪かったのです。それであなたと会うのは避けたかったのですよ」

ミセス・トラフォードには分かったことを事実だけ伝えると、熱心に耳を傾けた。ときどき頷いた。でもブラックスタブルで起きた騒ぎを夫人に理解させるのは困難だった。町全体が右往左往の大混乱に陥っていた。こんなぞくぞくする出来事は何年も起きたことがなかった。寄ると触るとこの話で持ちきりだった。ハンプティ＝ダンプティが墜落したのだ。ジョージ・ケンプ殿が姿をくらませたのだ。二週間前に仕事で上京しなくてはならん、と言っていた。その二日後に破産宣告の申請書が提出された。彼の建築計画が挫折したようだった。ブラックスタブルを人気のある海水浴場にしようという試みに反応がないため、あらゆる手段を用いて資金集めに奔走せねばならなかったのであった。あらゆる種類の噂が小さな町じゅうを駆け巡っていた。ケンプになけなしの貯金を預けた多くの町民が全財産を失うという危機に直面した。叔父も叔母も商売のことには無知であったし、僕も二人から聞いたことを理解する知識に乏しかったから、金銭関係の詳細は曖昧だった。しかし、ケンプの邸は抵当に入り、家具には売り物という札が張られていた。残された妻は一文なしだった。息子二人は二十歳と二十一歳になっていたが、石炭業だったため、巻き添えをくった。ジョージ・ケンプだけは、集められる現金をすべて集めて――何でも一千五百ポンドだという話だったが、どうしてそこまで分かったのか不思議だ――逃亡した。すでに逮捕状が出ていたようだ。外国に逃げたらしく、オーストラリアだと言う者もいれば、カナダだと言う者もいた。

「捕まればいい。無期懲役にでもなればいい」叔父が言った。

腹を立てたのは叔父に留まらなかった。町の人々は前から彼に反感を抱いていた。理由はいろいろだった。彼がいつもうるさく、馬鹿騒ぎをしたから、人をからかい、酒をおごり、園遊会に招いたから、洒落た馬車に乗り、茶色の山高帽を恰好よく被ったからなどなど。だが、日曜の夜、礼拝後に法衣室で教会の執事が叔父にもっともけしからぬ行状を語ったのだった。過去二年間、ケンプはハヴァシャムでロウジー・ドリッフィールドと毎週会い、居酒屋の二階で夜を共にしていたそうだった。居酒屋の亭主はケンプの無謀な計画のどれかに出資していて、それが全部ふいになったのを知ると、この秘密を暴露したのだった。もしジョージ殿が他の人を騙したのであれば、まだ許せたかもしれないが、便宜を図ってやり、親友呼ばわりしていた自分まで欺いたというのでは、堪忍袋の緒が切れたと言った。

「一緒に駆け落ちしたのだろうな」叔父が言った。

「そうでしょうね」教区委員が言った。

夕食後、メードがあと片づけをしているあいだに、僕は台所に行ってメアリ・アンと喋った。彼女は教会に行ってきて、話を聞いていた。その夕は聴衆は叔父の説教など耳に入らなかっただろう。

「叔父さんは二人が駆け落ちしたと言っているね」僕が言った。知っていることは一言も漏らさぬようにした。

「そうでしょうともね。だって、結局、あの男ざんすよ、ロウジーが本当に好きだったのは。あいつがちょいと小指を上げさえすれば、どんな相手がいたって、飛んでゆきましただ」メアリ・アンが言った。

僕は目を伏せた。とても悔しかった。ロウジーに腹を立てていた。僕は裏切られたように感じていたのだ。

「ロウジーにまた会うことはないのだろうか?」

こんなことを口にしたら、胸が痛かった。

「そうでしょうねえ」メアリ・アンは明るく言った。

ブラックスタブルで調べてきたことをミセス・バートン・トラフォードに必要だと思うことだけ伝えると、夫人は溜息をついた。満足のためか、悲しみからか、分からない。

「とにもかくにも、これでロウジーは終わりね」夫人は言った。それから立ち上がり、手を差し出した。「どうして文士の方って、こういう不幸な結婚をするのかしら？　とっても悲しい、悲しいことだわ。用を果たしてくださってどうも有難うございました。おかげで事実がつかめました。大事なのは、エドワードの仕事の妨げにならないということですね」

夫人の言葉は僕といささか無関係のように思えた。実際、僕のことなど初めから念頭になかったのだろう。一緒にヴィクトリア駅を出て、夫人をチェルシーのキングズ通りを通るバスに乗せ、自分は下宿まで徒歩で帰った。

21

ドリッフィールドとは連絡が途切れた。こちらから会おうとするのには気おくれした。それに試験で忙しかった。合格してからすぐに外国に出た。彼がロウジーと離婚したというニュースを新聞で見たように漠然と記憶している。彼女についてはもう情報は入らなかった。彼女の母親のところに時どき少額、十ポンドとかせいぜい二十ポンド、送られてきた。ニューヨークの消印のある書留便で来たのだが、住所もないし、手紙もなかった。ロウジーから送られて来たようだが、それは他にこの母親に送金する人はありえなかったからそう考えるに過ぎない。その後、母親は寿命をまっとうした。どうやらその知らせがロウジーに届いたらしく、送金は終わった。

22

アルロイ・キアと僕は取り決めてあったように、ブラックスタブル行きの五時十分発の列車に乗るため金曜日にヴィクトリア駅で落ち合った。喫煙車室で向かい合せに席を占めてくつろいだ。ロウジーに逃げられたあとのドリッフィールドについて、今ロイから大体のところを聞くことが出来た。ロイはしばらくしてミセス・バートン・トラフォードと非常に親しくなっていた。僕はロイのことはよく知っているし、夫人のこともよく記憶していたので、この二人が親しくなるのは必然的だと思った。彼が夫人とその主人と一緒に大陸を旅して、ワグナーや後期印象派絵画や、バロック建築への情熱を満足させたと聞いて、さもありなんと思った。彼はチェルシーの夫人の邸での昼食会に精勤し、寄る年波で弱って、夫人が外出できなくて応接室に閉じこもりがちになると、忙しい身であるのに、週に一回は訪ねて話したのであった。ロイは思いやりのある男だった。

夫人の亡きあと、思い出を書き、夫人の稀にみる優れた共感力と判断力を称えた。

　ロイの親切が予想外の報いを得ることになったというのは、本当によかったと思う。夫人がエドワード・ドリッフィールドに関する情報をたっぷり提供してくれ、これがロイが今一生懸命に書いているドリッフィールドの伝記の資料として大いに役立ったのである。エドワードがロウジーに去られたあと、ロイがフランス語で途方に暮れ《デザンパレ》たと言った状態に陥ると、夫人は優しく、しかしやや強引に彼を自分の邸に引き取り、しかも一年間近くも滞在するように説得したのである。女性的な気配りと男性的な迫力を併せ持つ女性ならではの愛情のこもった世話、変わらぬ親切、知的な理解を彼に示した。しかも彼女はたんに優しいというだけでなく、このうえなく利害にさとい人だった。彼が『その果実によりて』を完成させたのは夫人の邸でのことだった。夫人がそれを自分のお蔭で生まれたと思っても無理からぬことだ。ドリッフィールドも恩義を感じた証拠に本書は夫人に捧げられている。夫人は彼をイタリアに連れて行き(意地悪な人々が妙な噂を立てないように、もちろんトラフォード氏も同行したのだが)、手にするラスキンを引用しつつイタリアの不滅の美をエドワードに紹介した。帰国後ロンドンのテンプル地区に住居を見つけてやり、そこで彼の名声が高まるにつれて慕って来る人々のために昼食会を開くように手はずを整えた。夫人はその席で立派に女主人の役を果たした。

名声の高まりが多分にミセス・トラフォードのお蔭であるのは認めなくてはならない。彼の名声が確立したのは、もう執筆しなくなった晩年のことであったが、その基盤は夫人の絶え間ない努力によって築かれたのは疑いもない。ドリッフィールドがイギリス小説の巨匠の一人として評価されるべきだと主張する論文を『四季評論』に寄稿するように夫を励ましただけでなく(ひょっとすると文才のある夫人自身も執筆に加わったかもしれない)、作品が出るたびに好評を博すように策をめぐらしたのであった。あちらこちらに飛び回り、有力な新聞雑誌の文化部長や、さらに大切なのだが、経営者に面会を求めた。夜会を開いて、役に立ちそうな人物はすべて招待した。エドワードを促して、金持ちの邸で慈善目的で自作の朗読をさせたり、その写真が絵入り週刊誌に載るように手を回した。彼がインタビューを受けた場合には必ず彼女の手であとから記事の校閲をさせてもらった。十年間にわたって彼女は飽くことなき宣伝係を務め、彼が常に世間の目に触れているように心を砕いた。

こうしてことは思い通りに運んだのだが、ミセス・バートン・トラフォードはそれで安心することはなかった。実際、夫人なしで彼だけ招待しようと試みても無駄だった。その場合は彼が断わったのだ。二人が一緒に招かれれば、一緒に来て、一緒に帰った。彼から目を離すことはなかった。招待する側のご夫人たちは立腹したが、彼女の好きなようにさせるか、彼を招待するのを断念するか、そのいずれかで、大体は彼女の言いなりにさせた。もしミセス・トラフォードの機嫌が悪ければ、それを表に出すのは彼を通じてだった。そういう場合は、彼女は常通り愛想よくしているのだが、彼がいつになく不愉快な表情をしているのだった。でも彼女は彼の魅力を引き出すコツを心得ていて、著名人の多いパーティーでは彼がいかにも一流作家らしく輝くように仕向けた。扱い方は完璧だった。彼が最高の作家だという確信を隠したことは決してなく、周囲の人たちに彼のことを語るときは常に巨匠《マスター》と呼んだだけでなく、本人に向かってさえ、少しふざけ気味におだてるようにであったかもしれないが、やはり巨匠と呼んでいた。夫人は子猫のような態度を最後までとっていた。

そうこうしているうちに恐ろしいことが起きた。ドリッフィールドが肺炎にかかり重体になった。一時は生命も危ぶまれた。ミセス・バートン・トラフォードはこのような女性がなしうるあらゆることをし、可能ならば彼女自身が喜んで看病したところであったが、彼女も六十歳を超えていて病弱だったので、専門の看護婦を雇わねばならなかった。ようやく回復したとき、医師は転地療養を勧めた。そしてまだ非常に弱っているので看護婦の付き添いが要ると言った。ミセス・トラフォードは自分が週末に出かけて行って、万事滞りなく行われているのを見られるようにボーンマスに行かせたがったが、ドリッフィールドがコーンウォールがよいと言い、医師もペンザンスの温和な気候が最適だとしてそれに同意した。イザベル・トラフォードのような勘の鋭い女性なら、虫の知らせがあったのではなかろうかと思うのだが、この場合は違った。夫人は彼を行かせた。ただ、看護婦に向かって、大変に重い責任を負っていただくのだと言った。あなたに託すのは、イギリス文学界のもっとも偉大な代表者の生命と幸福なのだ、このうえなく貴重な預かりものだ、と言って聞かせた。

三週間後にエドワード・ドリッフィールドが手紙を寄越し、特別結婚許可証を教会から貰《もら》って看護婦と結婚したと告げてきた。

この状況に際しての反応くらい、夫人の度量の大きさが端的に示されたことはこれまでなかったのではなかろうか。裏切り者め、と叫んだだろうか？　ヒステリーを起こして、髪をかきむしり、床にころがり、足をばたつかせただろうか？　大人しい学者気質の夫に八つ当たりしただろうか？　男の不実と女の浮気にたいして毒づいたか？　傷ついた感情を癒すべく、声を張り上げて、いくつもの卑猥な言葉を叫んだのだろうか？（卑猥な言葉というのは、精神病医の話ではどんなに貞節な女でも驚くほど沢山知っているそうだから。）これらの問いへの答えは否である。彼女がしたのは、ドリッフィールド宛てにきれいなお祝いの手紙を出したのと、新妻宛てにこれからは二人のお友達が出来たことになって嬉しいと書いたことだけだ。ロンドンに戻ったら、二人で泊りがけで遊びに来てください、と告げた。周囲の人には、エドワード・ドリッフィールドもまもなく老人になるのだから、世話をしてくれる女が要る、それには専門の看護婦が一番いい、だから私はこの結婚をとても喜んでいる、と話した。新しいミセス・ドリッフィールドは称賛に値する人よ。美人というのではないけれど、とてもいいお顔をしている。勿論、淑女ではないけれど、エドワードは身分のある相手だと居心地がよくないでしょうからね。彼には、まさにぴったりの奥さんね。

　ミセス・バートン・トラフォードが親切心旺盛だったと言っても嘘ではないと思う一方、その親切に毒が含まれている場合があるとすれば、この場合が該当するようだ。

23

　ロイと僕がブラックスタブルに到着すると、彼のために車が待っていた。特に豪華と言うのでもなければ、ひどくみすぼらしいというのでもない車だ。運転手が僕に明日の昼に食事をご一緒したいというミセス・ドリッフィールドからのメモを手渡した。僕はタクシーに乗って熊と鍵亭《ベア・アンド・キー》に向かった。ロイから海岸に近代的な海浜ホテルが出来たと聞いていたが、便利な設備のために若い頃からの馴染みの宿を見捨てる気にならなかった。駅に着いたときからすっかり変わったという気がした。駅舎は元あった場所から新しい道をのぼった所に移っていた。大通りを車で下って行くのも不思議な気がした。でも熊と鍵亭は元のままだった。昔と同じように無愛想で、入口には誰もいない。運転手が僕の鞄を下して行ってしまった。「こんにちは」と声をかけてみたが返事がない。バーに入ると、刈り上げ髪にした若い女がコンプトン・マケンジー氏の本を読んでいた。部屋はあるかと聞くと、彼女は愛想のない顔をこちらに向けて、あると思うと言った。でもそう言っただけで何もしようとしないので、丁寧な口調で、誰か部屋を見せてくれまいかと聞いた。彼女は立ちあがり、ドアを開けて、甲高い声で「ケイティ!」と叫んだ。

「何か御用で?」という声が聞こえた。

「部屋を見たいんだって」

しばらくすると汚れたプリント模様の服を着たみすぼらしい老婆が現れた。白髪の頭は乱れたままだ。この老婆が二階上のむさ苦しい小さな部屋に案内した。

「もうちょっとましな部屋はないの?」と聞いてみた。

「商用でいらしたお客さんは皆さんここですよ」

「他に部屋はないの？」

「シングルはここだけですよ」

「じゃあ、ダブルでいい」

「ミセス・ブレントフォードに聞いてきます」

僕も一緒に一階まで下りていった。老婆はある部屋をノックした。どうぞと言われて、老婆が戸を開くと、白髪頭に凝ったウェーヴをかけた小太りの中年女の姿が見えた。読書をしていた。熊と鍵亭では誰もが本好きらしい。ケイティから、お客さんは七番ではいやだそうだと聞くと、中年女はこちらを関心なさそうに見て言った。

「じゃあ五番に案内しなさい」

せっかくミセス・ドリッフィールドが自分の家に泊まってくださいというのを辞退したり、ロイが海浜ホテルがよいと言ってくれたのを感傷的な理由で拒否したりしたのは、早まったかと思い始めた。ケイティは僕を二階に案内し、大通りに面した大き目の部屋を見せた。大部分のスペースはダブルベッドが占領していた。窓が少なくとも一カ月のあいだ一度も開けられていないのは明らかだった。

でも僕はここでいいと言い、夕食について聞いた。

「何でもお好きなものをおっしゃれば、買ってきますよ。どうせ、ここには何もないんですから」

イギリスの宿の事情は知っていたので、舌平目のフライと焼肉を注文した。それから散歩に出た。海岸まで出ると、遊歩道が出来ていて、前は吹きさらしの野原だった場所にバンガローや別荘が並んでいた。だが、どの建物も薄汚れた感じだった。どうやら、ブラックスタブルを人気ある行楽地にしようというあのジョージ殿の夢は、これほど歳月が経っても実現しなかったようだ。退役軍人が一人と、二人の年配の女性が崩れかけたアスファルトの道を散歩していた。何ともうらぶれた感じだった。寒風が吹き、海から霧雨が吹きつけていた。

僕は町に戻った。すると熊と鍵亭とケント公爵亭《デューク・オブ・ケント》との間の敷地に寒風にもかかわらず、数人の男どもがかたまって立っていた。彼らの目は薄青で、高い頬骨は赤く、僕の覚えている父親たちとそっくりだった。青いジャージーの船乗りたちの中に、年長の者だけでなく、まだ十代の者まで、耳に金のリングをつけている者がいるのは不思議だった。昔と同じなのだ。大通りをゆっくり歩いていった。銀行は正面を模様替えしていたが、僕が偶然知り合った無名だった頃のドリッフィールドと一緒に石摺《いしず》り用の紙とワックスを買った文房具屋は昔と同じだった。映画館が二、三軒できていて、そのけばけばしいポスターのせいで、この澄ました通りに退廃的な雰囲気が醸し出された感じがした。上品など婦人が酒を飲み過ぎてよっぱらった感じだった。

六時になって夕食をとった部屋は行商人用のもので、寒々しく寂しかった。なにしろ六人で食事できる大きなテーブルに僕一人だったのだ。だらしないケイティが給仕してくれた。暖炉に火が入らぬかと聞くと、

「六月だからだめです。四月以降は暖炉は使わないのです」と言う。

「その分支払うから」言い張った。

「六月はだめです。十月ならそう出来ますが、六月はだめなのです」

食事を済ませてから、バーに行ってポートワインを飲んだ。

「お客がいませんね」刈り上げ髪の女に言った。

「そうですね」

「金曜の夜だからここにも沢山人だかりかと思ってました」

「そう、誰もそう思うでしょうよ」

そのとき太った赤ら顔の白髪頭を刈り上げにした男が裏手から現れた。店の主人だと思った。

「ブレントフォードさんですか？」と聞いた。

「はあ、そうです」

「僕はお父さんを知っていました。一緒にポートワインはいかがです?」

僕は名乗った。子供時代にはブラックスタブルで一番よく知られた苗字だった。だが、失望したことに、まったく記憶にない様子だった。でも、一緒にワインを飲む気になったようだった。

「ここには商用ですか?」亭主が聞いた。「時どきですが、結構商用のお客さんがいらっしゃるのです。出来るだけサービスさせて頂いています」

ミセス・ドリッフィールドに会いに来たとだけ言い、詳しいことは黙っていた。

「ドリッフィールド先生にはよくお会いしましたですよ」亭主が語りだした。「この店を贔屓《ひいき》にしてくださいました。よく立ち寄ってビターを召し上がりました。いえ、酔っぱらうってことはなかったですな。バーに座って、お喋りするのがお好きでした。一時間も続けて喋りましたよ! 奥さんは旦那がここに来るのを嫌いましてね。旦那は家のひとには内緒で出て、この店までとぼとぼ歩いていらっしゃる。あの年齢だと歩きでがありますな。先生がいないと、奥さんは居場所を知っていて、電話で来ているか聞いてきます。それから車でいらして、家の女房に頼みます。『ねえ、バーに行って主人を連れて来て。私は、あんなに大勢殿方がいるところは嫌ですから』と言うのです。で、女房が先生のところに行って、『先生、奥様が車でお迎えにいらした。ビールをお飲みになったら、ご一緒にお帰りなさい』と言うのです。先生は女房に、『家から電話があったら、いないと言ってくれ』とおっしゃっていましたが、そうは出来ません。高齢の方ですし、万一のことがあったら責任はとれません。先生はこの教区で生まれたのですね。最初の奥さんはブラックスタブルの女でした。その人が死んでからもう何年にもなります。わっしは会ったこともありません。先生は面白い方でした。分け隔てをしない人でしたよ。何でもロンドンじゃあ、評判の高い人だそうで、亡くなったときには新聞に大きく出ていましたな。でもここで喋ったかんじでは、偉い人だなんて分かりませんでした。わっしやお客さんと同じ、普通の人でした。店では、大事にしてあげました。安楽椅子をすすめたのですが、カウンターに座るのが好みでした。足台に足を載せないと気がすまないんだそうです。先生は、ここのバーにいたときがいちばん幸福だったと思います。バーが大好きだとおっしゃっていましたな。人生が見えるって。そして人生を愛しているとおっしゃっていましたです。一廉《ひとかど》の人物に間違いない。わっしの親父を思いだすんです。親父は本なんか読みませんでしたが。フランスのワインを一本一日で空けてしまい、死んだのは七十八歳でした。最後の病気が最初の病気でした。ドリッフィールド先生が亡くなったときは、親父が死んだみたいに残念でした。このあいだも女房に言っていたのですが、いつか先生の本を読んでみたいです。何でもこの地方のことを書いたのも数冊あるそうです」

24

翌朝は寒く底冷えがした。しかし雨は降っていなかったので、大通りを歩いて牧師館に向かった。商店の名前には見覚えがあった。ガン、ケンプ、コップ、イガルデンなど、ケント州によくある名前だった。だが歩いている人に知った顔はない。自分が幽霊にでもなった気がした。昔はこの辺の人は大体みんな知っていたものだ。口はきかなくても、顔は知っていた。突然、とてもみすぼらしい小型車が側を通り、止まり、戻ってきた。車の中の男がこちらを妙に見た。背が高く、どっしりした年配の男で降りて近づいてきた。

「ウィリー・アシェンデンじゃないかい?」

そのとき僕も彼が誰だか分かった。医者の息子で、同級生で一緒に進級したのだ。医者の仕事を父から引き継いだのを聞いて知っていた。

「やあ、元気かい?」彼が聞いた。「孫を送って牧師館に行ってきたところだ。あそこは今では私立小学校になっていて、孫を今学期の初めに入れたんだ」

彼はみすぼらしい服装で髪に櫛も入れていなかったが、立派な顔立ちだった。若いころはさぞ美男子だったに違いない。以前はそれに気づいていなかったのが不思議だ。

「君はおじいさんなのかい？」僕が聞いた。

「三人孫がいる」彼は答えた。

そう聞いて愕然とした。彼はこの世に生を享け、地球を歩き回り、成人し、結婚し、子供を持ち、今やその子供が子供を持ったのだ。外観からすれば、貧乏で苦労して生活してきたのだろう。田舎の医者らしい物腰で、ぶっきらぼうだが、親切だし、お愛想もうまいのだ。だが明らかに彼の一生は終わったも同然だ。それにひきかえ、僕はこれから書く予定の小説や芝居のことや、未来の計画が山ほどあり、これから楽しむ活動が次から次と待っていた。しかしながら、その僕だって、彼と同様、もう人生の終わった年配者だと、他人の目には映るに違いないのだ。

それに気づいて、すっかり狼狽してしまった。お蔭で、一緒に遊んだ彼の兄弟のことも、昔親しかった友人のことも、聞けなかった。二、三の気の利かぬ言葉を交わしただけで別れた。少し歩いて牧師館まで来た。だだっ広い、部屋数の多い建物で、叔父より真面目に任務を考える今の牧師からすると、辺鄙で、広すぎるので経費がかかり過ぎるのだろう。牧師館は大きな庭の真ん中に立ち、周囲は緑の野原だった。大きな四角い看板が立っていて、「紳士の息子のための私立小学校」と記されていて、校長の名前と学位が書かれていた。柵越しに眺めると、庭は荒れ放題で、僕がウグイを釣った池は涸《か》れていた。教会所属の耕地は区画割して宅地になっていた。でこぼこの不出来な道に沿ってレンガ造りの小さな家が何列も立っていた。ジョイ通りを歩くと、ここにも海に面したバンガローが立っていた。昔の通行税取り立て所は洒落た喫茶店になっていた。

あちこちとぶらぶら歩いた。黄色いレンガ造りの小さな家のある通りが無数にあるようだったが、人影がまるでないので、どんな人が住んでいるのか見当がつかなかった。港まで下りていった。人影がなかった。埠頭から少し離れたところに貨物船が一隻停泊しているだけだった。倉庫の外に船乗りが座っていて、僕が通るとじろりと見た。石炭業はもう振るわず、炭坑夫がブラックスタブルに来ることはもうなくなっていた。

そうこうしているあいだにファーン・コートでの昼食会に出かける時間が近づいたので、熊と鍵亭に戻った。亭主がダイムラー車があるので、貸しましょうと言うので、それに乗って行くように手配を依頼しておいた。箱型自動車が戸口で待っていたが、何とこれが見たこともない、古ぼけた、廃車に近い代物であった。あえいだり、きしんだり、がたがた音を立てたり、急に怒ったように揺れたりした。これでは目的地まで行けるかどうか不安になった。しかし、この車でいちばん驚いたのは、昔僕の叔父が教会に行くのに毎朝乗っていた四輪馬車とまったく同じ匂いがすることだった。馬のいやな臭いと馬車の底に敷く古臭い麦藁の臭いのせいだった。こんなに歳月の隔たりがあり、これは自動車なのに、同じ匂いがするとは、なぜだろうと思ったが、分からない。とにかく、香水や悪臭ほど過去を思い出させるものはない。田舎道をがたがた走っている現実を忘れ、聖餐用の皿を側に置いて馬車の前の席に座った子供の頃の僕を思い出していた。僕の前に座った叔母は、洗い立ての下着とオーデコロンの匂いをかすかにさせ、黒い絹のコートを着て、羽飾りのある小さなボンネットを被っている。隣に座る叔父は、足まで達する法衣をまとい、太った腰のまわりに綾織の絹の幅広いベルトをして、金の十字架を金鎖で首からお腹まで垂らしていた。

「ウィリー、今日は行儀よくするんだよ。後ろを向いたりしないで、きちんと座っているんだ。教会は遊ぶところじゃないからな。お前のようには恵まれていない子供たちのお手本になりなさい」叔父が言うのが聞こえる気がした。

ファーン・コートに着くと、ミセス・ドリッフィールドとロイが庭を散歩していた。僕が車から降りるとすぐ近寄ってきた。

「ロイに私の育てた花を見て頂いていたのです」僕と握手しながら夫人が言った。それから溜息をもらして「今では花だけが楽しみでしてね」と言った。

ロイと夫人と一緒に歩いたが、ロイの園芸の知識は驚くほどだった。花の名は全部知っていて、ラテン語の学術名を口にする様子たるや、タバコ工場で機械からタバコが次々に飛びだしてくるのに似ていた。どこでならどの品種を入手できるかとか、何とかいう花がいかに綺麗だとか、という話を夫人にしきりにしていた。

「エドワードの書斎を抜けていきましょうか?」ミセス・ドリッフィールドが言った。「生前のままにしてありますのよ。少しも変えていません。家を見にいらっしゃる方が驚くほど大勢いますが、もちろん、どなたもまず執筆した部屋を見たいと言うのです」

開いたフランス窓から中に入った。机上にバラを生けた花瓶があり、肘掛け椅子の側の小さな円形テーブルにはスペクテーター誌が置いてあった。タバコ盆には巨匠のパイプがあり、インク入れはいっぱいになっている。お膳立ては完璧だった。しかし、なぜだかわからないが、部屋は奇妙に生気がなかった。すでに、博物館のカビ臭さが感じられた。夫人は書棚に行き、一寸《ちょっと》微笑を浮かべ、半ばいたずらっぽく、半ば悲しそうに、青色の装丁の半ダースばかりの本の背中をさっと撫でた。

「エドワードはあなたの本がとても好きでしたのよ。何度も読み返していました」

「そう伺うのはとても嬉しいです」

この前伺ったときには僕の著書はなかったと思ったので、本棚から一冊さりげなく取り出して本の上部を指で軽く触ってほこりがついているかどうか調べたがなかった。それから、シャーロット・ブロンテの一冊を取り出し、もっともらしい会話をしながら、自著と同じようにしてみた。そこにも、やはりほこりはない。分かったのは、夫人がいかに家政婦として有能で、真面目なメードを雇っているかということだけだった。

食堂に入り、イギリス風のローストビーフとヨークシャー・プディングのたっぷりした昼食をご馳走になった。ロイが準備中の伝記を話題にした。

「ロイに出来るだけお手数をかけないようにと思って、私も出来るだけ資料を集めてみました。集めるのは、もちろん、悲しい面もあるのですが、興味もありました。沢山昔の写真が出てきましたわ。あとでお見せしますわ」

昼食後は応接室に入った。夫人がいかに気転を利かせて部屋を整えたかに気付いた。有名作家の妻にふさわしいというより、その未亡人にふさわしいという印象だった。あの更紗《サラサ》の肱掛椅子もあのポプリを入れた花瓶も、あのドレスデン窯の人形も、どれにもそこはかとなく無念さが漂っている。過去の栄光を偲んでいるようである。やや寒い日なので、暖炉に火が欲しいところだったが、イギリス人は保守的であるだけでなく、寒さなどものともしない民族である。たとえ他人が不快でも、原理原則を守るのは平気なのである。十月一日以前に暖炉に火を入れることなど、夫人の頭に浮かんだかどうか怪しい。夫人は僕に、この前ドリッフィールド夫妻と昼食を共にするためにご一緒にいらした淑女に最近お会いになったかしらと尋ねた。幾分とげとげしい口調から察すると、どうやら大作家の死後上流社交界はもはや彼女に用はないというような態度を取ったようであった。話題は故人のことになった。ロイと夫人は僕にわざとらしい質問をして、故人の思い出を語るように仕向けた。僕は黙っているつもりのことを、うっかり口を滑らせてしまわぬように、気をつけねばならなかった。そのとき、急にメードが小さなお盆に二枚の名刺を載せて入ってきた。

「車で紳士がおふた方みえました。お邸とお庭を見せて頂けますか、とおっしゃいます」

「面倒ね」と夫人は大きな声で言ったものの、驚くほど活発になった。「不思議ですねえ、たった今家を見たがる人のお話をしていましたわね。少しも落ち着いていられません」

「では、お目に掛かれないとおっしゃったら？」ロイは意地悪としか思えないことを言った。

「それは出来ませんわ。エドワードがそんなこと望まないでしょうし」夫人は名刺を見た。「今メガネをかけていないので」と言った。

手渡された名刺を見ると、一枚には「ヴァージニア大学　ヘンリ・ビアド・マックドゥーガル」とあり、鉛筆で「英文学助教授」と記されていた。もう一枚は「ジャン・ポール・アンダヒル」とあり、下にニューヨークの住所があった。

「アメリカ人ですね」夫人が言った。「どうぞお入りくださいと言ってあげなさい」

ほどなくメードが客を案内してきた。二人とも背が高く、肩幅が広く、顔はがっしりしていて髭はなく、浅黒く、きれいな目をしている。二人とも角縁のメガネをかけ、豊かな黒髪をオールバックにしている。揃って、新品のイギリス製のスーツを着ている。少しきまり悪そうだったが、よく喋り、とても礼儀正しかった。目下イギリス文学旅行をしていて、ドリッフィールド先生の崇拝者なので、さまざまな思い出で神聖化されたお邸を拝見できないかと思って、ライのヘンリー・ジェイムズ邸を訪問する途中に勝手ながら寄らせていただいた、と述べた。ライへの途中というのは夫人にとってよい感じを与えなかった。

「あちらにはよいゴルフ場がありますでしょう」夫人が言った。

夫人は客をロイと僕に紹介した。こういう場合のロイの振る舞いには感心した。彼は以前ヴァージニア大学で講義をしたことがあって、学部の主任教授の家に泊まったようだった。いやあ、あれは忘れがたい経験でしたよ。魅力的なヴァージニアの人たちのご親切な歓待と、絵画と文学への知的な好奇心と、どちらにも強い感銘を受けました。あの方、この方は今もお元気でしょうか。どうやらロイはそこで生涯の友を得たようであり、彼が出会った人全員が親切、善良、利口であったらしい。間もなく若い助教授は、ロイの著作が大好きですと話しだした。ロイは、この著書、あの著書で目標としたものが何であったかを遠慮がちに語り、その目標にはとうてい届かなかったのは自分自身気付いているのです、などと告白していた。ミセス・ドリッフィールドは微笑を浮かべ感心して聞いていたが、その微笑がしだいにこわばってきたのを僕は感じた。ロイも感じたらしかった。急に自作の話をやめた。

「僕の本の話などつまらないでしょう」ロイは大きな声で元気よく言った。「私がここにお邪魔しているのは、奥様が私にエドワード・ドリッフィールド伝を書くという名誉を与えてくださったからなのです」

むろん、この話に客は大いに関心を見せた。

「本当に大変な任務《サム・ジョッブ》ですよ」とロイはふざけてアメリカ英語を使った。「幸いなことに、奥様に助けていただいています。奥様は完璧な妻であるだけでなく、立派な書記であり秘書でしたから。夫人が私に提供してくださった資料は驚嘆するほど充実していますから、夫人のお骨折りと愛情深い熱意におすがりする以外に私のすることはほとんどありません」

夫人はつつましく下を向いていた。二人の若いアメリカ人は夫人に、共感と興味と尊敬のこもった大きな黒い目を向けた。それからもうしばらく会話が続いた。文学の話題もあったが、それだけでなく、ゴルフも話題にのぼった。客はライで一、二ラウンド、プレイしたいのだと正直に話したからだ。ロイはこの話題でも対応がうまかった。これこれのバンカーでは注意するようにと助言し、ロンドンにいらしたらサニングデールで一緒にプレイしましょうとか言った。ようやく夫人は、ここで立ち上がり、客にエドワードの書斎と寝室、それから庭をご案内しましょうと言った。ロイも立ち上がり、同行する気だったようだが、夫人がにこやかに、しかし、きっぱりした口調で言った。

「いらっしゃらなくても結構だわ。ここにいらして、アシェンデンさんのお相手をしてください」

「はい、分かりました。そういたしましょう」

客は僕らに別れの挨拶をし、僕らはまた更紗の椅子に座った。

「いい部屋だな」ロイが言った。

「とてもいい」

「エイミはこの部屋をここまでにするのにかなり苦労したんだよ。先生がこの家を買ったのは、エイミとの再婚の二、三年前だった。エイミはここを売りたいと思ったのだが、先生が反対でね。先生はことによっては頑固だった。ここは、ミス・ウルフとかいう女性の持ち家で、先生のお父さんが管理人をやっていた。先生の話じゃあ、子供のとき、こんな家に自分も住んでみたいと思っていて、やっとその夢がかなったのだから、手離すものかというわけさ。自分の出自などすべて知られている土地には、普通は住みたがらぬものだがね。一度などエイミがメードを雇おうとしたら、先生の兄弟の孫だったそうだ。エイミが最初に来たときは、屋根裏から地下にいたるまで、トッテナム・コート通りの家具店の見本みたいな感じだったそうだ。つまり、応接間にはトルコ絨毯、マホガニーの飾り棚、ビロード張りの家具一式が置かれ、あちこちに寄木細工の装飾があった。紳士の家の飾りつけは、こうあるべきだと先生は考えたのだな。エイミは、実にひどいものだったと言っている。しかし先生は妻に何一つ変えることを許そうとしなかった。夫人はとても慎重にことを進めねばならなかった。このままではとても生活できないので、一つまた一つというように、夫に気付かれぬように、徐々に変えようと心を決めたのだ。僕が聞いたところでは、書き物机でいちばん苦労したそうだな。今書斎に置かれている机に気付いたかどうか知らないが、あれは優れた時代物で僕も欲しいくらいだ。以前のはアメリカ製の蓋のある粗末な机だった。何年も使ってきて、何点もの作品もそこで書いたのだから、絶対に手放さぬと言うのだった。先生はそういう物にこだわりを持つ人ではないのだが、たまたまその机だけは、長い間使用してきたというだけで、強く執着したらしい。夫人がどのようにして諦めさせたか、まあ、その経緯はご本人から聞くといい。聴くに値する話だから。エイミは大したものだ。最後には自分の思い通りにしてしまう」

「僕も気付いたよ」僕が言った。

先ほどもロイが客と一緒に行きたがったとき、巧みに追い払ったのを見たところだった。ロイはこちらをちらっと見て笑った。彼も愚かではない。

「君は僕ほどアメリカを知らんだろうな。彼らはいつだって、死んだライオンより生きたネズミを好むのだ。それは僕がアメリカを好む理由の一つだがね」彼が言った。

25

ミセス・ドリッフィールドが文学愛好の客を送り出して戻ってきたとき、書類入れを小脇に抱えていた。

「よい方ですわね！　イギリスの若い方ももっと文学に関心を寄せればよいのに！　エドワードの最後の写真を差しあげました。私の写真も欲しいとおっしゃるので、サインしてあげました」そこまで話してから、とても愛想よく、「ロイ、あなたは深い印象をお与えになったようですよ。お目に掛かれたのは光栄だということでした」

「私はアメリカで何度も講演しましたからね」ロイは謙遜した。

「そうでしょうが、あの人たちはあなたの本の愛読者ですよ。あなたの著書で気に入っているのは、男性的なところですって」

書類入れには数枚の古い写真が入っていた。学童の集合写真があり、髪の乱れた坊主がドリッフィールドだと思ったが、それは奥さんが教えてくれて分かったのだ。ラグビー選手に混じったのは、もう少し年長になってからのもの。ジャージーのセーターの上から厚地の上着をつけた若い水夫は、家出して船に乗ったときのものだ。

「最初に結婚したときのものよ」夫人が言った。

ドリッフィールドは顎鬚を生やし、白黒のチェックのズボンをはいている。ボタン穴にはアジアンタムをあしらった大きな白バラを挿していた。側のテーブルにはシルクハットがあった。

「それからこちらが花嫁さんね」夫人は笑いをこらえながら言った。

可哀想に、四十年以上昔の田舎の写真屋の撮ったロウジーの写真は、とても奇妙だった。立派なホールを背景に大きな花束を手にして、硬くなって立っていた。服は手の込んだドレープをつけたもので、ウエストで締め、ペチコートでスカートを広げてある。前髪が目のあたりまで垂れていた。頭の上には、オレンジ色のブーケが豊かな髪の上にそっと載って、ブーケから長いヴェールが背中まで垂れている。彼女がとても可愛らしかっただろうと思ったのは僕だけだった。

「ひどく下品な花嫁に見えますな」ロイが言った。

「その通りでした」夫人が小声で言った。

我々はエドワードの写真をもっと見た。やっと名が少し出てきた当時のもの、口髭だけを生やしていた時期のもの、後年の髭のないものなど。年とともに次第に顔が痩せてきて、皺がふえてきたようだ。若い頃の頑固そうなありふれた顔が、徐々に上品な疲れた顔に変化していくのが見てとれた。変化は経験と思考と野心が達成されたことでもたらされたのだ。若い水夫時代の写真を再び見て、年長になってからのあの際立った特徴である、すべてに対して距離を取る姿勢の萌芽が見てとれるような気がした。その姿勢は、数年前にも生身の彼の内部に漠然と見たと思ったものだった。世間に見せる顔は仮面で、彼のなす行為に意味はないのだ。真実の彼は、死ぬまで人知れぬ孤独の存在であり、「本を書く作家」と「人生を送る個人」との間を音もなく行き来する幽霊だったという印象を僕は持った。その幽霊は、世間がエドワード・ドリッフィールドだとして受け入れている、作家と個人という二つの操り人形を冷ややかな皮肉な目で眺めているように感じられた。本書において、僕が彼を生きた人間、つまり自分の足で立ち、肉体を持ち、理解できる動機と納得できる活動をする人間として描いていないのは自覚している。そういう努力をしていないのだ。その点は、アルロイ・キア君の有能な筆に喜んで任せるとしよう。

役者のハリー・レットフォードが写したロウジーの写真が数枚と、ライオネル・ヒリヤーが描いた肖像画の写真が一枚あった。胸が痛んだ。これこそ僕の記憶にはっきりあるロウジーだ。古風な服装にもかかわらず、彼女は生き生きとして、漲《みなぎ》る情熱におののいているようだった。キューピッドの矢を進んで受けようと構えているようだった。

「彼女はがっちりした体の田舎娘という印象ですね」ロイが言った。

「乳搾り女のタイプがお好きならね」夫人が言った。「私はこの人は色白の黒ん坊のようだと思っていましたわ」

これはミセス・バートン・トラフォードが好んでロウジーのことを呼んでいた言い方だった。ロウジーの部厚い唇と幅広の鼻を思えば、いまいましいけれど、その言い方にも真実味があった。だが、彼女の髪がどれほどプラチナがかったブロンドであり、肌が金色がかった銀色であるか、彼女たちは知らなかったのだ。あの魅力的な微笑を知らなかったのだ。

「色白の黒ん坊なんかではありません。夜明けのように清らかで、青春の女神《ヘーベー》のようでした。淡いクリーム色とピンクのこうしん薔薇《ティーローズ》のようでした」

ミセス・ドリッフィールドは微笑を浮かべ、ロイと意味ありげに目配せした。

「ミセス・バートン・トラフォードからいろいろ聞いているんだがね。僕は悪く言う気はないが、彼女がよい人だったとは考えにくいのだがね」ロイが言った。

「それは間違いだ。とてもいい人だったもの。不機嫌だったのを見たことは一度もなかった。何でも欲しいと言いさえすれば、すぐかなえてくれたし。人の悪口を言うのを聞いたことがない。優しい心根の人だったよ」僕が言った。

「とてもだらしなかったそうじゃないか。家はいつも散らかり放題で、椅子に座りたくても、埃だらけで座れない。部屋の隅はゴミだらけだし。自分の身の回りも同様で、いつもスカートから下着が二インチくらい出ていたと言うじゃないか」ロイが言った。

「そういうことには無関心だった。そんな身なりでも綺麗に見えたよ。心も綺麗だった」僕が言った。

ロイは吹き出した。夫人も口に手をあてて、笑いをかみ殺した。

「まあ、アシェンデンさん、それは褒め過ぎじゃございません？　何と言っても、あの女は色情狂だったのですもの」夫人が言った。

「それは馬鹿げた批判です」

「あのようにエドワードを裏切ったのですから、よい人だったはずがないと申してもよろしいでしょう？　もちろん、あとから見れば、かえって幸運だったのですけど。あの女が駆け落ちしなかったら、エドワードは重荷を生涯背負うことになったのですから。そんなハンディがあったのでは、あのような地位にまでのぼれなかったでしょう。とにかく、エドワードにひどい仕打ちをしたのは否定しようもありません。噂では誰の相手でもしたようですね」夫人が言った。

「お分かりになっていないのです」僕が言った。「彼女はごく素朴な女でした。彼女の本能は健康的で純真なものでした。人を幸福にするのが大好きでした。愛を愛したのです」

「あれを愛と呼べますかしら？」

「では愛の行為とでも呼びましょうか。彼女は生来愛情深い人でした。誰かが好きになれば、その人とベッドを共にするのは、ごく自然のことに思えたのです。思いわずらうようなことは一切なかったのです。不道徳とは違うのですよ。好色でもない。生来の性質がそうなのですから。太陽が熱を与え、花が香りを与えるように、美しい体をごく自然に与えたのです。自分にとって楽しいことで、彼女は楽しみを友人に与えるのが好きでした。それが彼女の人格に悪影響を及ぼしたとは思いません。常に誠実で、汚れを知らず、無邪気でしたから」

ミセス・ドリッフィールドはひまし油を飲まされて、その味を消すためにレモンを吸おうとしているような表情をした。

「そんな女の話、私には理解できませんわ。そもそも私は、エドワードがそんな女のどこがよくて結婚したのかも理解できないのです」

ロイが口をはさんだ。「先生はご存じだったのでしょうかね、妻があらゆる種類の男と関係していたのを？」

「もちろん知りませんでしたよ」夫人がすぐ言った。

「奥様、むろん分かっていらっしゃいましたとも」僕が反論した。

「じゃあ、どうして我慢したのでしょう？」夫人が聞いた。

「こうだと思います。彼女は欲情を刺激する女ではなかったのです。誰もが彼女に愛情を抱いてしまいます。彼女に嫉妬を感じるのは愚かなことです。譬えてみれば、林間にある澄んだ池でしょうか。飛び込むと最高の気分になります。その池に浮浪者やジプシーや森番が自分より前に飛び込んだとしても、少しも変わらず澄んでいるし、冷たいのです」

ロイはまた笑い、夫人も今度は遠慮せずに一寸笑った。

「君がそんなロマンティックな言い方をするのは滑稽だな」ロイが言った。

僕は溜息をついた。前々から気付いていたのだが、僕が真面目に話すと人に笑われてしまう。自分でさえ、感情をこめて書いた文章をあとで読み返すと笑いたくなる。真面目な感情にはどこか滑稽なものがあるのだろうが、なぜだろうか不思議だ。もしかすると、神の目から眺めれば、小さな惑星にほんの短期間だけ住む人間が、いろいろ苦しんだり努力したりするのが、ただ滑稽にすぎぬと思えるからかもしれない。

夫人が何か尋ねたい様子に気付いた。何だか尋ねにくそうにしていた。

「もし彼女が自分から彼のもとに戻って来ると言ったら、エドワードは受け入れたと思いますか？」

「奥様の方が彼をよくご存じじゃありませんか。でも敢えて私の意見を申せば、受け入れなかったと思います。彼は一つの情念を味わい尽くしたあとは、その情念を起こさせた人にもう関心を抱かないと思うからです。彼は強烈な感情と極端な冷淡さを持ち合わせた特別な人でした」

「そんなことよく言えるね。彼ほど親切な人は他にいないと言うのに！」ロイが大声で言った。

夫人はじっと僕を見てから、目を伏せた。

「彼女はアメリカに行ってからどうしたのだろう？」ロイが言った。

「ケンプと結婚したと思います」夫人が言った。「名前は変えたのでしょう。むろん、この土地にはもう顔を見せられなくなったのです」

「いつ亡くなったのですか」ロイが聞いた。

「十年くらい前です」夫人が言った。

「どうしてご存じですか？」僕が聞いた。

「ケンプの息子さんのハロルド・ケンプという人から聞きました。この人はメイドストーンで何か仕事をしています。エドワードには言いませんでしたわ。主人にとって、あの女はずっと死んだも同然だったのですから、過去を思い出させても無意味だったのです。何でも自分ならどうするかと考えるのが賢明だと思います。私なら若い頃の不幸な出来事を思い出すのは御免です。言わなくてよかったと思いませんか？」

26

ミセス・ドリッフィールドは親切にも車でブラックスタブルまで送ると申し出てくださったが、僕は歩いて帰るのが良いと思った。ファーン・コートで明日の夕食をご馳走になることと、それまでのあいだに僕がよくエドワード・ドリッフィールドに会っていた二つの時期について覚えていることを書いておくという約束をした。くねくねした道を誰にも出会わずに歩きながら、何を書けばよいのかと考えた。うまい文章を書くには、何を伏せておくかに気を付ければよい、と言われている。だとすれば、これから書く文章はかなりいいものになりそうで、ロイが伝記の資料にのみ使うのは惜しい気さえする。僕がその気にさえなれば、衝撃を与えるような爆弾を投げ込めると思うとくすりと笑い出してしまった。というのは、エドワード・ドリッフィールドとその最初の結婚について、知りたいことすべてを語れる人物がまだ生存していたのだ。しかしこの事実は書かないでおこうと思った。ロイと夫人はロウジーが死んだと思っていたが、実は、生きていたのだ。

自分の芝居が上演されることになり、ニューヨークに滞在していたときのことだ。劇場支配人の下で働いている宣伝係が働き者で、芝居の原作者が来たことが各方面に大きく報道されたせいか、ある日一通の手紙をもらった。筆跡は見覚えはあったものの、特定できない。大きくて丸っこい字で、読みやすいが無教育の者の字だ。よく見慣れた書体なのに、誰だか思い出せないので、苛立った。すぐさま開封して確かめればよいのに、手紙をじっとみて頭を絞った。一寸見ただけでうんざりするような筆跡もあれば、とても退屈そうで一週間も開く気分になれない手紙もある。とうとう封を切って中を読んだときには、こんなこともあるのか、という大きな驚きに襲われた。前置きなしに始まっていた。

あなたがニューヨークにいるって今知ったところです。またお会いしたいわ。今はもうニューヨークには住んでいないけど、ヨンカーズはすぐ近くで、車でなら三十分で来られますよ。あなたはすごく忙しいでしょうから、日時はそっちに任せます。この前会ってから何年にもなるけど、昔の友だちをお忘れでないでしょうね。

ローズ・イガルデン（旧姓ミセス・ドリッフィールド）

住所を見ると、ジ・アルベマールとあった。ホテルかマンションであろう。その後にヨンカーズの通りの名が記されていた。自分の墓の上を誰かが歩いたような感じがして、思わず体が震えた。あれからの歳月に時どきロウジーのことが頭をよぎったことはあったが、最近はすでに故人だと思っていた。最初は名前に戸惑った。どうしてイッグルデンなのか、ケンプではないのか？　そうだ、イギリスから逃亡したとき、この名前(やはりケント州に多い名前だが)に改名したのだと、気付いた。最初は口実を設けて、会うのを断ろうかと思った。僕には長いあいだご無沙汰した人に会うのを尻込みする癖があるのだ。しかしその後好奇心に駆られた。彼女が今どうなっているのか見たかったし、その後の生活がどうだったか聞きたかった。週末にドッブズ・フェリに行くことになっていて、そこへ行く途中でヨンカーズを通過することが分かった。そこで、翌週の土曜日の四時に伺うとすぐ返事した。

ジ・アルベマールというのは比較的新しいマンション群で、裕福な人が住んでいるようだった。入口で名前を告げると、制服の黒人のボーイが上に伝え、それから別の黒人のボーイがやって来てエレベーターで部屋まで案内してくれた。僕は自分が馬鹿に緊張しているのを感じた。ドアが黒人のメードによって開けられた。

「どうぞお入りください。奥様が待っていらっしゃいます」

居間に通された。そこは食堂にも使われているようで、部屋の一隅には凝った彫刻のある四角いテーブル、調理台、それからグランド・ラピズの家具職人ならジェイムズ一世様式と呼びそうな椅子が四脚あった。別の一隅には、薄青のダマスク織で覆った金縁のルイ十五世様式の家具が配置されていた。きれいな彫刻で飾られた金縁の小さなテーブルがいくつも置かれ、その上に金箔を施したセーブル焼の花瓶や、ブロンズの裸婦像が数体飾ってあった。裸婦像を覆う衣装は、まるで強風に煽られたようになびき、礼節上肉体の隠すべき部分をうまく覆っていた。その一体一体は腕を軽やかに伸ばし、先端に電灯を支えていた。ショーウインドウ以外では見たこともない豪勢な蓄音機があり、金で形は十七、八世紀に流行《はや》った椅子籠《かご》のようであり、側面にワトー風の廷臣およびその夫人が描かれていた。

およそ五分ほど待ったあと、ドアが開いてロウジーが元気よく姿を見せた。僕に両手を差し出した。

「思いがけないわね！　久しぶりねえ。何年になるか考えるのもいやよ。あ、一寸失礼」彼女はドアのところに行って、「ジェッシー、お茶お願いね。お湯を沸騰させるのを忘れないで」それから戻って来て、「あの娘にちゃんとしたお茶の淹《い》れ方を教えるのにわたしがどんなに苦労したか、あなたは信じないでしょうよ」と言った。

ロウジーは七十歳にはなっていた。洒落た袖なしの緑のシフォンのワンピースを着ていた。ダイヤを沢山ちりばめ、四角い襟ぐりで、丈はごく短かった。それがピタリ合う手袋のように体によく合っていた。体つきから見て、ゴムのコルセットをつけているようだった。爪は真赤にマニキュアし、眉毛は抜いて描いていた。でっぷりして、顎は二重になっている。胸元の肌はたっぷり白粉を塗っているけれど赤らんでいるし、顔も赤味を帯びている感じだ。それでも元気いっぱいで、健康そうだった。髪は白くなったが、まだ豊かで、刈り上げてパーマをかけていた。若い頃は柔らかい、自然のウェーヴがある髪だったが、今はまるで美容院に行ってきたばかりのように人工的な感じに波打っている。この点でずいぶん違った印象を与えた。たった一つ、まったく変わらないのは、微笑で、昔と同様無邪気で、茶目っ気たっぷりで愛らしかった。歯は以前は不揃いで不格好で、きれいとは言えなかったのだが、きれいな歯並びになり、真っ白に輝いていた。多分ずいぶん高価なものだろう。

黒人のメードが丁寧に淹れたお茶をパテのサンドイッチ、クッキー、キャンデーと共に運んできた。きれいなナイフ、フォーク、ナプキンも添えられていた。なかなか気が利いて、洒落ている。

「アメリカに来ても、どうしてもやめられないのがお茶ね」と言いながら、ロウジーはバターを塗った焼きたてのスコーンに手を伸ばした。「これがわたしには最高のご馳走よ。お医者さんには禁じられているんだけど。『マダム、お茶のときにクッキーを半ダースも召し上がったら体重が落とせませんよ』ですってさ」そういうと、彼女は僕に向かって笑いかけた。それを見ると、不自然な髪や白粉や肉付きにもかかわらず、以前と変わっていないという気が急にした。「でもね、好きな物を少し食べるのは体にいいのよ」

彼女とは前からくつろいで話せた。しばらくすると、この前会ってから数週間しか経っていないような気分になってきた。

「手紙驚いた？　ドリッフィールドって名前を書き加えたのは、そうしないと誰から来たのか分からないかもしれないと思ったからよ。アメリカに来たときイッグルデンという名前に変えたの。ジョージはブラックスタブルを出るとき、一寸まずいことがあったのね。まあ、もしかするともう聞いているかもしれないけれど。そういうわけで、新しい国では新しい名前で出直そうということに決めたの」

僕はなるほどと言うように曖昧に頷いた。

「そのジョージも十年前に亡くなったの」

「ご愁傷様」

「まあ、あの人もいい年になっていましたからね。見た目は若かったけど、七十歳を越していたの。大打撃だったわ。あんないい夫はいませんから。結婚したときから亡くなる日までわたしが嫌がることを一度も言わなかったんですよ。遺産もたっぷり残してくれました」

「それはよかったですね」

「アメリカで事業に成功したのよ。前からやりたがっていた建築業を始めたの。タマニ共済組合協会とも仲良くしました。二十年前に渡米すべきだったといつも言っていたわ。こちらに着いた日から気に入ったみたい。ジョージはたっぷり活力があったでしょ。それがこちらでの成功の鍵なのね」

「イギリスには一度も帰らなかったんですか?」

「そうよ。そうしたいと思ったことないもの。ジョージは時どき、イギリス行きを話題にしたわ。一時帰国よ、もちろん。でも結局実現しなかった。彼が死んだ今、わたしにはその気がないわね。ニューヨークを知ったあとでは、ロンドンは退屈に思えるでしょうね。前は私たちニューヨークで暮らしていたのよ。ジョージの死後、ここへ来たの」

「どうしてヨンカーズを選んだのです？」

「前から気に入っていたの。引退したらヨンカーズに住もうって、よくジョージに言っていたわ。というのも、なんだかメイドストーンとかギドフォードとかに似た感じがしたの」

僕は微笑を浮かべたが、彼女の言う意味は分かった。ヨンカーズは市内電車、警笛を鳴らす車、映画館、ネオンサインがあるにしても、曲がりくねった道があって、どことなくイギリスの市《いち》の立つ町を派手にしたような雰囲気があった。

「わたしね、時どきブラックスタブルで知っていた人たちが今どうしているかって、考えることもあるわ。でもきっともう亡くなっているでしょうね。あたしも死んだと思われているのでしょう」

「さあ、僕も三十年帰省していませんよ」

そのときはロウジーが死んだという噂がブラックスタブルに届いているのを知らなかった。もしかすると、誰かがジョージ死亡の知らせを持ち帰り、誤解が生じたのかもしれない。

「あなたがエドワード・ドリッフィールドの最初の妻だと知っている人はこちらにはいないのでしょうね？」

「そうよ！　もし知っていたら、新聞記者がこのマンションにわんさと押しかけて来てさぞ大変でしょうね。時どきこんなことがあるのよ。どこかでブリッジをやっているときに、テッドの本の話をし始めることがあると、わたし、吹き出すのをこらえるので大変！　アメリカじゃあ、愛好者が多いのよ。わたしは彼の小説は好きじゃなかったわ」

「そもそも小説はあまり読まない方でしたね」

「歴史の本を読む方が好きだったけど、どっちみち、今は読書の時間がまるでないのよ。こちらの新聞の日曜版は素晴らしいわ。イギリスには似たものはないわね。それを読むのと、ブリッジをしょっちゅうやっているの。ブリッジに夢中なの」

そこで思い出したのは、僕が子供の頃、初めてロウジーに会ったら、ホイストが滅法強いので感心したことがあった。彼女はブリッジをするときも、素早く、大胆で、正確なのだと容易に想像できる気がした。組めば頼りになるし、敵にまわせば怖い相手だ。

「テッドが亡くなったときの騒ぎ、あなたが知ったら驚くわ。人気があるのは知っていたけど、そんな大物だって知らなかった。新聞は彼のことばかりで、彼やファーン・コートの家の写真だらけよ！　あの家にいつか住みたいって言っていたけど。どうして病院の看護婦なんかと結婚したのかしら。ミセス・バートン・トラフォードと結婚するのだろうといつも思っていたの。再婚して子供は出来たの？」

「出来ませんでしたよ」

「テッドは子供が欲しかったでしょう。最初の子のあと、私がもう産めないと分かったら彼すごく失望したのよ」

「あなたに子供がいたとは知りませんでした」僕は驚いて言った。

「いたわ。子供が出来たからテッドは結婚したの。でもその子が生まれたとき、難産だったのよ。お医者さんは、もう産めないって言ったわ。あの子が生きていたら、わたし、ジョージと駆け落ちしなかったでしょうね。可哀想にあの子は六歳で死んだの。それは可愛い子で、絵のように綺麗だったのよ」

「その子供のこと話したことがありませんね」

「そうよ。だって悲しくて話せなかったもの。脳膜炎になって、病院へ連れて行ったの。個室に入れて、私たちも付き添っていいということだった。あの子の苦しみようったら、絶対に忘れられない。四六時中ずっと泣き叫んでいたわ。でも誰にも何もしてやれなかったの」

ロウジーは涙声になった。

「ドリッフィールドが『生命の盃』で書いたのはそれですね？」

「そうよ。そのことでわたしにはテッドっていう人が不可解なの。わたしと同じように、悲しくて話すことも出来なかったのに、書くことは出来たんですもの。全部何ひとつ省かずに書いたわ。わたしがそのときは気付かなかった些細なことまで書いて、あとで読んで、ああそうだったのかと思ったの。テッドのことを情が薄いなんて思うかもしれないけど、そうじゃない。彼も気が転倒していたのよ。夜病院から帰ると、子供のように泣いていたもの。彼って、奇妙ね」

嵐のような抗議を巻き起こしたのが、まさにこの『生命の盃』であった。とりわけ子供の死とその後の出来事のために、作者は猛烈な非難を浴びたのだった。その描写は覚えているが、実に悲惨なものだった。感傷的なところはなかった。読者の涙を誘うようにはならず、こんな残酷な苦痛が幼い子供に加えられることへの憤怒を引き起こした。このような悪を存在させていることに対して、最後の審判の日に神が理由を説明するように求められるべきだと誰もが思った。迫力に富む文章だった。しかし、もしこれが実際に起きたことだとすると、のちの出来事も本当にあったのだろうか？　のちの出来事こそ、九〇年代の読者を憤激させ、批評家たちが忌まわしいだけでなく信じられないと して貶したのであった。『生命の盃』では夫と妻が(名前は忘れたが)子供がとうとう死んだあと病院から、貧しい貸間に戻って来てお茶を飲む。お茶には遅い時間で夕方七時くらいになっていた。一週間の絶え間ない心配の緊張で疲労困憊し、悲しみによって打ちひしがれていた。夫婦間でかわす言葉もなかった。みじめな気分で黙りこくっていた。時間だけが過ぎていった。そのとき突然、妻が立ち上がり、寝室に行って帽子を被ってきた。

「出るわ」妻が言った。

「ああ」夫が答えた。

夫婦はヴィクトリア駅近くに住んでいた。彼女はバッキンガム宮殿通りを歩き、公園を抜けた。ピカデリー通りに出て、ゆっくりとピカデリー・サーカスに向かって歩いた。一人の男が彼女と目が合い、立ち止まって振り向いた。

「こんばんは」男が言った。

「こんばんは」

そう言って彼女は立ち止まり、にっこりした。

「一緒に飲みに行かないか」男が聞いた。

「いいわよ」

二人はピカデリー通りの裏通りのバーに入った。娼婦がたむろしていて、男どもがそれをあさりに来るような店だったが、そこでビールを飲んだ。彼女は男とお喋りし、一緒に笑った。自分の境遇について作り話をした。まもなく男が彼女の家に行ってよいかと聞く。それはダメだけどホテルなら行ってもいいと答える。タクシーを拾ってブルームズベリに行き、そこで部屋を借りて一夜を過ごした。翌朝彼女はバスでトラファルガー広場まで来て、公園を抜けた。帰宅すると夫が丁度朝食をとろうとしているところだった。朝食後夫婦は、子供の葬式の打ち合わせをしに病院に行った。

「ロウジー、聞いてもいいかしら?」僕は言った。「小説に書いてある、子供の死んだあとの出来事だけど、あれは事実なの?」

ロウジーは一瞬僕を疑わしそうに見た。それから唇がほころび、以前と同じ美しい微笑が浮かんだ。

「ずいぶん以前のことですもの、構わないわ。あなたになら話してもいいわ。テッドの書いたのは全部正確というのじゃないの。だって、推量して書いたのだから。でもあそこまで分かったのには驚いた。だって、私は一言も話さなかったのですもの」

ロウジーはタバコを一本取って、物思わしげに端をテーブルの上で軽くたたいたが、火をつけなかった。

「あそこに書いてあるように、私たちはあの子が死んだあと、病院から帰ってきたの。

歩いて帰った。タクシーの中でじっと座っていることは出来ないと思ったのよ。体の中がからっぽで、魂が抜けたみたいだったの。泣きすぎて、もう涙も出なくなり、すっかりくたびれてしまった。テッドは慰めようとしてくれたけど、『お願い！　黙っていて』と言ったわ。それからは彼、黙っていた。ヴォクソール橋通りで間借りしていて、三階の居間と寝室だけしかないところね。それであの子は入院させたわけよ。間借りでは看病できないし、おかみさんが困るって言ってね。テッドも、入院したほうがよく世話してもらえるって言ったわ。おかみさんは悪い人じゃなかったのよ、元娼婦だったそうよ。テッドはおかみさんとよく長話をしていたものよ。わたしたちが帰宅したのを聞きつけて上がってきたわ。

『今夜はチビちゃんの具合はどうだったの？』おかみさんが聞きました。

『死にました』ってテッドが答えたわ。

わたしは何にも言えなかった。まもなくおかみさんがお茶を運んで来てくれたの。わたしは何も食べたくなかったけど、テッドが無理にハムサンドイッチを食べさせたわ。それから窓辺に座ったわ。おかみさんが片づけに来たとき、振り向きもしなかった。誰とも口をききたくなかったのね。テッドは何か読んでいたけど、読むふりをしていただけで、ページを繰ることもしなかったわ。本に涙が落ちるのを見たわ。わたしは窓の外をじっと見ていた。六月の終わり、二十八日で、日中が長かった。住んでいたのが通りの端に近かったから、バーから出入りする人や、行き来する市電が見えた。昼間が終わらないのかと思っていたら、急に夜になっていたわ。街灯が全部ついた。通りには大勢の人がいた。とっても疲れ切ってしまったの。足は鉛のようだったわ。

『ガス灯をつけたら?』テッドに言ったわ。

『そうしたいかい?』

『暗闇で座っていてもしょうがないでしょ』

彼がガス灯をつけた。そしてパイプをふかしだしたわ。気持ちがまぎれていいと思ったわ。でもわたしはただじっと座って通りを見ているしかなかった。どうしてあんな気になったのか自分でも分かんないのよ。あの部屋にずっと座っていたら、気が狂うと思ったの。どこか明かりと人々の存在する場所に行きたかった。テッドから離れたかった。あ、それは違う。離れたかったのは、テッドが考えたり感じたりしていることからだわ。なにしろ二間しかないでしょ。寝室に入っていったら、あの子の小さなベッドがまだ置いてあったけど、見ようとしなかった。帽子とヴェールをつけ、服を着替えてテッドのところに戻ったの。

『私、外出してくるわ』

テッドはこっちを見たわ。わたしが新しい服を着たのに気付いたでしょうね。口のきき方から、彼の側にわたしがいたくなかったのを覚ったみたいだったわ。

『ああそうかい』彼が言ったの。

本では公園を抜けたと書いてあるけど、本当はそうではないの。ヴィクトリア駅までまっすぐ歩いて、そこで辻馬車を拾ってチェアリング・クロスまで乗ったわ。料金はたった一シリングだった。それから河岸通り《ストランド》を進んだの。家を出る前からどうするか決めていたのよ。ハリー・レットフォードのこと覚えているかしら？　あの人、その頃アデルフィ劇場で喜劇役者の脇役で出演していたの。私は楽屋に行ってわたしが来たって言ってもらったの。もともと彼が好きだったでしょ。少しいい加減で、金銭に関してだらしないけど、笑わせてくれるしね。欠点だらけだけど、とってもいい人なのよ。ブーア戦争で戦死したの知ってる？」

「知りませんでした。消えてしまって、芝居の広告などに名前が出なくなったのは分かっていたけど。もしかすると商売でも始めたのかと思っていましたよ」

「いいえ、あの人開戦してすぐに志願して、レディスミスで戦死したわ。楽屋口で待っていたら、じきに降りてきたので、『ハリー、今夜は馬鹿騒ぎしましょうよ。まずロマーノで食事ってのはいかが？』と言ったの。彼は『結構だな。ここで待っていてくれれば、芝居がはねたら、化粧を落としてすぐ来るからな』ですって。舞台衣装の彼を見ただけで、わたしは気分がよくなったみたい。舞台で競馬の予想屋をやっていて、チェックのスーツに山高帽に赤く塗った鼻を見ただけで笑ったわ。芝居のはねるのを待って、彼が下りてくるとすぐ歩いてロマーノへ行ったの。

『腹すいてるかい?』彼が聞いたわ。

『飢え死にしそうよ』と言ったけど、本当だったのよ。

『じゃあ、うんと上等のを頼もう。金の心配無用だよ。ビル・テリスに別嬪《べっぴん》さんにご馳走するからと言って、二ポンドせびってきた』

『シャンパンを飲もうよ』わたしが言ったのよ。

『シャンパン万歳!』彼が言ったわ。

昔のロマーノに行ったことあるかどうか知らないけど、とっても素敵だったのよ。劇場関係の男女とか競馬の人や、それからゲイエティ劇場の女優なんかも来ていたの。最高のお店だった。それからローマ生まれのご主人が、ハリーと知り合いだったから、私たちのテーブルに挨拶に来たわ。イタリア訛りの変な英語でしゃべってみんなを笑わせるのよ。知り合いが落ちぶれると五ポンド貸してやるような人なの。

『子供の具合はどう?』ってハリーがわたしに聞いたわ。

『よくなってるわ』

本当のことは言わなかったの。男の人って、妙なところがあるじゃない。女の気持ちを理解できないことがある。可哀想に子供が病院で死んでいるときに、夕食で外出するなんて知ったら、ひどい女だって思うのよ。本当のことを話せば、気の毒だとか言ってうんと同情してくれるのは分かっていたけどね、わたしが求めたのは、それじゃない。笑いたかったのだもの」

ロウジーはもてあそんでいたタバコに火をつけた。

「女房が出産で苦しんでいる最中に、夫が耐えられなくなって、外へ行ってどこかの女と寝ることがあるでしょ。女房はそれを知ると——どうして分かるのか不思議だけど、分かるものらしいわね——かんかんに怒って大騒ぎするわ。あたしが苦しんでいる最中に浮気するなんて、絶対にゆるせないってね。でも、わたしは言ってやるのよ。旦那があんたを愛していないとか、女房が苦痛など平気だとか、そういうことじゃない。逆に女房の苦痛に接して神経的に参ったからなのよ。参っていなけりゃ浮気なんか考えもしないの。わたしも同じ気持ちだったから、よく分かるわ。

食事が済むとハリーが『どうするかい？』と言ったわ。

『何のこと？』わたしが聞いた。

あの頃はダンスもなかったから、行くところもなかったの。

『俺のアパートに来て、写真のアルバムを見るかい？』ハリーが聞いた。

『いいわよ』

彼はチェアリング・クロスの小さなアパートに住んでいたわ。二部屋にお風呂と台所だけ。そこへタクシーで行って、泊まってきたわ。

翌朝家に帰ると朝食がテーブルに用意できていて、テッドが丁度食べ始めたところだった。もし彼が何か文句を言ったら、怒鳴り返してやる気でいたのよ。どうなってもかまうものかと心を決めていたの。結婚前は一人でやっていたんだから、また自分で稼げばいいと思っていた。すぐにでも荷物をまとめて、出て行ってやるつもりだったの。でも帰宅すると彼は顔をあげただけだった。

『ちょうどいいとき戻ったな。君のソーセージを食べてしまうところだったよ』

わたしは座って、彼にお茶を注いでやった。彼は新聞を読み続けていたわ。朝食が済むと病院に行ったわ。彼はわたしがどこへ行っていたか、聞かなかったの。何を考えていたものやら。始終とても親切なの。こっちはとてもみじめな気分で、そこから抜け出せないと感じたの、テッドはわたしの気持ちを和らげようと必死だったわ」

「本を読んだとき、どう思いましたか？」

「彼があの晩わたしのしたことを大体分かっていたのを知って、ぎょっとしたわ。参ったのは、そんなことを本に書いたという点ね。本に書くようなことじゃあないもの。作家って奇妙な人種ねえ」

そのとき電話が鳴った。ロウジーは受話器を取り耳を澄ませた。

「あら、ヴァヌッチさん、お電話いただいて嬉しいわ。ええ、私はかなり元気《プリティ》よ。きれい《プリティ》で元気ですって？　それでもいいわ！　この年になると、お褒めの言葉は全部そのままいただくわ」

このようにして会話が始まったが、声の調子からすると、気の置けない、一寸馴れなれしいものだった。あまり注意を払わなかったが、どうやら延々と続きそうだったので、作家の生涯についてとくと考えることにした。悩み多い生涯である。まず貧乏と世間の無関心に耐えねばならない。それから、一寸名が出たところで、評判の不安定さにおとなしく従わねばならぬ。浮気な大衆に左右されてしまう。インタビューを申し入れるジャーナリスト、写真を撮りたがるカメラマン、原稿を急がせる編集者、所得税を取り立てる収税吏、昼食に招く上流人、講演を依頼する協会の幹事、結婚をせまる女、離婚をせまる女、サインを望む若者、役を欲しがる役者、借金を申し入れるよそ者、夫婦間の問題について助言を求める威勢のいい婦人、自作について批評を求める真面目な青年、それから代理人、出版人、支配人、退屈な人、崇拝者、批評家、作家自身の良心――こうしたものの対応に絶え間なく追われる。しかし作家には埋め合わせがあるのだ。何か心に引っ掛かることがあった場合――苦々しい思い出でも、友の死による悲しみでも、報いられぬ恋でも、傷ついたプライドでも、親切にした者の裏切りでも――要するにいかなる感情でもいかなる苦しみでも、それを文章に書いてしまって、物語の主題やエッセイの添え物として活用しさえすれば、すっかり全部忘れられる。自由人と呼べるのは作家だけである。

ロウジーは受話器を置いて、こっちを見た。

「ボーイフレンドの一人よ。今夜はブリッジをする約束なので、車で迎えに来てくれるって言うのよ。彼はもちろんイタリアからの移民よ。でもいい人。ニューヨークの下町で大きな食料雑貨店を経営していたけど、今は引退の身ね」

「また結婚しようとは考えたことはない?」

「ないわ。結構申し込まれることはあるけどね。今のままがいいの。こう考えているのよ。年寄と結婚するのは嫌だし、そうかといってこの年で若い人と結婚するなんて馬鹿ばかしいわ。もう人生をたっぷり楽しんだから、これで終わりでいいわ」

「どうしてジョージ・ケンプと駆け落ちしたのですか?」

「そうね。前から好きだったでしょ。テッドと知り合いになるずっと前から付き合っていたのよ。むろん、彼と結婚する機会があるとは思っていなかった。彼には奥さんがいたし、それに彼があぁいう地位にいたから世間体があったし。ところが、ある日やって来て、すべてに失敗して一文無しになり、数日後には逮捕状が出そうだ。で、アメリカに行くんだが、一緒に来ないかって言うじゃない。どうしたらいいの？　一文無しでひとりぼっちでそんな遠くまで行かせられないじゃない！　あんなに豪勢な生活を送り、大きな家に住み、自家用の馬車を乗り回していたのに、可哀想だわ。それにわたしは苦労は平気な人間みたいね」

「あなたが好きだったのは、結局彼だけだったような気がするんですけどね。どうです？」

「そうかもしれないわ」

「彼のどこがよかったのでしょうか？」

ロウジーの視線は壁の写真に移動した。何故かそれまで気付かなかったのだが、壁に彫刻で飾った金縁の枠に引き伸ばしたジョージ殿の写真が掛かっていた。アメリカに来て間もなく撮ったもののようだった。結婚したときかもしれない。全身の四分の三の肖像だった。長めのフロックコートのボタンをきちんとはめ、高いシルクハットを小粋に斜めに被っている。ボタン穴には大輪のバラを挿し、銀の柄のついたステッキを小脇に抱え、右手に持った大きな葉巻から煙が渦をまいて立ち上っている。端を蠟《ろう》で固めてピンと跳ね上げた濃い口髭を生やし、目には生意気な表情を浮かべ、物腰には自信たっぷりで威張ったところがあった。ネクタイにはダイアモンドをあしらった馬蹄形のピンをさしている。ダービーの競馬に出かけようと、めかしこんだパブの主人といったところだった。

「どこがいいって、あの人はいつだって完璧な紳士だったわ」

解　説

本書は二十世紀前半を代表するイギリス作家の一人であるサマセット・モーム(一八七四—一九六五)の小説『お菓子とビール』の全訳である。

モームが日本で紹介されてから既に七十年以上になる。二十世紀の半ば、つまり日本が敗戦から経済的な復興を遂げ、文化の面でも欧米の文学を鑑賞する余裕ができた時期には、モーム・ブームと呼ぶしかないような超人気現象が見られた。戦時中の空白を埋めるように各出版社から競って世界文学全集が刊行された時期で、モームはシェイクスピアやゲーテやダンテなどと同格の厚遇を受けた。その死後、急速に人気が衰えたが、これは行き過ぎた過大評価の反動として当然だったかもしれない。

ところが、世紀の変わり目頃から、復活の兆しが見え始めてきた。モームと同世代のイギリス作家たち、ウエルズやベネットやゴールズワージーやハックスリーがほぼ忘れられているのに、モームは英米日で絶版だった作品が次々に復刊され、浩瀚な伝記が出、小説の映画化がなされ、劇が再演され始めたのだ。さまざまな問題を内に抱えた今世紀の読者の心にアピールする魅力をモーム文学が持っているからであろうか。

さて『お菓子とビール』は、巻末の略年譜からも明らかなように、小説家としても劇作家としても功成り名遂げた円熟期の作品である。作家としての活動の範囲も広く、年月も長いモームであるが、小説の代表作といえば『人間の絆』および『月と六ペンス』と並んでこの小説が挙げられる。モーム自身は自作の中では最も好きな作品だと言っている。その理由をはっきりとは語っていないが、八十歳の誕生を祝う記念にハイネマン社から千部限定で豪華本を出版しているくらいである。

作者自身と重なるアシェンデンという語り手である小説家が、作家仲間のキアから電話をもらう、という語り出しはよく知られている。

留守をしているときに電話があり、ご帰宅後すぐお電話ください、大事な用件なのでという伝言があった場合、大事なのは先方のことで、こちらにとってではないことが多い。贈物をするとか、親切な行為をしようという場合だと、人はあまり焦らないものらしい。

この冒頭の文を読んで、どこかで読んだぞ、と思った日本の読者は少なくないのではなかろうか。大学入試問題として昔から繰り返し出題されているからだ。冒頭から人間、人生の裏表を距離を置いてユーモラスに眺める作者の姿勢が感得される。

最初はこのテーマを短篇として書こうとしたようであり、初版から数年して出た選集版(一九三四年)に付けた序文のなかで、短篇執筆のためのメモを公表している。

著名な小説家の回想記を書いてくれとの依頼を受ける。私の少年時代の友人で、平凡な妻と共にWに住んでいる。妻は夫を平気で裏切る。その土地で彼は優れた小説を何冊も書く。後に秘書と再婚し、今度の妻は夫を守って著名人にする。晩年の彼が、著名人に祭り上げられてしまって、いささか落ち着かない気分を味わうのではないか、と推測する。

このメモが『お菓子とビール』に生かされているのは明白である。このメモについて、本書の最初の訳者である上田勤氏は「有名人ともなれば、前半生はどうであろうと、大なり小なり、納まりかえって、勿体《もったい》ぶった顔をする。殊に細君が、大体女の常で、そういう点にやかましい時は尚更である。前半生の自由奔放な、冒険に富んだ生活を知っている者の眼から見れば、その勿体ぶった様子は滑稽である。柄にもなく世間体をつくろって勿体ぶる有名人の醸し出す笑いを狙ったのは、元来が偶像を信じないモームらしい着想」だと適切にコメントしている。

しかし本書は有名作家の晩年の姿を風刺的に描くに留まらない。短篇執筆を先延ばしにしている間に、彼が以前から抱いていたある魅力的な女性像を描きたいという考えを、この機会に生かせるのではないかと思い始めたのだ。この小説は、有名作家の晩年の姿とある女性像とを巧みに絡み合わせた作品になっている。具体的には、その女性を有名作家の最初の妻にすることによって一石二鳥を実現したのである。

最近亡くなった有名作家ドリッフィールドの後妻から伝記執筆の依頼を受けたアルロイ・キアは、晩年のドリッフィールドを直接知っていたのだが、前半生に関しては何も知らないので、無名時代の作家とその最初の妻と交友のあった語り手アシェンデンに情報の提供を依頼するわけである。依頼を受けてから、語り手の頭には過去の思い出が次々と蘇ってくる。田舎の叔父の牧師館に住んでいた時、ドリッフィールド夫妻と知り合い自転車で遠出して教会の墓石の石摺りをした少年時代と、主にドリッフィールドの最初の妻ロウジーと親しくした青年時代と、二つの時期の回想が中心である。

アシェンデンが十五、六歳の少年だったのは、イギリス史上ではヴィクトリア女王(在位一八三七―一九〇一)時代の末期にあたるのだが、ヴィクトリア朝の厳格な階級制度や道徳がまだ守られていた時期である。本文中に、家の管理人の倅ごときが牧師の甥と気安い物言いをしてよいかどうかとか、男女関係の乱れへの世間の厳しい見方などが見られるわけである。一方、アシェンデンが二十歳の医学生だったのは、エドワード七世(在位一九〇一―一九一〇)の時代にあたる。第一次大戦前の「古きよき時代」と見られる時期で、ヴィクトリア時代への反発と国王が派手好きで華美であったことから、道徳的な厳しさが緩み、軽演劇などの娯楽が流行った。本文中に、ヒロインのロウジーがミュージック・ホールに通い、派手な衣装をつけ、男性との交友を楽しむ様が見られるわけである。彼女はこの時代の申し子と言えぬこともない。語り手がキアから伝記執筆への協力を依頼され、一緒にドリッフィールド未亡人と面会し、最後にアメリカで最晩年のロウジーを訪ねるという現在の話に、この二つの時期の過去の思い出が巧みに織り込まれて行くという語り口には無理がなく、読者は前後する時間の変化に抵抗を覚えずに先へ先へと読み進んで行くであろう。

登場人物について述べると、刊行後まもなくモデル問題が生じた。語り手がモーム自身と重なることは既に述べた。問題はドリッフィールドとキアについてのものだった。(ヒロインのロウジーについてはモデルが当時は不明であったから、モデル問題は生じようがなかったのだ。)

まずドリッフィールドが本書刊行の二年前に亡くなったトマス・ハーディがモデルだというので、最後のヴィクトリア朝の大作家への敬意を欠くとして非難された。類似点があるのは確かである。繰り返し述べられている長生きという事実のほか、再婚、記念碑の石摺りや建築一般への関心、八十歳の誕生日が国を挙げて祝われたこと、作品が新聞と教会から不道徳だとして非難されたこと、地方の農民を描いたこと、さらに些細なことでは、若いころは顎鬚だったのが後に口髭になったこと、などいくつもある。モーム自身は選集版の序文でも、八十歳記念版の序文でも、ハーディをモデルにする気はなかったと述べている。実際は、ハーディ死後、未亡人が編纂した伝記が「人に知られたくない秘密」を覆い隠した、きれいごとであったことを批判したかったのは間違いない。

ただ、ハーディ個人を揶揄《やゆ》する意図はなかったようである。事実、モデル問題を離れてドリッフィールドを見れば、作者の風刺は彼というより、周囲の人々、彼を世間の期待する文豪のイメージに無理に合致させようとする二番目の妻や、取り巻きの批評家たち、文壇の成長株を「勝ち馬でも買うように」探し出し、ダメとなればポイと捨て去って恥じぬミセス・トラフォードなどの有閑夫人に向けられていることが了解されるはずである。アシェンデンが文学好きの上流人と最晩年のドリッフィールドを訪問する場面

（第四章）で、老作家がアシェンデンに一瞬ウインクするところが描かれている。これは、うるさい妻や口さがない世間の手前、悟り済ました偉大な作家のような顔をしているけれど、心の奥底には、その昔ロウジーのよさが理解できたボヘミアンの自分がまだちゃんと生きている、というサインだと作者は見ているのであろう。

一方、キアの描き方はかなり辛辣である。僅かな才能しかないのに、人生遊泳術を駆使して文壇で高い地位にまで上り、多くの読者を獲得した姿が暴かれている。ある夜、書評のために『お菓子とビール』を読みだしたヒュー・ウォルポールはすぐに自分が風刺されていると気付き、ショックで一睡もできなかったそうである。すぐにモームに手紙で抗議したがモームは、キアは様々な人物を組み合わせて創造したものであり、モーム自身も多分に入っていると回答したのであった。しかしウォルポールがモデルだというのは、彼を知る多くの作家たちが直ちに気付いたことのようである。他ならぬリットン・ストレイチ（新伝記文学の創始者として偶像破壊を得意とした作家）までが、「非常に悪意のこもったウォルポールの肖像であり、非常に面白い本だ」と述べている。彼はモームもウォルポールも身近でよく知っていた。モーム自身は選集版の序文では、ウォルポールの名前すら出していないが、八十歳記念版の序文では、はっきりとウォルポールを念頭に置いたことを告白している。ただ批評家にお世辞を使う作家は他にも大勢いるではないかと弁解している。なお、ウォルポールはモームより十歳若いケンブリッジ大学卒の小説家で、ある時期は人気作家として広範な読者に支えられていたし、文学に関する講演や評論、作家論などの著作もあったが、一九四一年の死後、忘れられた。

さて、刊行当時は秘められていたロウジーのモデルであるが、今ではロバート・コールダー、テッド・モーガン、セリーナ・ヘイスティングズなどの伝記作家の熱心な探求ではっきりしてきた。彼女はスー・ジョーンズという名前の駆け出しの舞台女優であった。イギリス近代劇の先駆者として知られるヘンリー・アーサー・ジョーンズの娘にあたる。彼女とモームの出会いは一九〇六年のことで、当時モームは三十三歳、彼女は二十三歳だった。スーは不幸な結婚で、夫と離別していた。ロウジーと同じ魅力を持つ美女で、モームはすぐに強く惹かれ、デートを重ね、間もなく本書の第十六章に描かれているような親密な関係に入った。モームにとって一番嬉しかったのは、母性的な包容力で寂しがりの彼を包んでくれたことだった。関係はおよそ八年間続いた。本書刊行の頃はまだ健在であったため、彼女に迷惑がかかるのを恐れて、名を知られた劇作家の娘で教養ある彼女をロウジーのような職業と身分と年齢に変えたのである。だがその天衣無縫で明朗闊達な性格と「銀色に輝く太陽」のような印象はロウジーそのものだったらしい。モームの生涯の友で王立美術院の院長だった肖像画家ジェラルド・ケリーによるスーの肖像画が残っているが、それを見ると、確かにふくよかな、内面のおおらかさが外に出ているようで、誰でも愛さざるをえない雰囲気を湛えている。

長年の交友の後、モームは本気で彼女との結婚を考えたのである。一九一三年暮れに婚約指輪を用意して求婚したのだが、断られた(「相思相愛の喜びを味わったことがない」というモームの告白はこの場合にも真実であったのだろう)。彼女はある伯爵の子息と結婚したが、この二度目の結婚も不幸なものに終わり、一九四八年に彼女はイギリスで死亡した。本書の最終章ではアメリカで楽しく晩年を送るロウジーの姿が描かれているが、これはモームが愛するスーのために見た明るい夢であった。

選集版の序文では、「ある魅力的な女性を描きたいと以前から思っていた」と述べているだけであるが、記念版の新序文では「私は若いころ、ある魅力的な女性と何年間も親密な関係にあった。とても腹立たしい、由々しい欠点があったのだが、美人で無節操であったけれど、誠実な人だった。彼女との関係は、こういう関係の常として、終わってしまったのだが、彼女の思い出は歳月を経ても残っていた。いつかは小説に描く機会があると思っていたのだが、いつまでたっても、その機会が巡ってこなかった」と愛人関係にあったのを告白している。

性的に放縦であった女性との結婚は、作家であるだけでなく紳士という身分も保ちたいと願っていたモームには、大問題だったはずである。それにもかかわらず、どうして本気で求婚したのであろうか？　おそらく、彼女となら、生来の性癖である同性愛の傾向を抑えて、世間的にまっとうな夫婦として生きられると期待したのであろう。彼女はモームが生涯で愛した唯一の女性だと判断して正しいと思う。求婚を拒否されても、彼は恨むことなく、いつまでも彼女への追憶を胸に秘め、『お菓子とビール』という創作の世界で見事にロウジーとして蘇らせることが出来たというわけで、その点作者としてはさぞ満足だったに違いない。ロウジーの創造は本書のもっとも注目すべき特色であり、作品の魅力の源泉である。本書はスー・ジョーンズに捧げられた手向《たむ》けと言ってもよいだろう。

作者は欠点はあっても美点の多いロウジーを読者にとって魅力的にするための方法の一つとして、彼女に批判的な人々を卑小にしたり不誠実にしたりした。その結果として、キアとドリッフィールドの未亡人の他に、ドリッフィールドを有名作家にするのを生き甲斐にするミセス・トラフォードが辛辣に風刺されている。モームは、作家の評価を作品の質でなく文壇の裏取引で高めようとする姿勢を槍玉に挙げている。この夫人とその夫にもモデルがあった。ケンブリッジ大学付属のフィッツウィリアム美術館館長であったシドニー・コルヴィン夫妻であった。夫人は著名な小説家スティーブンソンと親交があり、本書で言及されているように、二人の間の書簡集を編集出版した。

本書はモームの代表作であるが、同じ代表作でも『人間の絆』とは、読者の接し方にかなりの相違があるだろう。『人間の絆』の場合は、作者の鬼気迫るような書き方の故に、時に読者も襟を正して読まざるを得ない気分にさせられるのに対して、本書はもっと余裕のある書き方がなされており、読者もゆったりと楽な気分で接することになろう。本書には人生、人間を落ち着いた態度で眺め、ゆっくり観賞するという態度が窺われるのである。誇張して言えば、『人間の絆』は青春の書、本書は大人の書であり、前作は悲劇的、本書は喜劇的である。

モームは自分が面白い話を語るストーリー・テラーだとよく言うのだが、それは『人間の絆』には当てはまらず、『お菓子とビール』の場合に極めて適切だと言えよう。読者は、冒頭の電話についての軽妙な語り口に誘われて耳を傾けているうちに、人間と人生の裏表に通じる、多少皮肉な語り手のペースに乗せられて最後まで話を聞いてしまう——そんな感じではないだろうか。

語られる話には、主要な話題だけでなく、貴族制度が廃止になったら代償として貴族に文学の仕事をやってもらうというような、本気か冗談か分からぬ話、作家の書く小説技法の本は自己弁護だというような、傾聴すべきだが専門的な話などまで、抵抗なく聞かされてしまう羽目になるのだ。著者のサービス精神からか、余裕のある遊び心からか、描写にラシーヌの劇やマラルメの詩をさりげなく忍びこませて、「この引用が分かる読者はまずいないだろう!」と教養ある読者のスノビスムをくすぐることも忘れない。

題名になっている「お菓子とビール」という句は、シェイクスピアの『十二夜』などにある句で、「人生を楽しくするもの」「人生の愉悦《ゆえつ》」という意味合いである。従ってそれはロウジー、あるいは彼女がもたらす楽しいものを指すと考えられる。また本書には副題として「人に知られたくない家庭の秘密」という句がついていて、これもドリッフィールドの未亡人、キア、ミセス・トラフォードなどからみたロウジーのことである。作者が「お菓子とビール」を本題名として選んだのは当然である。

八十歳になったモームが記念豪華版で出す本として『人間の絆』でなく、本書を選んだのは、スー(=ロウジー)との愛が作者の生涯で最高の愉悦だったからだと判断して良いと信じる。

本書の翻訳としては、最初の上田勤訳(角川書店、新潮文庫)のほか、厨川圭子訳(角川文庫)、龍口直太郎訳(旺文社文庫)がある。新訳に際して、時に参考にさせて頂いたことを感謝する。とくに上田氏は私の身近な恩師だったので、この一年間、あの世の先生のゼミに出席した気持ちで懐しみながら楽しく仕事ができた。原作者が先に述べたような話の進め方をしているので、従来の私のモーム翻訳以上に読みやすさへの努力をしたつもりである。

日本モーム協会の会員諸氏からは、三大傑作に入る本書の訳をするように励まされた。特に事務局長の藤野文雄氏には新序文を付した貴重な記念版を貸していただいた。仏文の中地義和氏からはフランス文学からの引用について教えられた。学生時代からの畏友吉村信亮氏には解説原稿について助言を得た。大学院以来の畏友柴田稔彦氏からは題名について教えられた。岩波書店の入谷芳孝氏には初校段階で、日本語表現についていくつもの助言を得た。中野香織氏の『英和 ファッション用語辞典』(研究社)にはエドワード王朝時代の服飾について教えられた。私事になるが、妻恵美子からは、今回も原稿段階で細部にわたり助言を得た。これらの人々にお礼を申し上げる。

二〇一一年五月一五日

行方昭夫

読書子に寄す

――岩波文庫発刊に際して――

岩波茂雄

真理は万人によって求められることを自ら欲し、芸術は万人によって愛されることを自ら望む。かつては民を愚昧ならしめるために学芸が最も狭き堂宇に閉鎖されたことがあった。今や知識と美とを特権階級の独占より奪い返すことはつねに進取的なる民衆の切実なる要求である。岩波文庫はこの要求に応じそれに励まされて生まれた。それは生命ある不朽の書を少数者の書斎と研究室とより解放して街頭にくまなく立たしめ民衆に伍せしめるであろう。近時大量生産予約出版の流行を見る。その広告宣伝の狂態はしばらくおくも、後代にのこすと誇称する全集がその編集に万全の用意をなしたるか。千古の典籍の翻訳企図に敬虔の態度を欠かざりしか。さらに分売を許さず読者を繋縛して数十冊を強うるがごとき、はたしてその揚言する学芸解放のゆえんなりや。吾人は天下の名士の声に和してこれを推挙するに躊躇するものである。このときにあたって、岩波書店は自己の責務のいよいよ重大なるを思い、従来の方針の徹底を期するため、すでに十数年以前より志して来た計画を慎重審議この際断然実行することにした。吾人は範をかのレクラム文庫にとり、古今東西にわたって文芸・哲学・社会科学・自然科学等種類のいかんを問わず、いやしくも万人の必読すべき真に古典的価値ある書をきわめて簡易なる形式において逐次刊行し、あらゆる人間に須要なる生活向上の資料、生活批判の原理を提供せんと欲する。この文庫は予約出版の方法を排したるがゆえに、読者は自己の欲する時に自己の欲する書物を各個に自由に選択することができる。携帯に便にして価格の低きを最主とするがゆえに、外観を顧みざるも内容に至っては厳選最も力を尽くし、従来の岩波出版物の特色をますます発揮せしめようとする。この計画たるや世間の一時の投機的なるものと異なり、永遠の事業として吾人は微力を傾倒し、あらゆる犠牲を忍んで今後永久に継続発展せしめ、もって文庫の使命を遺憾なく果たさしめることを期する。芸術を愛し知識を求むる士の自ら進んでこの挙に参加し、希望と忠言とを寄せられることは吾人の熱望するところである。その性質上経済的には最も困難多きこの事業にあえて当たらんとする吾人の志を諒として、その達成のため世の読書子とのうるわしき共同を期待する。

昭和二年七月

お菓子《かし》とビール　モーム作

2011年7月15日　第1刷発行
2023年2月15日　第6刷発行

訳　者　行方昭夫《なめかたあきお》

発行者　坂本政謙

発行所　株式会社 岩波書店
〒101-8002 東京都千代田区一ツ橋2-5-5

案内 03-5210-4000　営業部 03-5210-4111
文庫編集部 03-5210-4051
https://www.iwanami.co.jp/

印刷・精興社　製本・牧製本

ISBN 978-4-00-372505-4　　Printed in Japan

モーム略年譜

1874年(明治7年)　1月25日，パリに生まれる．ヴィクトリア女王の君臨していた時代で，首相はディズレーリであった．父ロバート・モームは在仏英国大使館の顧問弁護士，母は軍人の娘であった．ウィリアムは5人兄弟の末っ子だった．兄の1人は後に大法官となった著名な法律家であった．

1882年(8歳)　母が41歳で肺結核により死亡．モームはやさしく美しかった母について懐かしい思い出を持っていて，『人間の絆』(*Of Human Bondage*)の冒頭に，その死を感動的な文章で描いている．

1884年(10歳)　父が61歳で癌により死亡．このため，イギリスのケント州ウィットステイブルの牧師だった父の弟ヘンリ・マクドナルド・モームに引き取られ，カンタベリーのキングズ・スクール付属の小学校へ入学．パリでの自由な楽しい生活から，突然，子どものいない厳格な牧師の家庭に引き取られたので，少年モームは孤独と不幸を感じる．叔母はやさしい人であったが，叔父は俗物で，その卑小な性格は『人間の絆』や『お菓子とビール』(*Cakes and Ale*)の中で辛辣に描かれている．イギリスに来てから吃音が始まり，一生悩むことになる．

1885年(11歳)　キングズ・スクールに入学．フランス語訛りの英語と吃音のため，いじめにあい，学校生活は楽しくない．彼はますます内向的な，自意識の強い少年になってゆく．しかし中等部から高等部に進学する頃には優等生となり，友人も出来た．

1888年(14歳)　冬に肺結核に感染していることが分かり，1学期休学して南仏に転地療養する．短期間の滞在であるが，何にも拘束されない楽しい青春の日々を送る．

1889年(15歳)　春，健康を取り戻して帰国し，復学するが，勉強に熱が入らず，オックスフォードに進学し聖職に就かせようという叔父の反対を押し切ってキングズ・スクールを退学.

1890年(16歳)　前半の冬に再び南仏を訪ねて，春に帰国．ドイツ生まれの叔母の勧めでハイデルベルクに遊学する．風光明媚な古都で，再びのびのびと青春のよき日を楽しむ．正式の学生にはならなかったが，ハイデルベルク大学に出入りして講義を聴講し，学生たちと交際する．絵画，文学，演劇，友人との議論などの与える楽しみを満喫する．キリスト教信仰から完全に自由になったのもこの頃である．演劇ではイプセン，音楽ではヴァーグナーが評判であったので，その影響を受ける．また大学での講義から，ショーペンハウアーの思想に共鳴する．私生活では，慕っていた年長の青年ブルックスと同性愛の経験をする．

1892年(18歳)　春，ひそかに作家になろうと決意して帰国．2カ月ほど特許会計士の見習いとしてロンドンのある法律事務所に勤めたが失敗に終わる．10月，ロンドンの聖トマス病院付属医学校へ入学．最初の2年間は医学の勉強は怠けて作家としての勉強に専念する．2年の終わりに外来患者係のインターンになってからは，興味を覚え始める．虚飾を剝いだ赤裸々の人間に接し，絶好の人間観察の機会を与えられたからである．医学生としての経験はモームに，自己を含めて人間を冷静に突き放して見ることを教えた．人間を自然法則に支配される一個の生物と見る傾向が彼に強いのもこの経験の影響であろう．

1894年(20歳)　復活祭の休日に，イタリアにいるブルックスを訪ね，初めてイタリア旅行をする．

1895年(21歳)　初めてカプリを訪ね，その後もしばしば同地に行く．この年，オスカー・ワイルドが同性愛の罪で投獄された．

1896年(22歳)　『作家の手帳』(*A Writer's Notebook*)のこの年の項には次のような記載がある．「僕はひとりでさまよい歩く．果てしなく自問を続けながら．人生の意義とは何であろうか？　それ

には何か目的があるのだろうか？　人生には道徳というものがあるのだろうか？　人は人生においていかになすべきか？　指針は何か？　他よりすぐれた生き方などあろうか？」

1897年(23歳)　処女作，長篇『ランベスのライザ』(*Liza of Lambeth*)出版．医学生時代の見聞をもとにし，貧民街の人気娘の恋をモーパッサン流の自然主義的な筆致で描いた初期の秀作で，一応の成功を収める．聖トマス病院付属医学校を卒業，医師の免状を得るが，処女作の成功で自信を得，文学で身を立てようと決心して，憧れの国スペインを訪れる．セビリアに落ち着いてアンダルシア地方を旅行する．その後も毎年のようにスペインを訪れる．

1898年(24歳)　長篇『ある聖者の半生』(*The Making of a Saint*)出版．ルネッサンス期のイタリアを舞台にした歴史小説．『人間の絆』の原形といわれる『スティーヴン・ケアリの芸術的気質』(*The Artistic Temperament of Stephen Carey*)執筆．「腕は未熟だったし書きたい事実との時間的距離も不充分だった」とモームは告白しているが，ともかく，この原稿は陽の目を見ることがなかった．スペインからイタリアまで足を伸ばす．

1899年(25歳)　短篇集『定位』(*Orientations*)出版．戯曲『探検家』(*The Explorer*)を執筆．

1901年(27歳)　長篇『英雄』(*The Hero*)出版．

1902年(28歳)　長篇『クラドック夫人』(*Mrs. Craddock*)出版．相反する生活態度の夫婦の葛藤を描いたテーマ小説．最初の1幕物の戯曲『難破』(*Schiffbrüchig*)，ベルリンで上演．

1903年(29歳)　2月，1898年に書いた4幕物の戯曲『廉潔の人』(*A Man of Honour*)出版，舞台協会(グランヴィル・バーカーを指導者とする実験劇場)の手で上演．2日間しか続かなかった．『パンと魚』(*Loaves and Fishes*)と『フレデリック夫人』(*Lady Frederick*)の2つの喜劇を執筆するが，上演されない．

1904年(30歳)　長篇『回転木馬』(*The Merry-Go-Round*)出版．手法上興味深い作で，書評はよかったが，あまり売れず，作者は失

望した．笑劇『ドット夫人』(*Mrs. Dot*)を執筆．

1905年(31歳)　2月，パリに行き，長期滞在をする．モンパルナスのアパートに住み，芸術家志望の青年たちと交際し，ボヘミアンの生活を知る．旅行記『聖母の国』(*The Land of the Blessed Virgin*)出版．アンダルシア地方への旅行の産物．

1906年(32歳)　ギリシャとエジプトに旅行．4月，『お菓子とビール』のロウジーの原型となった若い女優スーを知り，親密な関係が8年間続く．モームが心から愛した唯一の異性と言われる．長篇『監督の前垂れ』(*The Bishop's Apron*)出版．

1907年(33歳)　10月，『フレデリック夫人』がロンドンのコート劇場でほんのつなぎに上演される．経営者にとってもモームにとっても意外の大成功で，1年以上にわたり，422回も続演された．『作家の手帳』には次のような感想がある．「成功．格別のことはない．1つには予期していたために，大騒ぎの必要を認めないからだ．掛値のないところ，成功の価値は経済的な煩いからぼくを解放してくれたことだ．貧乏はいやだった．」戯曲『ジャック・ストロウ』(*Jack Straw*)を執筆．

1908年(34歳)　3月，『ジャック・ストロウ』，4月，『ドット夫人』，6月，『探検家』が上演され，『フレデリック夫人』と合わせて同時に4つの戯曲がロンドンの大劇場の脚光を浴びる．社交界の名士となる．ウィンストン・チャーチルとも知り合い，生涯の友となる．かくして求めていた富も名声も彼のものとなる．しかし，この商業的大成功のために高踏的な批評家からは通俗作家の刻印を押される．長篇『探検家』(*The Explorer*)，長篇『魔術師』(*The Magician*)出版．後者はオカルティズムが主題．

1909年(35歳)　4月，イタリアを訪問．その後も毎年のように訪れる．戯曲『ペネロペ』(*Penelope*)，戯曲『スミス』(*Smith*)上演．

1910年(36歳)　2月，『10人目の男』(*The Tenth Man*)，『地主』(*Landed Gentry*)上演．10月，『フレデリック夫人』以下いくつもの劇が上演されていたアメリカを初めて訪問し，名士として歓

迎される.

1911年(37歳)　2月,『パンと魚』上演.

1912年(38歳)　劇場の支配人がしきりに契約したがっているのを断って,長篇『人間の絆』を書き始める.

1913年(39歳)　秋にスーに求婚するが,断られる.この前後に離婚訴訟中の社交界の花形シリーを知る.クリスマスにニューヨークで,戯曲『約束の地』(*The Land of Promise*)上演.

1914年(40歳)　2月,『約束の地』がロンドンで上演.スーに拒否された反動でシリーと親密な関係になる.『人間の絆』を脱稿.7月,第1次世界大戦勃発.「戦争が始まった.私の人生の1章がちょうど終わったところだった.新しい章が始まった」とモームは記している.10月野戦病院隊を志願してフランス戦線に出る.まもなく情報部勤務に転じ,ジュネーヴを本拠に諜報活動に従事.長年にわたる秘書兼友人となるジェラルド・ハックストンを知る.

1915年(41歳)　『人間の絆』出版.作者自身の精神形成のあとを克明にたどったもので,20世紀のイギリス小説の傑作の1つに数えられる.発表されたのが大戦さなかのことであまり評判にならなかったが,アメリカでセオドア・ドライサーが激賞した.9月,モームとシリーの間の子どもが誕生.諜報活動を続ける一方,戯曲『手の届かぬもの』(*The Unattainable*),戯曲『おえら方』(*Our Betters*)を執筆.

1916年(42歳)　2月,『手の届かぬもの』上演.スイスでの諜報活動で健康を害し,静養もあってアメリカに赴き,さらに南海の島々まで足を伸ばす.タヒチ島では腹案の長篇『月と六ペンス』(*The Moon and Sixpence*)の材料を集める.南海の島々は,そのエキゾチックな風物とそこに住む人びとの赤裸々な姿のゆえに,モームの心を魅了する.

1917年(43歳)　3月,『おえら方』,ニューヨークで上演.ロンドンの社交界に入ろうとする富裕なアメリカ人を風刺する内容なので,観客の怒りを買ったが,評判となり,興行的には成功だった.

5月，アメリカでシリーと正式に結婚．秘密の重大任務を帯びて革命下のロシアに潜入．使命を遂行できる自信はないが，一度行きたいと考えていたトルストイ，ドストエフスキー，チェーホフの国に滞在できるという魅力にひかれて，病軀を押して出かける．しかし肺結核が悪化し，11月から数カ月，スコットランドのサナトリウムに入院．

1918年(44歳)　サナトリウムにいる間に，戯曲『家庭と美人』(*Home and Beauty*)を執筆．『月と六ペンス』を執筆．脱稿は南英サリー州の邸で家族と暮らした夏．11月に再入院し，ここで終戦を知った．

1919年(45歳)　春に退院し，2回目の東方旅行を行なう．シカゴと中西部を見物してからカリフォルニアに行き，そこからハワイ，サモア，マレー，中国，ジャヴァなどを旅行．とくにゴーギャンが最後に住んだマルケサス群島中のラ・ドミニク島で取材する．長篇『月と六ペンス』出版．ゴーギャンを思わせる，デーモンに取りつかれた天才画家の話を一人称で物語ったもので，ベストセラーになり，各国語に訳される．これが契機となって『人間の絆』も読まれ出す．3月，戯曲『シーザーの妻』(*Caesar's Wife*)，8月，『家庭と美人』上演(なお，アメリカでの上演の際のタイトルは『夫が多すぎて』)．

1920年(46歳)　8月，戯曲『未知のもの』(*The Unknown*)上演．中国に旅行．

1921年(47歳)　短篇集『木の葉のそよぎ』(*The Trembling of a Leaf*)出版．「雨」(*Rain*)，「赤毛」(*Red*)，「エドワード・バーナードの転落」(*The Fall of Edward Barnard*)など6篇を収録．1916年の南洋旅行の産物．3月，『ひとめぐり』(*The Circle*)上演．上演回数180回を越える大成功．1921年から1931年の10年間，極東，アメリカ，近東，ヨーロッパ諸国，北アフリカなどを次々に旅行した．

1922年(48歳)　旅行記『中国の屏風』(*On a Chinese Screen*)出版．

戯曲『スエズの東』(*East of Suez*)上演．共に1920年の中国旅行の産物．翌年にかけてボルネオ，マレー旅行．ボルネオの川で高潮に襲われ，九死に一生を得る．

1923年(49歳)　ロンドンで『おえら方』上演．上演回数は548回となり，『ひとめぐり』と共に20世紀における風俗喜劇の代表作．

1925年(51歳)　長篇『五彩のヴェール』(*The Painted Veil*)出版．通俗的な姦通の物語で始まるが，後半では作者の代弁者が出て来て女主人公の人間的成長が見られ，前半の安易さを救っている．

1926年(52歳)　短篇集『キャジュアリーナの木』(*The Casuarina Tree*)出版．「奥地駐在所」(*The Outstation*)，「手紙」(*The Letter*)，「環境の力」(*The Force of Circumstance*)など6篇を収録．11月，戯曲『貞淑な妻』(*The Constant Wife*)上演．南仏リヴィエラのカップ・フェラに邸宅「ヴィラ・モーレスク」を買い求める．

1927年(53歳)　2月，戯曲『手紙』(*The Letter*)上演．妻と離婚の手続きを開始．正式に認められるのは1929年．この結婚は最初からうまくいかず，モームは『回想』(*Looking Back*)の中で夫人を痛烈に批判している．だが結婚の失敗をモームの同性愛に責任ありとする論者もいる．夫人は，その後，カナダで室内装飾の仕事をしていたが，1955年に亡くなった．

1928年(54歳)　短篇集『アシェンデン』(*Ashenden*)出版．諜報活動の経験をもとにした15篇からなる．戯曲『聖火』(*The Sacred Flame*)，ニューヨークで上演．この作から『シェピー』(*Sheppey*)にいたる4作は演劇界引退を覚悟した上で，観客の好悪を念頭に置くことなく自らのために書いたもので，いずれもイプセン流の問題劇である．

1930年(56歳)　旅行記『一等室の紳士』(*The Gentleman in the Parlour*)出版．ボルネオ，マレー半島旅行記．「九月姫」(*Princess September*)などの短篇も収められている．長篇『お菓子とビール』出版．人間の気取りを風刺した一種の文壇小説．ストー

リー・テラーとしてのモームの手腕をもっともよく発揮した作で，現在の話に過去のエピソードがたくみに織り込まれる構成には少しも無理がなく，円熟期の傑作といえる．作中の小説家ドリッフィールドが，そのころ死んだトマス・ハーディをモデルにしているというので非難を受ける．小説家の最初の妻ロウジーの肖像は実に魅力的．モームは自作の中で一番好きだと言っている．9月，戯曲『働き手』(*The Breadwinner*)上演.

1931年(57歳)　短篇集『一人称単数』(*First Person Singular*)出版.「変り種」(*Alien Corn*),「ジェーン」(*Jane*),「12人目の妻」(*The Round Dozen*)など6篇を収録.

1932年(58歳)　長篇『片隅の人生』(*The Narrow Corner*)出版．モームには珍しい海を背景にした作．視点が人生の無常さに徹した傍観者的な人物にあるので，作者のペシミスティックな人間観が1篇の基調になっている．11月，戯曲『報いられたもの』(*For Services Rendered*)上演.

1933年(59歳)　短篇集『阿慶』(*Ah King*)出版.「怒りの器」(*The Vessel of Wrath*),「書物袋」(*The Book-Bag*)など6篇を収録．9月，戯曲『シェピー』上演．この劇を最後に劇壇と訣別する．四半世紀にわたって30篇以上の劇を発表したことになる．スペインに絵画を見に行く.

1934年(60歳)　短篇集『全集』(*Altogether*)出版．これまでの短篇の大部分を収録.

1935年(61歳)　旅行記『ドン・フェルナンド』(*Don Fernando*)出版．たんなるスペイン紀行ではなく，主となっているのは，スペイン黄金時代の異色ある聖人，文人，画家，神秘思想家などの生涯と業績を縦横に論じたもので，モームのスペインへの情熱を解く鍵として面白い.

1936年(62歳)　一人娘の結婚式に出席のため，南仏からロンドンに出る．娘夫婦に家を贈った．短篇集『コスモポリタン』(*Cosmopolitans*)出版.『コスモポリタン』誌に発表した，非常に短い

もの，「ランチ」(*The Luncheon*)，「物知り博士」(*Mr. Know-All*)，「詩人」(*The Poet*)，「漁夫サルヴァトーレ」(*Salvatore*)，「蟻とキリギリス」(*The Ant and the Grasshopper*)など29篇を収録.

1937年(63歳)　長篇『劇場』(*Theatre*)出版．中年女優の愛欲を心憎いまでの心理描写で描いたもので，女主人公のジュリアは，『お菓子とビール』のロウジーと共にモームの創造した娼婦型の女性像のなかでも出色の出来である．12月，翌年にかけてインドを旅行.

1938年(64歳)　自伝『サミング・アップ』(*The Summing Up*)出版．64歳になったモームが自分の生涯を締めくくるような気持で人生や文学について思うままを率直に述べた興味深い随想．モームを知る上で不可欠の書物である.

1939年(65歳)　長篇『クリスマスの休暇』(*Christmas Holiday*)出版．イギリスの良家の青年が休暇をパリで過ごし，そこで今まで知らなかった人生の一面に接して驚くという話．編著『世界文学100選』(*Tellers of Tales*)，ニューヨークで出版．英米独仏露の近代短篇名作100篇の選集．9月1日，第2次世界大戦勃発．英国情報省の依頼で戦時下のフランスを視察に行く.

1940年(66歳)　評論『読書案内』(*Books and You*)出版．短篇集『処方は前に同じ』(*The Mixture as Before*)出版．「ジゴロとジゴレット」(*Gigolo and Gigolette*)，「人生の実相」(*The Facts of Life*)，「マウントドレイゴ卿」(*Lord Mountdrago*)，「ロータス・イーター」(*The Lotus Eater*)など10篇を収録．1月，『雨 他2篇』，8月，『月と六ペンス』の日本最初の翻訳が中野好夫氏の訳で刊行され，これを機にモームの本格的な紹介が日本で始まる．6月15日，パリ陥落の報を聞き，付近の避難者と共にカンヌから石炭船に乗船，3週間も費して帰国．英国情報省から宣伝と親善の使命を受けて，10月，飛行機でリスボン経由ニューヨークに向かう．1946年までアメリカに滞在することになる.

1941年(67歳)　中篇『山荘にて』(*Up at the Villa*)出版．自伝

『内緒の話』(*Strictly Personal*)，ニューヨークで出版．第2次大戦開始前後のモームの動静を記したもの．

1942年(68歳)　長篇『夜明け前のひととき』(*The Hour before the Dawn*)出版．

1943年(69歳)　編著『現代英米文学選』(*Modern English and American Literature*)，ニューヨークで出版．

1944年(70歳)　長篇『かみそりの刃』(*The Razor's Edge*)出版．ベストセラーとなる．戦争の体験を通じて人生の意義に疑問をいだいたアメリカ青年が，インドの神秘思想に救いを見出す求道の話だが，宗教的テーマはモームの手に余るのか，主人公ラリーの姿は充分には生きていない．むしろ端役の俗物エリオットの性格描写に作者の筆の冴えを感じる．1937年末から1938年にかけてのインド旅行の経験が織り込まれている．飲酒その他で性格の破綻していたジェラルド・ハックストンが死亡．モームは一時途方に暮れる．

1945年(71歳)　アラン・サールが新しい秘書兼友人となる．

1946年(72歳)　長篇『昔も今も』(*Then and Now*)出版．マキアヴェッリをモデルにした歴史小説．アメリカ滞在中，彼および彼の家族に示されたアメリカ人の親切への感謝のしるしとして，『人間の絆』の原稿をアメリカ国会図書館に寄贈．カップ・フェラの「ヴィラ・モーレスク」へ帰る．邸は戦時中にドイツ兵に占拠されたため英軍の攻撃を受け，後には英米軍が駐屯した．大修理が必要であった．

1947年(73歳)　短篇集『環境の動物』(*Creatures of Circumstance*)出版．「大佐の奥方」(*The Colonel's Lady*)，「凧」(*The Kite*)，「五十女」(*A Woman of Fifty*)，「サナトリウム」(*Sanatorium*)，「冬の船旅」(*Winter Cruise*)など15篇を収録．

1948年(74歳)　長篇『カタリーナ』(*Catalina*)出版．16世紀のスペインを舞台にした歴史小説で，モームの最後の小説である．評論『大小説家とその小説』(*Great Novelists and Their Novels*)，ニュ

ーヨークで出版．トルストイ，バルザック，フィールディング，オースティン，スタンダール，エミリ・ブロンテ，フローベール，ディケンズ，ドストエフスキー，メルヴィルおよびそれぞれの代表作について論じたもの．シナリオ『四重奏』(*Quartet*)出版．「大佐の奥方」「凧」など4つの短篇のオムニバス映画の台本．

1949年(75歳)　『作家の手帳』出版．若い頃からのノートを年代順にまとめたもので，人生論や各地の風物，人物についての感想，創作のためのメモなどがあり，興味深い．このノートを発表する気になったのは，ルナールの『日記』を読んで，それに刺激された結果だという．誕生日を祝うためにサン・フランシスコの友人バートラム・アロンソンの家まで出かける．

1950年(76歳)　『人間の絆』のダイジェスト版をポケット・ブックスの1冊として出版．ストーリーに重点を置いて編集してあるので，主人公の精神的発展の部分は抜けている．『ドン・フェルナンド』の改稿新版を出版．シナリオ『三重奏』(*Trio*)出版．「サナトリウム」など3つの短篇のオムニバス映画の台本．12月，三笠書房よりモーム選集刊行開始．最初は中野訳『人間の絆』上巻．

1951年(77歳)　シナリオ『アンコール』(*Encore*)出版．「冬の船旅」など3短篇のオムニバス映画の台本．

1952年(78歳)　評論集『人生と文学』(*The Vagrant Mood*)出版．「バーク読後感」(*After Reading Burke*)，「探偵小説の衰亡」(*The Decline and Fall of the Detective Story*)など6篇のエッセイを収録．編著『キプリング散文選集』(*A Choice of Kipling's Prose*)出版．オランダへ旅行．オックスフォード大学より名誉学位を受ける．

1954年(80歳)　B.B.C.で「80年の回顧」と題して思い出を語る．この中で「第1次世界大戦が人びとの生活に大きな変化を与えたとは思えない」と述べた．評論『世界の十大小説』(*Ten Novels and Their Authors*)出版．『大小説家とその小説』の改訂版．誕

生祝いとして『お菓子とビール』の1000部限定の豪華版がハイネマン社から出版される．イタリア，スペインを旅行し，ロンドンに飛んでエリザベス女王に謁見，名誉勲章(the Order of the Companion of Honour)を授かる．10月，サマセット・モーム全集全31巻，新潮社より刊行開始．最初は中野訳『人間の絆』上巻及び龍口直太郎訳『劇場』．

1957年(83歳)　楽しい思い出のあるハイデルベルクを再訪．

1958年(84歳)　評論集『視点』(*Points of View*)出版．「ある詩人の三つの小説」(*The Three Novels of a Poet*)，「短篇小説」(*The Short Story*)など5篇のエッセイを収録．本書をもって，60年に及ぶ作家生活に終止符を打つと宣言．

1959年(85歳)　極東方面へ旅行，11月には来日，約1カ月滞在し，中野好夫氏などと対談．内気な気配りの人柄を示したといわれる．1週間に及ぶ京都滞在中に接待役を務めたフランシス・キング氏は，モームの礼節と親切に感銘を受けたことをその自伝で述べている．

1960年(86歳)　1月，日本モーム協会が発足したが，数年後に活動を休止．

1961年(87歳)　文学勲位(the Order of the Companion of Literature)を授けられる．

1962年(88歳)　『回想』と題する回想録をアメリカの『ショー』(*Show*)という雑誌に連載し評判を呼ぶ．解説付き画集『ただ娯しみのために』(*Purely for My Pleasure*)出版．

1964年(90歳)　序文を集めたエッセイ『序文選』(*Selected Prefaces and Introductions*)出版．

1965年(91歳)　年頭に一時危篤を伝えられ，その後いったん回復したが，12月16日未明，南仏ニースのアングロ・アメリカ病院で死亡．

2006年　5月，日本モーム協会が復活する．